불의 궁전

주원규 장편소설

불의 궁전

ⓒ 주원규, 2011

1판 1쇄 인쇄일 | 2011년 12월 2일
1판 1쇄 발행일 | 2011년 12월 8일

지은이 | 주원규
펴낸이 | 임인규

펴낸곳 | 동화출판사/문학의문학
주소 | 413-756 경기도 파주시 교하읍 문발리 509-3 파주출판도시
전화 | (031) 955-4961
팩스 | (031) 955-4960
등록번호 | 제3-30호(1968. 1. 15)
홈페이지 | www.dhmunhak.com

ISBN 978-89-431-0387-3 (03810)

불의 궁전

주원규 장편소설

왕권을 세우다

문학의
문학

시대의 중심에 선 한 인간의 고뇌

시대의 희생양인가. 권력욕에 눈이 먼 희대의 정치가인가. 흥선 대원군 하면 떠올리게 되는 질문입니다.

오늘의 역사는 흥선대원군을 쇄국의 원흉, 혹은 아들의 권력을 탐한 시대의식에 눈 먼 인물, 그도 아님 왕권을 볼모로 한바탕 권력 도박을 감행한 야심가 정도로 기억하고 있습니다. 하지만 모든 역사엔 빛과 그림자가 있는 법. 당시 흥선대원군이 처했던 시대상황의 한계를 인식한다면 그간 내려온 흥선대원군에 대한 역사적 평가는 보다 새로워질 필요가 있다고 생각합니다. 이렇듯 역사에 대한 객관적이고 균형을 잃지 않는 평가는 오늘 우리의 정치, 사회적 현실을 돌아보게 하고 더 나아가 우리 역사의 나아갈 길을 제시해 주는 중요한 역할을 담보한다고 보입니다.

흥선대원군이 집권했던 격랑과도 같이 몰아치던 10년은 조선 말기 역사, 더 나아가 대한민국의 앞날을 결정짓던 매우 중요한 한

시대였습니다. 폭풍과도 같았던 시대의 중심에 선 한 인간의 고뇌는 오늘의 우리 모두가 한 번쯤은 고민해봐야 할 주제라고 생각합니다.

저는 소설이란 픽션의 도구를 빌려 결코 평범할 수 없는 비범한 한 인간의 영웅적 기개를 나타내고 싶었습니다. 또한 격랑의 풍상을 겪어낸 대원군의 내면에 가혹하게 드리워져 있는 인간적 고뇌와 갈등, 숭고하기까지 한 집념을 그려보고자 했습니다. 이러한 의도가 적절히 제시되었는지 두려운 마음 반 설레는 마음 반입니다. 아무쪼록 과거의 역사와 오늘의 역사를 함께 생각하는 데 이 작품이 조그마한 밑거름이 되었으면 하는 바람입니다.

쉽지 않지만 역사를 위해 포기할 수 없는 작업이라 생각하고 출간을 허락해 주신 동화출판사(문학의문학) 여러분께 머리 숙여 감사드립니다. 또한 항상 저를 응원해 주시는 모든 분들께 작가의 말을 빌려 감사의 인사를 대신하고 싶습니다.

끝으로 이 소설은 대원군이란 인물과 삶에 대한 진솔한 이야기를 담아낸 김동인 님의 《운현궁의 봄》과 유주현 님의 《대원군》의 오마주(hommage)임을 밝힙니다.

2011년 충정로 공간(空間)에서
주원규

목차

• **흥선대원군** … 아들 고종의 즉위로 조선 역사상 유일하게 살아 있는 왕
의 아버지로 대원군에 봉해지고 최고 권력을 휘두르는 섭정이 된 인물. 당
파를 초월한 인재 등용, 서원 철폐, 법률제도 확립으로 중앙집권적 정치
기강을 수립하였다.

• **천하장안** … 천희연, 하정일, 장순규, 안필주. 이들의 성을 따 천하장안
이라 부름. 건달패 노릇을 하던 인물로 알려지지만 흥선대원군의 측근 역
할을 하며 조선 밑바닥 민심을 파악하는 정보원 역할을 수행한다.

• **김병기** … 영의정 김좌근의 양자. 안동김씨 일가의 실력자 중 한 사람으
로 평가받는다.

• **재황** … 조선의 26대 왕 고종. 흥선대원군의 둘째아들로 '명복'으로 불리
기도 한다. 후일 왕위에 오르게 된다.

• **추선** … 대원군의 파락호 시절부터 그를 연모하던 기생. 정사에 기록된
인물은 아니지만 기생답지 않은 직관과 어진 품성으로 대원군에 대한 일
편단심과 불교에 심취하는 정성을 보여 대원군의 정신적 위안이 되어 준다.

• **조성하** … 조선 후기 문신으로 신정왕후(조대비)의 친정조카로서 철종 사
후 대원군의 둘째아들 재황(명복)을 권좌에 올리는 데 긴밀한 공을 세운다.
후일 대원군과 멀어지게 된다.

- **이장렴** … 파락호 시절 대원군이 술에 취한 채 상갓집 개처럼 살며, 왕족의 명예를 더럽힌다는 이유로 대원군의 뺨을 때린 인물. 후일 대원군의 발탁으로 금위대장이 된다.

- **조대비** … 신정왕후. 1863년 철종이 대를 이을 아들 없이 죽자 안동김씨 세력을 약화시키기 위해 흥선군의 둘째아들 재황을 양자로 삼아 왕위를 물려주는데 그가 바로 고종이다. 고종이 어린 나이에 즉위한 연유로 4년 동안 수렴청정했으나, 실질적 권력은 흥선대원군에게 넘겨주었다.

- **사직골 노인** … 대원군의 측근이던 이상지의 스승. 대원군에게 정사와 치리에 대한 비책과 고언을 아끼지 않는 베일에 싸인 인물이다.

- **민비**(명성황후) … 민치록의 딸. 친척이 없다는 이유로 대원군에게 중전에 낙점되지만 이후 시아버지인 대원군과 피맺힌 권력 암투에 휘말리게 된다.

- **최익현** … 이항로의 총애 받는 제자이자 당대의 거유로 숭앙받는 인물. 대원군 탄핵의 선봉에 선 인물로 나타난다.

- **김장손, 홍만복, 유춘만** … 조선 말기 벌어진 임오군란의 주모자들. 후일 군란의 주동자로 몰려 모반대역부도의 죄로 능지처참되고 만다.

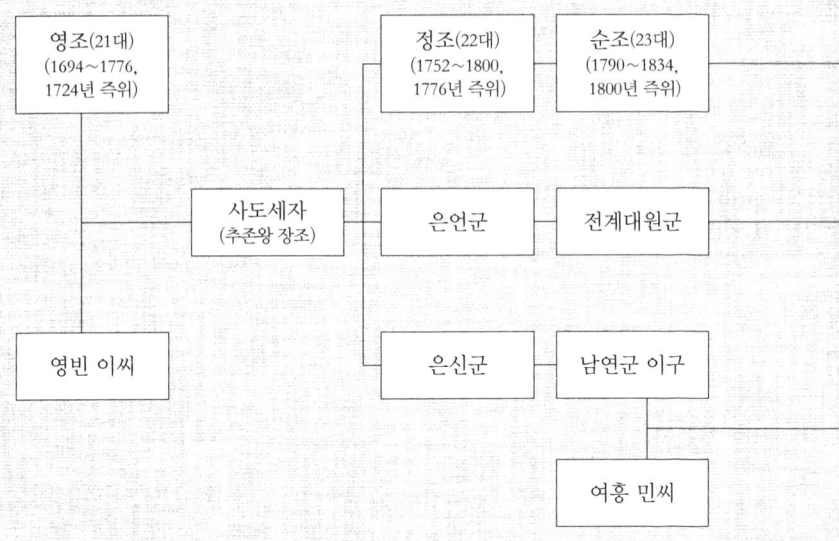

영조(21대)
(1694~1776,
1724년 즉위)

정조(22대)
(1752~1800,
1776년 즉위)

순조(23대)
(1790~1834,
1800년 즉위)

사도세자
(추존왕 장조)

은언군

전계대원군

영빈 이씨

은신군

남연군 이구

여흥 민씨

★흥선대원군의 측근

신정왕후 조대비

천하장안(천희연, 하정일, 안필주, 장순규)

이경하(포도대장)

풍양조씨 조성하(조대비의 친정조카)

김병학, 김병국(안동김씨 일부 세력)

★명성왕후 민씨의 측근

민승호(명성왕후 부 민치록의 10촌형제인 민치국의 둘째)

풍양조씨 조영하

안동김씨 김병기

유림 최익현

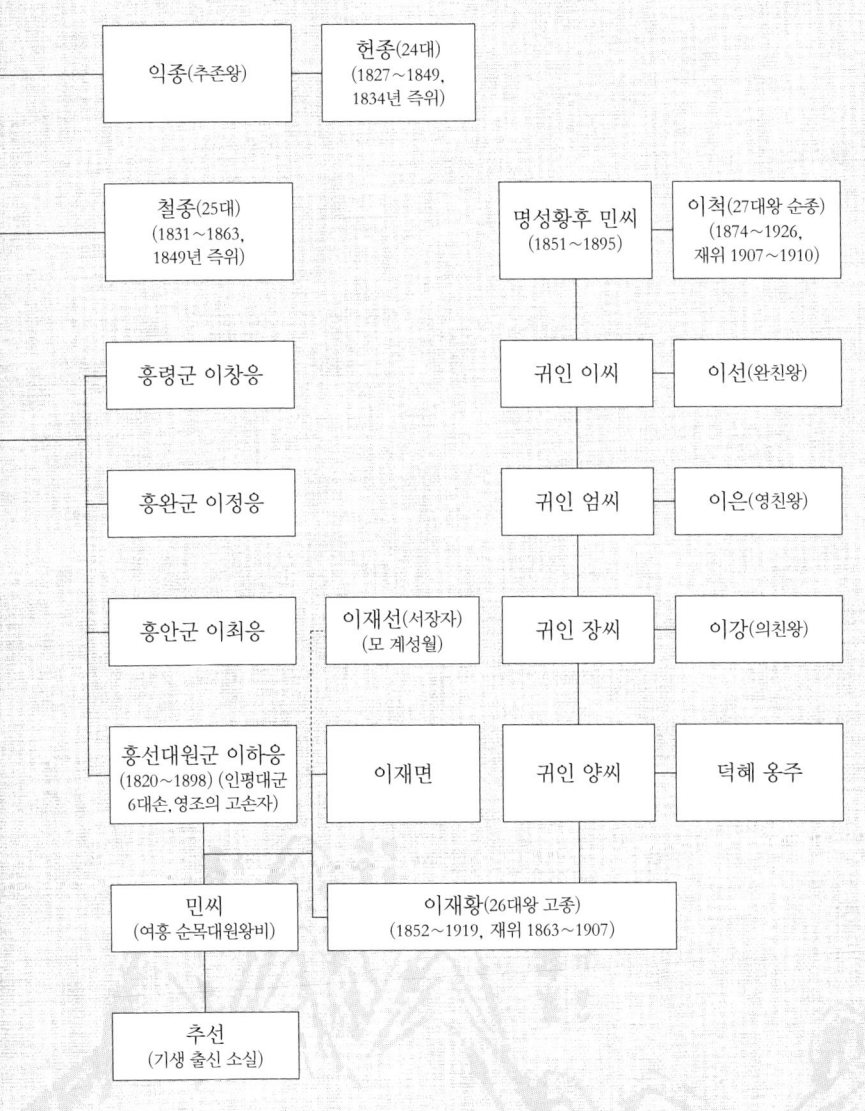

불의 궁전

왕권을 세우다

운현궁에 동이 트다

운현궁의 아침 해가 밝았다.

언제나처럼, 마치 그것이 일상인 것처럼 취기에 휩싸인 채 자리에서 일어났다. 밤새 술과 난(蘭)에 취해 시간을 보냈다. 다시 일어나 붓을 손에 쥐어 보지만 별다른 흥이 생기지 않았다. 단지 살아남기 위해 그리는 난이다. 살아남기 위해 펼치는 주정뱅이 노릇이다. 그렇지만 누구의 눈엔 명필로 보일지도 모를 일이다. 누구의 눈엔 왕권에 미련을 버리지 못한 왕손의 비범함으로 기억될지도.

그렇게 난을 그려 팔았고 술에 취해 살아남았다. 미치광이의 모습으로 비쳐지기를 열망하면서. 하지만 이렇듯 취기로부터 벗어나는 시간은 언제나 고역이다.

김응원(운현궁의 대원군 문지기)의 기별을 받고 나서야 자리에서 일어날 수 있었다. 천하장안이 방문했다는 전갈을 들은 지 한참이 지난 후였다.

＊

천희연의 입가가 심하게 부어 있었다. 제대로 얻어맞은 흔적이
역력했다.

분을 삭이지 못하는 천희연의 곁에 하정일과 장순규, 안필주(이
들의 성을 따 천하장안이라 부름. 건달패 노릇을 하던 인물로 알려
지지만 흥선대원군의 측근 역할을 하며 조선 밑바닥 민심을 파악하
는 정보원 역할을 수행함)가 모두 모였다. 그들 모두 어이없어 하는
표정이었다.

＊

천하장안, 나는 이들을 신뢰한다. 하릴없는 거리의 건달패들이
기에 이들을 믿을 수 있다. 입심 좋고, 주먹 잘 쓰고, 술을 즐기
고, 여색을 탐하며, 노름에 빠져 있기에 나는 이들과 함께할 수밖
에 없다. 이들에게서 인간의 냄새를 맡을 수 있기에 이들을 의지
할 수밖에 없다. 천하장안의 입에서 쏟아져 나오는 생생한 소리,
민초들의 현장에서 토해져 나오는 필사의 외침을 들을 수 있기에
나는 이들과 함께할 수밖에 없는 것이다.

천희연의 부은 입을 보며 나는 물었다.

"얼굴이 왜 그러느냐?"

"송구합니다."

"보았느냐?"

"무엇을 말입니까?"

"그들의 가증스러움을 말이다."

"……."

희연이 무슨 연고로 뭇매를 맞았는지는 충분히 짐작하고도 남는 상황이었다.

최근 천희연과 안필주를 데리고 투전판에 드나든 적이 있다. 자고로 투전판이란 민초들의 피고름 같은 돈을 걸고 벌어지는 생존의 모험장으로 알려져 있다. 하지만 최근 우리가 출입한 투전판의 면면은 그와는 사뭇 달랐다. 서원 하나씩 등에 업고 목이 곧을 대로 곧아 버린 사이비 유생들이 무료함을 견디다 못해 부나방처럼 모여드는 곳으로 변해 있었다.

아마도 희연은 그들에게 뭇매를 맞았을 것이다. 속임수에 능한 녀석의 야바위 기질에 약이 올라 걸핏하면 들먹거리는 유생의 지위, 체면 운운하다 녀석을 구타했을 것이다.

희연은 뼛속 깊이 깨달았을 것이다. 서원의 권력에 기대어 갖은 횡포를 일삼다가 불리하다 싶으면 문(文)을 들먹거리는 저들의 위선을 말이다. 그러나 그러한 깨달음은 섬뜩한 것이다. 일부 유생들의 문제만이 아니기 때문이다.

*

저들은 전체가 사이비가 되어 버렸다. 서원이 서원으로서의 구실을 하는 곳이 조선 천지 어느 한 곳이라도 남아 있단 말인가. 서원이 권력을 탐하고, 권력의 중심에 서서 세도를 누려야 한다는 논리가 유교 경전, 그 어디에 쓰여 있단 말인가.

저들은 비틀어질 대로 비틀린 전통의 뒤란에 똬리를 틀고 앉아 껍데기뿐인 체면의 골방에 스스로 갇혀 버렸다. 그러한 감금을 선비의 지고한 정신이라며 떠들어대고 있다. 정신 나간 미치광이들이다. 이 미치광이들의 세상이 민초들의 원한과 시름을 부채질하고 있다.

나의 명령이라면 신명을 다해 움직이는 천하장안. 이들이 내게 들고 온 조선의 소리는 예상보다 더욱 충격적이고 비통했다. 안필주가 말문을 열었다.

"대감."

"말해 보거라."

"대감의 분부대로 경중 5서(署), 47방(坊), 340계(契), 4만 3천(戶)을 한 곳도 빠짐없이 돌아다녔습니다."

"그래. 그들의 소리를 들었느냐?"

"들었습니다."

"말해 보거라."

안필주의 답을 단신에 또렷한 눈동자가 인상적인 하정일이 대신했다.

"관의 행패가 극에 달했습니다."

"어느 정도냐."

"백성을 향한 토색질이 아예 행정의 근본이 되어 버린 지 오래였고 관직을 매매하는 일은 이제 일상의 관례가 되어 버렸습니다. 천금을 주고 산 관직이라고 생각했는지 관원들은 직에서 밀려나기 전에 한밑천 뽑겠다는 심사로 온갖 추행을 자행하고 있습니다. 지켜보자니 피가 거꾸로 솟아 견딜 수가 없었습니다."

섣부르거나 설익은 공분은 화를 부를 수 있다는 옛사람의 가르침을 모르는 바 아니다. 하지만 수족과도 같은 천하장안이 쏟아내는 성토는 제지하거나 다스릴 수 있는 성질의 것이 아니었다. 저들의 분노는 곧 나의 분노다. 저들이 곧 나의 정신이며, 분노의 화염이다.

이번엔 사리에 밝은 장순규가 촌철살인의 고언을 쏟아냈다.

"민란의 기운이 극에 달했습니다. 분명 오래지 않은 시일에 진주민란을 넉넉히 넘어서는 민란이 봉기될 것 같은 민심을 읽었습니다."

"민란의 원인이 무엇이라고 생각하느냐."

"삼정의 문란 때문입니다."

"민란이 일어났기에 삼정이 문란해진 게 아니란 말인가."

"그 반대입니다."

"반대라."

"전정, 군정, 환곡. 어느 것 하나 질서대로, 순리대로 움직이지 않습니다. 전답은 황폐해질 대로 황폐해졌는데, 궁전이니, 둔전이니 하는 면세되는 토지는 자꾸만 확대되고만 있습니다. 토호들이 제 욕심껏 점유한 은결 역시 빠른 속도로 확산되고 있어 국고 수입이 아예 바닥날 지경입니다. 결국 텅 비어 버린 국고를 메우는 건 힘없이 양순한 농민들의 몫으로 돌아가 버린 상황입니다."

"환곡이란 제도는 제대로 굴러갔던 게 아니더냐."

"천만의 말씀입니다."

"설명해 보거라."

"본래 환곡이란 가난한 농민에게 구호의 목적으로 나라에서 미곡을 빌려주고 추수 때 당 이자를 붙여 받는 제도일진대 그 당 이자란 것이 상상을 초월한 고리대로 변한 것도 모자라 이 구실, 저 구실 붙여 농민들의 살가죽까지 벗겨내는 제도로 타락한 지 이미 오래입니다."

"관리들을 견제할 기관은 없느냐."

"허울뿐인 견제이며, 그마저도 제대로 움직이지 않습니다."

다시 안필주에게 물었다. 병역에 몸담은 적 있는 그에게 묻고 싶었다.

"군정은 어떠하냐."

"말도 마십시오. 대감마님. 양반, 아전, 관노 등은 병역이 면제되고 게다가 징병 행정이 극도로 문란해져 수많은 장사치들이 관리들과 결탁해 징병을 회피하니까 결국 힘없는 농민들을 대상으로 황구첨정이라는 명목으로 젖먹이를 군적에 올려 어른과 다를 바 없이 세금을 걷고, 심지어는 죽은 사람한테까지도 백골징포라 하여 세금을 거둬들여 군비를 충당하는 형편이 되어 버리고 말았습니다. 그러니 군 기강의 확립이니, 군 정신의 회복이니 하는 말은 쇠귀에 경 읽기가 돼 버렸죠."

참다못한 천희연이 부은 눈을 움켜쥐고 한마디 토해내고 말았다. 그 말은 모두의 간담을 서늘케 한 발언으로, 그 말을 토해낸 천희연의 눈알은 그 어느 때보다도 선명하게 분노로 이글거렸다.

"대감마님. 이제 나서야 하실 때가 아닙니까."

"무슨 소리냐."

"이대로 가다간 민란이 일어나 나라가 망하든, 왜가 밀고 들어와 망하든 어떤 식으로든 망하게 될 겁니다. 임금이란 작자는 주색에 탐닉해 허파가 썩어 들어가고 간신 아첨배들은 왕성 묘당을 에워싸고 희희낙락하고 있으며, 척신들은 나라가 팔리든, 박살나든 저들의 천년 권세 추구에만 몰두하고 있고, 관리들은 산적의 탈을 쓰고 백성들이 등골을 갉아먹고 있습니다. 이때 대감이 나서지 않는다면 도대체 어느 때가 그때란 말입니까."

"주둥이 닥치거라. 시정잡배들인 너희들과 어울려 주색잡기나 일삼는 나 같은 썩은 왕손이 나선다고 조선 천지 눈 하나 깜빡할 줄 아느냐."

천희연의 치기를 조롱했다. 그러나 나의 뜻을 저들은 알 것이다. 물러서지 않는 저들의 기개를 보면 본심을 알 수 있다. 장순규의 차갑게 가라앉은 말은 순교자의 충성 선언에 가까웠다.

"저희가 목숨을 걸겠습니다. 대감의 드높은 결의의 깃발 위에 우리 넷의 목을 걸겠다 이 말입니다."

"순규."

"대감 말씀처럼 우리 넷. 거리에서 하릴없이 시간만 축내는 건달인 거 맞습니다. 하지만 저희 역시 건달이기 전에 조선의 백성입니다. 백성들의 속이 다 타 버리고 있는데, 그 시커멓게 멍든 속을 외면할 만큼 대감의 심장이 두껍지는 않다는 게 저희 넷의 생각입니다. 저희가 잘못 생각한 겁니까."

"한 가지만 묻겠다."

"하문하십시오."

"정녕 내가 죽으라면 죽겠느냐."

"그렇습니다."

넷의 얼굴을 찬찬히 살폈다. 그들의 눈 속 깊숙이 섬뜩한 비장감이 배어 있다. 저들이 정녕 술과 도박에 빠져 있는 천하장안이 맞단 말인가. 저들은 분명 하릴없는 건달패들이 틀림없다. 그러나 저들이 건달패가 맞는 것처럼 조선의 백성인 것 또한 부정할 수 없는 진실이다. 서들의 신심이 분노하고 있다. 거친 공분의 외침이 내 심장을 격동케 하고 있다.

외면할 수 있는가. 아니다. 나는 이들의 분노를 외면할 자격이 없다. 나는 왕손이다. 저들이 조선의 백성, 조선의 이름, 조선의 역사이기 때문에 왕손인 나는 외면할 수 없다. 그 진실이 지워지지 않는 한 나의 숙명은 거대한 파도가 되어 조선 천지를 휘덮을 것이다.

왕재가 있습니까?

거리 곳곳에서 민초들의 아우성이 선명하게 들려온다. 배고픔과 질병을 호소하고 있다. 조선은 핏기 잃은 창백한 환부가 되어 버렸다. 미동조차 하지 못한다.

취한 발걸음을 옮기다 죽어가는 한 여인을 보았다. 여인네의 얼굴엔 죽음의 기운이 가득했다. 거리 한구석에 주저앉는 그녀에게 생명의 의지란 게 전혀 느껴지지 않는다. 눈물조차 마른 걸까. 슬픔조차 사치로 보인다. 그녀는 눈을 뜨고 있다. 그러나 죽어 있다. 몸 전체를 휘덮은 검은 반점이 그 증거이다.

*

1860년. 역병은 이전 해, 그 이전 해에도 어김없이 무정의 발톱을 드러냈다. 역병이란 괴물은 빈궁과 기아와 함께 찾아왔다. 하필이면 가난한 민초들에게만 위세를 떨친다. 마치 그것들처럼. 지독한 김씨들의 위풍처럼 말이다.

문득 명복(재황)을 떠올렸다. 이제 아홉 살이다. 속내를 들여다 보고 싶다. 창자 속에 무엇이 남아 있긴 한 걸까. 할 수만 있다면 나의 내장을 갈라 핏물이라도 쏟아 붓고 싶다. 그래서라도 무언가 먹이고 싶다. 배불리 채워 주고 싶다. 하지만 그럴 수 없다. 그래 선 안 된다. 내 피는 추악한 몽롱함에 젖어 있다.

필주가 이런 나를 비웃고 있다. 놈의 눈빛이 성가시진 않다. 놈 의 비웃음은 정당한 것이다. 최소한 필주를 비롯한 천하장안은 나를 비웃을지언정 혈관 깊이 잠겨든 취기를 탓하진 않는다. 그것 은 내 힘겨운 삶에 대해 벗으로서 보여 줄 수 있는 최소한의 위무 였다. 터무니없지만 긍정해야 한다.

*

종로 쪽으로 들어섰을 때, 요령 소리가 들려왔다. 한둘이 죽어 나간 것이 아니다. 거리 곳곳에서 시체의 썩은 악취가 진동했다. 나는 본다. 한두 방울 쏟아지는 빗속의 주검들을, 갈 곳 잃고 구 천을 떠도는 부패의 악취를 본다. 그러나 진짜 부패의 원흉들은 이 질척거리는 주검의 거리로부터 면죄부를 받았다. 오직 쾌락만 을 일삼는 주악의 뒤란에 똬리를 틀고 앉아 있다.

불과 며칠 전 나는 김씨들의 부패를 끝내 외면하지 못했다. 악 취를 씻어내기 위해 술을 마셨다. 취하고 싶었다. 그러나 취하지 않았다. 더욱 또렷하게 심장을 긁어댔다. 소름이 돋았다.

김씨들 중 지겨울 만큼 탐욕스런 세도가 김병기(영의정 김좌근의 양자. 안동김씨 일가의 실력자 중 한 사람) 주위에서 객초를 피워대며 견뎠다. 나는 김병기의 솟을대문 앞에서부터 긴장을 이겨내기 위해 마약과도 같은 술의 힘을 빌려야 했다. 하인마저 세도가의 권력을 남용하려 하는 이들의 일그러진 허세. 그 아래에서 나는 상갓집 개, 잔칫집 개가 되어 살아남아야 한다.

*

김병기는 노골적으로 뇌물을 챙겼다. 그는 일말의 체면도, 한 톨의 격식도 하찮은 것으로 깔아뭉갰다.

내게 객초를 권하며, 자신의 현재 위치를 강변하듯 뿌연 연기를 토해냈다. 탐욕의 악취를 쏟아낸 것이다. 지금 이 쏟아지는 빗물 아래에서 거적때기 하나로 빈궁과 가난을 견뎌내던 역병 들린 주검들, 고혈을 빨아 먹힌 민초들의 원혼이 거리 곳곳에 요령의 쩔렁임과 함께 섬뜩하게 울려 퍼지고 있다.

*

김병기가 내게 물었다. 제때 끼니조차 해결할 수 없어 굶주리는 내 아들놈에 대해 물어 왔다. 왕족의 뿌리와 거죽을 아귀처럼 빨아먹는 김씨들의 교활한 혀가 꿈틀거렸다. 그 혀의 말들이 천형의 업이 되어 내 심장을 얼어붙게 했다. 그의 물음을 받는 순간 정신이 일순 얼음처럼 차가워졌다.

"왕재(王才)가 있습니까?"

나의 두 아들을 두고 하는 말이다.

그 질문은 무례하다. 하지만 김씨의 세상에서 그것은 간교한 조롱이자 우회적 공격이다.

왕족이라면, 덕흥대원군의 피를 이어받은 나의 자식들과 직계 하전까지도 모두 왕족이다. 왕족에게 왕재의 기운이 흐르는 것은 당연하다. 그것이 조선을 지켜온 하늘의 뜻이며, 저들의 권력 유지 수단이기도 하다. 한데 왕재의 유무를 묻다니. 일갈을 쏟아 부어도 시원치 않았지만 나는 마음에 담아둔 속내를 한 줌도 들켜선 안 된다는 사실에 침묵해야 했다.

*

나의 비굴한 세 치 혀로 인해 김병기에게 첫째 재면(흥선대원군의 첫째아들)은 나와 똑같은 노름꾼, 술꾼으로 진락했다. 김병기의 안심하는 표정이 지금도 뇌리에서 지워지지 않는다.

김병기는 오만한 무지를 드러냈다. 안심해선 안 된다. 절대에 가까운 권력을 움켜쥔 이들에게서 나타나는 오만은 끝내 권력유지의 경계심을 느슨하게 만든다. 내가 술꾼이라 하여, 천하의 쓸모없는 잡배들과 어울리는 노름꾼이라 하여 뼛속 깊이 스며든 왕족의 피에 연루된 재황(홍선대원군의 둘째아들로 명복이라 불리기도 함)과 재면의 존재까지 매도하는 저 무심함이 서글프게도 나를 위로해 주고 있다.

서러움을 가슴 한구석에 끌어안고 걷기를 계속했다. 추적추적 비가 내렸다. 빗방울이 게걸스럽게 떨어졌다. 하지만 김씨 일문들의 부패와 폭정, 환멸과 무능으로 점철된 형해(形骸)뿐인 왕실의 토악질만큼이나 게걸스러운 것은 없을 것이다.

피로 쓴 《삼봉집》

깊은 밤이다.

누구에게나, 상반의 차별 없이, 어느 시대이건 관계없이 밤은 가혹하다. 어김없이 광풍이 되어 밀려온다. 계절에 상관없이 내게 이 밤은 차가운 냉기를 가져오는 잔인함으로 다가왔다.

지금이 그렇다. 값싼 연모의 정에 인생을 내거는 기생들과 함께 어울려 술에 취했다. 제멋대로 휘갈긴 난에 취했다. 그렇게 대취(大醉)하기만 하면 이 밤을 아무 생각 없이 흘려보낼 수 있을 거라 믿었다. 그러나 기대는 매번 좌절된다.

*

운현궁 한구석에 자리잡고 앉아 밤을 맞이하면 지독한 외로움이 파고든다. 그에 반하는, 가슴속에서 격렬히 들끓는 그 무엇 역시 외면하지 못했다. 그것이 나로 하여금 자리에 앉게 하고 서책을 펼치게 한다. 어둠에 포박된 밤. 촛불 하나에 의지하지만 이내 서책 속에 담긴 글의 깊이 속으로 빠져들었다.

글을 읽는 것이 아니다. 나는 한가로운 선비가 아니다. 탁상공론에 열을 올리는 유생도 아니다. 나는 왕손이다. 망나니 옷을 입어도, 시정잡배의 꼴을 하고 돌아다녀도 내 피부까지 감싸 쥐고 놓아주지 않는 왕손의 흔적은 결코 지워지지 않는다.

*

밤의 외로움을 잊기 위한 서책으로는 언제나 정도전의 《삼봉집》(조선왕조의 개국공신이자 성리학자인 삼봉(三峰) 정도전(鄭道傳, 1342~1398년)의 문집(文集))이 펼쳐져 있다.

조선 건국의 피와 땀이 어린 글들이다.

그것은 글이 아니다. 붓으로 눌러쓴 피의 기록이다.

정도전의 끓는 피가 내 심장을 두근거리게 한다. 정도전의 한양 천도에 대한 열망과 왕궁의 위엄에 대한 강력한 열망이 나로 하여금 살아 있게 만든다.

그러나 이 어찌된 일인가. 이 살아 있음이 도리어 내게는 비극이다. 김씨 일문들로 겹겹이 에워싸인 권력의 숲에서 숨조차 제대로 쉬지 못하는 내게 정도전의 끓는 피는 차라리 사치였다.

그러나 나는 피하지 못한다. 피할 수 없다. 조선 왕조의 왕손이라면, 조선 건국의 정통성 확립에 모든 것을 쏟아 부어야 하는 숙명이라면 그것을 피하는 길은 죽음밖에 없는 것이다.

이대로 죽어야 하는가. 끝까지 버텨야 하는가. 밤은 내게 어떤 답을 주고 있는가. 깊은 어둠 속에 타오르는 한 줄기 불꽃은 내게 무엇을 말해 주고 있는가.

답은 이미 주어져 있다. 단지 번뇌할 뿐이다. 오늘도 이 고민으로 밤을 새울 작정이다.

아버지의 묘 앞에서

대덕사를 찾았다. 아버지의 묘가 있는 곳이다.

절이고 탑지여서 묘자리를 잡을 수 없다는 말에 나는 굴복하지 않았다. 내가 가진 가산 전부를 쏟아 부으며, 길지를 확보하기 위해 광분하던 일을 지금도 생생히 기억하고 있다.

형제들은 나의 행동을 이해하지 못했다. 그들은 두려워했다. 대덕사에서 원인 모를 화재가 일어났던 기억이 그들에겐 불안으로 각인되었다. 하지만 내게 화재는 길조의 전운이었다. 회신된 절터에서 하룻밤을 보낸 이후 나의 형들은 매양 한 가지 악몽에 시달렸다고 고백해 왔다. 불안이 극에 달할 때 정체를 드러낸 해괴한 노인이 이곳에 절대 아버지의 묘를 쓸 수 없다는 일갈을 퍼부었다는 것이다. 비겁함과 두려움이 그들의 꿈속, 은밀한 영역마저 지배했음을 확인했다.

좋은 묘자리에 대한 확신은 미신의 다른 이름이 아니다. 효의 극(極)을 찾아 극점의 내부에서 파열되는, 전혀 새로운 것에 대한 갈망이자 믿음이다. 이 믿음이 나로 하여금 분노케 했다. 형제들의 유약함이 미웠다. 현실 세도가들, 김씨 일족의 서슬 퍼런 문전 앞에서 구차한 생을 이어 나가는 그들이 진저리나게 싫었다.

*

아버지의 묘 앞에 무릎을 꿇고 앉아 한동안 말을 잃었다.

막막하다. 호기와 울분으로 점철된 나의 믿음도 불구하고 현실은 차갑기만 했다.

효를 향했던 나의 의지는 박제처럼 아무 답도 주지 않고 있다. 여전히 술에 취해 있는, 취기가 몸의 일부처럼 기생하고 있는 현실. 왕족인 내가 가족의 끼니를 걱정해야 하는 현실. 이 현실 앞에 무덤은 그저 무덤일 뿐이다.

망연함만 남아 있다면, 길지의 음덕이 그 효능을 다해 버린 거라면 그렇다면 나는 죽어야 한다. 아니다. 이미 오래전에 나는 죽은 몸이었다.

그럼에도 살아 있다. 차가운 바람이 내 피폐한 거죽을 할퀴고 지나갔다. 죽었으니 살이 있는 상태. 갈망이 현재를 지배해 버린 시간 속에서 내가 할 수 있는 일은 탄식뿐이었다.

이 탄식 안에 무엇이 담겨 있는가. 자리에서 일어나 합장을 한후 아버지의 위패 앞에 놓여 있는 사리합에 손을 대본다. 은근한 광채를 머금은 그것을 열어 보면 골질도, 금속도, 돌도 아닌 영육의 오욕이 고스란히 담긴 안개의 빛으로 도도히 존재하는 사리가 들어 있다. 범접할 수 없는 청아한 빛의 결정체다. 푸르고 깊은 물 길의 현현으로 압도하는 나의 마지막 갈망. 탄식은 청아한 빛의 궁극에서 더할 수 없이 맑은 메아리가 되어 돌아온다.

살 수도 죽을 수도 없다. 산몸도 죽은 몸도 아니다. 길지를 향한 나의 선택, 온갖 두려움과 풍문을 밀어내고 이곳에 아비의 묘자리를 선택한 것은 미신도, 합리적인 선택도 아니다. 그것은 껍데기뿐인 왕족에 대한 진혼곡일 뿐이다.

그러나 이 진혼곡이 나 혼자만의 유희가 될 순 없을 것이다. 빈궁과 역병으로 속절없이 죽어나간 민초들의 주검이 소리치는 이 땅 위에선 말이다.

나는 왕손이로소이다

아버지의 묘를 뒤로 한 채 엎드렸다. 눈물조차 나지 않는 상황. 무엇이든 내질러야 했다. 끝이 보이지 않을 미망의 주문이 되어도 상관없다. 이렇게라도 토해내지 않으면 견딜 수 없을 것 같았다.

"아바마마."

답이 없다. 메아리만 가득하다. 서늘한 공기가 피부를 아프게 스치고 지나간다. 망자의 침묵이, 가혹하게 드리워진 어둠의 기운이 도리어 나를 담대하게 만든다.

제아무리 마시고 부어도 해갈되지 않는다. 이 지독한 집념이 나로 하여금 소리치게 한다. 이 순간 소리치지 않을 수 없다. 길이 보이지 않아도 상관없다. 미치광이가 되어도 상관없다. 그저 소리치는 것이다.

"이 나라 역사 사천 년, 오백 년 왕업입니다. 잊어서는 안 되는 것이 있습니다. 이 땅, 삼천리 방역에는 뜻 모를 고통에 신음하는 백성 일천이백만이 있다는 사실 말입니다."

그야말로 한순간도 심장에서 도려낸 적이 없었다. 헐벗고 굶주린 백성들의 순박한 웃음 말이다. 그 웃음들이 지저귀는 새, 이슬을 머금은 바윗돌처럼 모진 세월의 풍상을 견디면서도 이 땅, 조선의 역사를 지켜온 것이다.

"조선의 역사는 바로 그들이 써 온 역사입니다. 그들 중엔 비록 권세를 탐하고 매판, 토색, 분탕질로 희망이 없는 무리들도 있으나 그들조차도 하나같이 이 땅의 민초들인 것입니다."

아버지의 형체가 내 기억 속에서 사라져간다. 대신 잔류하는 건 내 자신에 대한 다짐뿐이다. 먼 길을 돌아와도, 눈앞에 그 어떤 희망이 보이지 않아도 나는 왕손이다. 그 사실은 변하지 않는다. 혈관 속을 파고드는 피고름 한 방울까지 짜내어 갈아 마시지 않는 이상 말이다. 설령 그렇다 해도 내 정신을 지배한 뜨거운 피는 조선의 역사를 향한 애증과 분노의 표호를 결코 멈추지 않을 것이다.

"이 땅이 어디로 가고 있습니까. 외척들의 발호로 가묘엔 냉기가 스며들고 왕부의 황폐함은 극에 달했습니다. 조정 태조가 이룩한 궁궐이 폐허의 잔해로 떠돈 지 벌써 삼백 년이란 시간이 지났습니다."

나의 절규 앞에 절망의 먹구름이 짙게 드리운다. 사방이 어둑하다. 저 먼 곳에서 붉은 놀이 무정하게 떠오르는 순간 이 절망에 맞서 싸우고, 견뎌낼 최소한의 자신감마저 망실해 버린다. 그러나 나의 정신은 무릎을 꿇어도 나의 입은 소리치고 있다.

"왕손들은 무엇을 하고 있습니까. 그저 초야에 묻혀 죽은 자나

다름없는 모습으로 살아가고 있지 않습니까. 김씨들, 권력 다툼의 초라한 승자들은 이런 우리 모습을 조롱하고 있습니다. 저들을, 저들의 배후에 깊이 배어든 권력의 그림자를 거두어내지 않으면 안 됩니다. 저에게 가르침을 주십시오. 그것이 만약 주제 넘는다면, 그렇다면…… 제게 취할 수 있는 힘이라도 주십시오. 독주에 취해 이 마땅한 분노를 시정잡배의 헛소리로 낭비할 수 있는 뻔뻔함이라도 주십시오."

어느새 나의 입은 차갑게 가라앉았다. 더 이상의 독백이 지속되지 않는 순간 머릿속이 투명해졌다. 믿을 수 없을 정도의 선명함이다. 이 선명함이 내게 마지막 희망이 될 것이다. 근거 없는, 하지만 급류와도 같은 전대미문의 파문으로 고동칠 것이다. 그것을 알기에 다시 돌아갈 것이다. 또다시 취할 것이다. 미치지 않는 미치광이가 될 것이다.

기녀 추선

호적한 가락이 한강수 흐르는 물 위를 떠돌고 있다. 아늑함을
상징하는 먹을거리들이 그득 담겨 있는 한강수 앞 정자가 한강을
환락의 샘으로 만들고 있었다.

쾌락의 잔치가 벌어지는 중심에 양씨가 앉아 있다. 영의정 김좌
근의 애첩. 그 근본 없는 계집에게 아첨하기 위해, 뿌리 깊은 조정
고관의 정실들이 아첨을 부리고 있다.

김좌근(안동김씨 세도기 후기의 중심인물. 익종의 외삼촌)의 세도
만으로도 숨 막혀 죽을 지경이다. 한데 이젠 그의 애첩까지 사악
의 탐욕을 주체하지 못하고 날뛰고 있다.

김씨들의 세도에는 뿌리서부터 썩어 버린 무능이 존재했다. 시
작부터 그렇지 않았는가. 왕실과 왕족을 우상의 신전 앞에 옹립
시켜 놓고 정작 왕족의 피를 말리는 우상에 대한 가혹한 침묵의
예의로 지내온 지 벌써 3대째다.

왕족도 사람이다. 피가 끓는 사람. 그러나 태양보다도 장엄하고
우주보다도 공활한 하늘과 땅의 군주로 화하는 순간 왕족은 말

못하는 부처가 되어버린다. 아무런 답도 주지 않는 답답하지만 신비로운 부처. 말 못하는 부처의 가랑이 사이에서 김씨들의 양물을 빨아먹은, 썩은 뿌리를 가진 기생충 양씨의 치마폭이 창궐하고 있다. 그 치마폭 아래 심복 진 판서가 있고, 권세가 있고, 야합의 달디단 열매가 꿈틀거리고 있다.

"난 또 어느 거리의 잡배인가 했네. 흥선 대감이로군."

진 판서의 노골적인 인사말에 좌중이 폭소다.

나는 여기 왜 와 있는가. 벌레 보듯 내 온몸을 훑는 양씨의 시선을 허허한 웃음으로 받아낼 수밖에 없는 나는 여기에 왜 왔는가. 무엇을 얻기 위함인가.

장구가 울리고 한 가락 노래자락이 들려온다. 한 여자의 시선과 함께 그 속되고 흔해 빠진 노래가사가 유난한 울림으로 나를 자극하기 시작한다.

태산이 높다 한들
하늘 아래 뫼 아니냐
사림이 제 아니 오르고
뫼만 높다 하는다

추선이다. 푸르고 그윽한 눈을 지닌 흔치 않은 여인이다. 그러나 그녀는 기생이다. 진한 지분 냄새가 몸속 깊이 전해져 온다. 취한다. 만성으로 짓눌린 취기와는 격이 다르다.

추선의 눈은 슬프다. 연민이 담긴 슬픔이 아니다. 누구에 대한 슬픔인지 대상조차 불분명하다.

*

쌀알과 먹을거리들이 강의 물길을 따라 흘러 내려가고 있다. 아무런 의미도 없다. 물고기들조차 외면하는 썩은 쌀알. 그러나 그것들은 가난에 굶어 죽는 이 땅의 백성들에겐 유용한 먹을거리다. 진 판서에게 말했다.

"차라리 저기 저 구경꾼들에게나 나눠 주시오. 물고기들은 전혀 관심이 없는 듯하니."

"오래되어 썩은 것을 누가 먹는단 말이오."

'너희들이 방기해 놓은 그 밥에서 벌레가 기어나온다 해도 피골이 상접된 이들은 입 속으로 쑤셔 넣을 것이다!'

울분이 치솟는 오욕의 시간이다. 그러나 나는 아무것도 할 수 없다. 적어도 이 순간만큼은.

단 한 가지 할 수 있는 일이 있다. 저들이 썩었다며 버린 밥알을 입 속으로 욱여넣는 일뿐이다.

한 입, 두 입. 맛나게 그것들을 입 속으로 처넣었다. 의외로 쓰다. 혀끝의 감각 탓인가. 아름다운 춤사위를 보이며 내게 다가오는 추선 때문인가.

나를 따라온 천하장안 중 희연이 내게 쏟아지는 양씨 무리들의 조롱에 화를 견디지 못하고 자리를 박차고 일어났다. 나는 녀석의 팔목을 붙잡고 계속해서 밥알을 입 속에 밀어 넣었다. 쉼 없이 흰 밥덩이들이 물속으로 던져지고 있었다.

그 어느 한 곳에 양씨의 모습이 보였다. 계집이 나를 보고 있다. 강물 속으로 떨어지는 흰 밥덩이들과 교교하게 울려 퍼지는 낭랑한 장구 소리를 음미하며 무가치한 우상이 되어 버린 왕족을 저 드높은 곳에서 굽어 살피듯 내려다보고 있다. 저 계집이 김좌근의 첩이란 사실은 그다지 중요하지 않다. 조선의 질서가 썩은 뿌리에서부터 만들어지고 있으니 상반의 법도, 도덕의 근간, 윤리의 인정 따위는 양씨의 오만한 눈길에서 쏟아지는 불길 속에서 모두 태워질 것이다. 한 줌 재가 되어 버릴 것이다.

"이럴 줄 알았으면 그 영민하다던 자제분들도 함께 데려오지 그러셨소? 남은 음식이 저렇게 많은데 말이오."

양씨의 기세를 등에 업고 한창 팔팔해진 진 판서의 거듭되는 망언이다. 참을 수 없는 건 놈의 망언이 아니다. 저들이 그토록 숭배하는 권력의 쓸쓸함이다. 서럽다. 서러워 견딜 수 있다.

*

한 차례 치욕의 태풍이 휩쓸고 지나간 빈자리. 여전히 추선이 내 곁에 남아 있다. 희미한 달빛 아래에서 뜻 모를 웃음을 머금고 있다.

남은 안줏거리를 싸 집어 내가 앉은 술자리 앞에 진설해 놓은 그녀. 괴기한 오기가 동했는지 어느새 내 아랫입술에서 핏물이 고였다. 참담한 수모를 그대로 지켜본 추선 앞에서 나는 은근한 부끄러움을 느꼈다.

양씨의 무지로 회칠된 오만 앞에선 얼마든지 내 자신을 위장할 수 있다. 타락한 왕손 연기가 그토록 쉬울 수 없다. 그러나 추선. 이 여자는 다르다. 감출 수 없는 속내가 그대로 그녀의 눈빛을 통해 드러나고 만다. 발가벗겨진 기분이다.

그녀의 무릎을 베고 누웠다. 검은 하늘에 총총히 아로새겨진 별들이 보였다. 바람이 코끝을 훑고 지나갔다. 바람처럼 무심결에 내던진 추선의 한마디가 흐르는 강물처럼 그대로 나의 귓전을 가볍게 스쳐 지나갔다. 그 가벼움이 예사롭지가 않았다.

"타 버려 재가 되지 그러셨어요."

"무슨 뜻이냐."

"그럼 이 순간순간들이 좀 더 견디기 쉬우셨을 텐데."

"……."

"불쌍한 사람."

납득 불가한 화기가 내 심장을 두근거리게 했다. 김씨 일족들의 개들이 쏟아내는 망언에도 얼굴을 붉히지 않았는데. 추선의 말 한마디에 화가 치솟았다.

자인하지 않을 수 없다. 나는 처음부터 돌이 아니었다. 돌은 술을 마시지도, 비굴함을 위장하지도 않는다. 나는 사람이었다. 그랬기에 화기를 억제하지 않고 그대로 쏟아내고 말았다. 추선의 몸을 잡아당겨 바닥에 눕히고 만 것이다. 그녀에게 내 분노를 숨겨야 할 아무 이유가 없기 때문이다. 솔직할 수 있다는 건 인간에게 축복인가. 저주인가.

춤추는 석파란(石坡蘭)

　은근한 온기가 등허리를 적시는 방. 추선의 지분 냄새가 가슴을 막막하게 했다.

　추선의 몸엔 농염함만으론 설명하기 어려운 서글픔이 묻어 있다. 그것이 분명 사내에겐 불가해한 매혹이다. 조급한 정욕을 채근하지만, 정작 그녀의 피부에 감각이 전이되고 나면 급격한 속도로 냉정해진다.

　지금이 바로 그렇다. 추선의 상의를 단숨에 벗겨내고 그녀의 유방을 입에 문 채 새하얀 두 다리 사이로 욕망의 이물을 쏟아내고자 하는 욕망이 어느 순간 차디찬 빙벽과 마주친 상황 앞에 나는 당혹스러워 했다. 애무를 멈춘 내가 그녀를 올려다보자 추선은 말없이 손에 붓 한 자루를 쥐어 주었다. 허망한 기분으로 물었다.

　"이게 무엇이냐."

　"보고 싶어요."

　"뭘 말이냐."

추선은 대답 대신 하의를 벗는 것으로 대신했다. 방금 묻혀 놓은 먹의 검은 기운이 붓술에 가득하다. 한 방울 검은 먹의 흔적이 희디흰 추선의 속저고리 위에 떨어졌다. 한 방울의 검은 흔적과 어느새 전라(全裸)의 몸이 된 추선의 배꼽 아래 유난한 선명함으로 남아 있는 검은 점 하나가 눈에 띄었다.

"대감의 석파란(대원군이 그린 난초화로, 그의 호 석파(石坡)를 따서 석파란(石坡蘭)이라 함)을 보고 싶어요."

추선의 몸이 수줍게 흔들린다. 그녀의 몸 위로 어느새 손에 쥔 붓이 춤을 추었다. 일말의 망설임도 없었다.

가혹하다. 그녀의 몸 위에서 춤을 추는 난의 형세를 확인할 겨를조차 없었다. 오직 그녀의 젖은 눈을 맹목의 열광으로 바라볼 뿐이었다. 나는 말한다. 아니, 고백한다.

"나는 상갓집의 개다."

"그렇지 않아요."

"나는 술값으로 난을 치고 있다. 네 몸을 검은 칠로 욕보이고 있는 게다. 이래도 내가 개가 아니라면, 정녕 무어란 말이냐."

"대감은 자신을 속이는 일에 익숙한 분이세요."

"무슨 소리냐."

"그렇지만 속일 수 없는 한 가지가 있어요."

"……?"

"대감이 직접 치신 난을 보세요. 기생의 몸 위에 새겨 넣은 이것을요."

애써 보려 하지 않아도 나의 시선은 어느 순간 그녀의 몸에 고정되어 버렸다.

화선지가 아닌 살아 있는 생명의 화폭 위에 형세도 의식하지 않고 휘갈겨 놓은 난의 위세가 내내 잠들어 있던 내 심장을 격동케 했다. 잔인할 정도다. 온종일 쌓아 두었던 취기가 일순간 달아나 버린다. 가냘프고 여린 추선이 몸 위에 아무렇게나 흩뿌려진 검은 선들이 아우성치고 있다. 도무지 외면할 수 없는 항거의 신음이다. 무엇인가. 이 무엇인가. 이 신음의 실체에 추선이 답하고 있다. 보잘것없는 기생의 말이 나를 훈계하고 있다. 싫지 않다. 점점 더 끔찍할 정도로 선명해지는 기운에 사로잡힐 뿐이다.

"대감의 난에는 올곧은 목적과 패기와 함께 깊은 원한과 시름이 뒤엉켜 있어요."

"……과연 ……그런 것이냐."

"누구의 원한과 시름인가요."

"……."

"누구인가요……."

죽음의 역병 앞에 약재 한번 제대로 쓰지 못하고 객사한 백성의 얼굴이 다시금 떠올랐다. 이것은 민초들의 시름과 원한이다. 지금 기생의 몸 위에 새겨 넣은 난이 그것을 말하고 있다. 나를 가르치는 것이다. 왕손의 주인은 하늘이 아닌 민초들이었단 말인가. 그들의 아우성이 곧 하늘의 외침이었단 말인가.

더 이상 붓을 잡지 않았다. 몸 전체에 알알이 배어든 땀도 닦아

내지 않았다. 그대로 자리에 주저앉아 멍하니 그녀의 몸을 바라
볼 뿐이었다.

국모 조대비

조성하(조선 후기 문신. 신정왕후 조대비의 친정조카)와 술자리를 함께했다. 조성하의 눈빛은 집념으로 이글거렸다. 이해할 수 있는 눈빛이다. 나의 젊은 날 역시 조성하의 눈빛 그대로였으니까.

조성하 역시 답답할 것이다. 조대비의 승후관으로 왕족과 간접의 연을 맺고는 있으나 권력으로부터 번외 취급을 받는 자괴감을 더는 견디기 힘들어 할 것이다. 그러나 눈빛만으론 살아남을 수 없다. 두려움과 분노는 지독히도 섣부른 행동을 낳고 만다. 젊은 혈기의 설익음은 차라리 앞뒤 가리지 않는 무모의 돌연성 속에 놀라운 빛을 발하기 마련이다.

*

왕족인 내게서 분명한 의지를 확인하고자 하는 조성하의 의욕에 찬물을 끼얹고 싶었다. 그만큼 나도 두려운 것이다. 나는 내가 두려워하는 실체를 너무나 잘 알고 있다. 실상이 감정을 압도할 때 인간은 이성적 존재가 된다.

조성하가 내게 귀띔해 주던 말들이 두려움의 불씨가 되어 의식 언저리를 맴돌고 있다. 떠도는 풍문으로만 치부할 수 없는 정가의 확실한 정보. 현왕의 사촌인 경평군 이세보의 신지도(新智島)로의 유배 사실. 왕족을 유배시킬 수 있는 포악무도한 무리들은 마땅히 김씨들, 그들의 혓바닥일 것이다. 왕족을 심판할 수 있는 호소력 넘치는 죄목의 창작 역시 극단의 성질을 띨 것이 자명하다. 역모. 그리고 신지도. 나는 조성하에게 물었다.

"신지도가 어디 있는 곳인가?"

"전라도 완도 근처입니다."

"지독히도 먼 곳이로군."

독백을 내지른 내게 조성하는 하지 않아도 될 말까지 쏟아냈다.

"도정군 이하전 주변도 심상치 않습니다."

모를 리 있는가. 이하전(무옥(誣獄)으로 희생된 조선 후기 왕족. 왕위 계승 후보로 물망에 올랐음)의 영민함, 그 사리 바름이 김씨들에겐 눈엣가시로 여겨졌을 것이다.

왕족은 미쳐야 한다. 미치거나 광대가 되거나 둘 중 하나가 되어야만 살아남는다. 이것이 이 땅 조선의 기막힌 현실이다. 이 현실 앞에서 나는 '나'를 죽여야 한다. 왕족인 나를 죽일 때, 나는 시정의 잡배가 된다. 그때 기회가 찾아온다. 상갓집 개가 되어 살아남을 때만 기회는 허락된다. 이 끔찍한 역설을 견뎌내야 한다. 그래야만 한다.

그 기회를 잡기 위해 조성하에게 보여 주어야 했다. 나 역시 보이지 않아도 될 일들을 해야만 했다. 시간은 내게 기회에 대한 그 어떤 기약도 허락하지 않았다. 그렇기에 더욱 가혹한 위악이 필요하다.

경멸의 오물에 마음껏 취해 있을 수 있는 곳이라면 어디라도 상관없다. 기생들의 허벅다리를 움켜쥐고 제멋대로 상부련을 지껄이는 미치광이의 흉내가 나를 진짜 광인으로 만들어 버린다. 미치광이가 되는 것이 필요하다. 그 어느 것도 약속할 수 없는 무간의 오물통 속으로 모든 두려움과 분노의 감정을 몰아넣는 일. 헛된 기적을 기대하는 일이 너무나 절실하다.

*

내내 몽롱함을 위장하듯, 아니면 그러한 순간순간을 소진하듯 배설해 버리던 내게 정신의 또렷함을 요구한 사건이 도래하였다.

사동의 어느 골목에 자리 잡은 기방. 그곳에서 나는 젊고 싱싱한 피 냄새가 가시지 않은 청년에게 내 뺨을 허락해야 했다. 순간 불꽃이 일었고 설익은 분노의 독설이 유난히 선명하게 들려왔다.

*

한 모금의 술을 얻어 마시기 위해 젊은 군관들이 모인 자리에서 숙배를 했다. 술자리에 함께했던 승후관 조성하가 그런 나의 모습을 참혹한 시선으로 지켜보았다. 한 번, 두 번, 내가 품은 왕족의 피가 경멸과 조롱의 하구 속으로 흘러들어가기만 한다면 숙배가 아닌 저들의 가랑이 사이라도 기어 들어갈 용의가 충분하다.

그렇게 숙배를 마치고 상갓집 개로, 투전대감으로서 한 잔의 술을 기다릴 때, 놈의 거친 발길질이 내 아랫배를 파고들었다. 비명을 지르는 것은 사치다. 그저 두 손으로 배를 움켜쥐고 바닥을 딩굴 뿐 소리 한번 제대로 지르지 못했다.

놈은 이런 나의 멱살을 붙잡고 일으켰다. 그리고 뺨을 후려쳤다. 야무진 손아귀 힘이 느껴진다. 왼뺨, 오른뺨. 가릴 것 없이 얻어맞았다. 놀란 기생들의 기함 소리가 따갑게 귓전을 파고들었다.

그러나 더욱 분명한 건 내 의식이 깨어났다는 사실이다. 내 정체가 탄로나는 것이 두려웠다. 내 안에 자리 잡은 왕족으로서의 기개와 공분이 발각되는 순간 나는 또 한 명의 견제되어야 할 왕족이 되어 김씨들의 꼴사나운 먹잇감이 되고 말 것이다. 그것만큼은 두려웠다.

조성하가 쓰러신 내 면선에 침을 뱉는 젊은 군권의 무례함을 꾸짖었다. 노기 가득한 음성이다. 그는 순진하다. 결코 일어나선 안 되는 일을 목격한 당혹스러움이 얼굴 전체에 열꽃처럼 피어올랐다. 일어나지 않을 일은 없다. 왕족이 이런 취급을 받아선 결코 안 된다는 가르침은 서책에 쓰인 붓글씨, 허울뿐인 경구에 지나지 않는다. 실행의 힘을 상실한 글은 아무 효력도 힘도 없다. 오직 김씨들의 혀, 그 혀를 잘라내야 한다.

"이 무슨 무례한 짓이냐?"

젊은 놈은 자신의 앞을 가로막는 조성하 따윈 안중에도 없었다. 놈의 혈기 가득한 눈빛의 표적은 시종 '나'란 존재 하나뿐이었다.

"왕손이란 자가 저 꼴이야! 정일품 현록대부 흥선군 이하응의 꼴이 바로 이렇다고!"

"……."

"공술에 눈이 멀어 우리 같은 쓰레기들에게 숙배를 해! 내 눈을 뽑아 버리고 싶다!"

한바탕 지껄인 놈이 자리에 앉아 더한 호기를 부렸다.

"정녕 술을 마시고 싶소?"

"여부가 있겠소."

"그렇다면 대감, 이리와 나에게 술 한 잔 따라 주시오."

조성하의 비명에 가까운 호통소리가 터져 나온다. 하지만 내 두 손은 이미 술병을 잡고 놈의 비운 잔을 채우고 있다.

잔을 받은 놈의 얼굴이 다시 한 번 일그러진다. 그와 함께 찰나의 순간 내 얼굴을 할퀴고 지나가는 날카롭고 차가운 촉감, 코끝을 향긋하게 적시는 놈의 술 세례가 나의 의식을 다시금 일깨워 주었다.

"억울하고 분하거든 기억하시오. 내 이름은 이장렴이라 하오."

내 목을 타고 내릴 술 한 방울이라도 받아 마시기 위해 혀를 날름거리며 익살스럽게 놈에게 물었다.

"내가 당신 이름을 기억해야 할 특별한 이유라도 있소?"

"기억하였다가 혹 말직 중의 말직인 나란 인간의 목을 따게 될 날이 오면 반드시 날 좀 죽여주시오. 똑똑히 기억했다가 말이오."

이 많은 취객들 중 그 말이 어떤 뜻인지 깨우치고 있을 존재는 아무도 없을 것이다. 이장렴(조선 후기 금위대장이 됨. 후일 강화읍의 수비대장으로 활동함)이라고 자신을 밝힌 사내의 기개가 나는 싫지 않았다. 허풍과 오만이 뒤섞였어도 무인(武人)다운 호방함에는 탐욕에 눈이 먼 세태와는 다른 구석이 느껴졌기 때문이다.

*

조성하와 헤어질 때, 그에게 의미 있는 한마디를 들려주었다. 조대비와 만나고 싶다는 언질이었다. 익살과 광대의 몸짓과 취기를 그대로 담은 전언(傳言)이다. 끝을 헤아릴 수 없는 난봉의 모습에 조성하는 적잖은 실망과 좌절을 몸소 체득했을 것이다. 그리하여 그가 나의 진의를 깨닫지 못한다 해도 상관없다.

다행인지 불행인지 성하는 나의 발귀를 알아들은 것 같다. 더없이 진지해진 낯빛이 나를 묘한 흥분 속으로 빠져들게 만들었다. 조대비는 불안과 무력으로 나날을 소비하는 천상 여자에 불과하다. 그러나 그녀는 유약한 왕을 담보로 잡고 있는 사람이다. 한 나라의 국모인 것이다. 그런 그녀 역시 정치가가 분명하다. 김씨 세력에게 고립된 처지이지만 숨죽여 때를 기다리는 예측불허의 힘을 갖고 있다. 그런 그녀에게 나의 진의를 전달한다면 어떤 결과가 나올까.

조대비라 하여 믿을 수 있는 건 아니다. 정치의 세계에서 절대 불변한 신의(信義)의 법리가 존속되는 경우는 없다. 그렇기에 두려움과 분노를 감출 수밖에 없다. 분노의 말미엔 반드시 전복의 필연이 기다리고 있기 때문이다. 김씨들의 위세, 그 결속력의 견고함 또한 완벽하지 않다는 것에 주목할 필요가 있다.

서원의 썩은 기둥

천희연이 구금되었다는 소식을 듣게 되었다. 구금의 이유를 하정일로부터 보고받는 순간 헛웃음을 터트리지 않을 수 없었다. 피륙전인 도박판을 엉망으로 만들어 놓은 천희연의 의로운 행패에 앙심을 품은 주인이 사충사에 청탁을 하여 천희연을 금부에 구금한 것이다.

하정일에게 물었다.

"얼마를 주고 청탁했다고 하는가."

"삼백 냥 넘게 줬다고 했습니다."

"지겨워."

"예?"

"지겨운 것들이야."

나의 말을 알아들은 걸까. 하정일은 굳은 얼굴로 고개를 숙였다. 희연을 방면시킬 방도 또한 지극히 단순하다. 청탁받은 액수의 배를 얹혀 주고 방면의 매물을 제시하거나 그도 아님 김씨들의 힘을 빌리는 길이다.

이 단순한 방법들이 나를 지겹게 만든다. 치욕을 넘어선 수치스러움이 느껴진다. 어느새 만성이 되어 버린 유생들의 부패가 지겨운 것이다. 이 지독한 역겨움을 어찌해야 한단 말인가.

*

서원, 노돌강변에 위치한 충현들의 사당인 사충사. 그곳에서 발행하는 서독(書牘), 그 서독에 찍히는 도장인 조(彫), 임금의 옥쇄, 혹은 그보다 더 막급한 권위를 갖는 조의 횡포는 관할 구역도, 이유도, 최소한의 명분도 부재하다. 학문의 이름으로 그저 자신들의 비위에 거슬리는 사람이나 가문에게 발행되는 작태, 성현의 학문을 연구하는 서원이란 곳에서 이뤄지는 이 세태를 어떻게 이해해야 할지 답이 나오지 않았다.

지독하게 어그러진 역사의 줄기를 근본부터 바로잡지 않으면 안 된다. 그러나 이 최소한의 의지조차 끊어 놓으려 하는 절망의 관습이 조선 전체를 사로잡고 있다. 숨을 쉬고 있다는 게 신통할 정도로.

왕위를 위하여

짙은 안개에 사로잡힌 별당 서사에서 명복을 맞이했다. 열한 해의 생일이다.

명복의 얼굴을 유심히 살폈다. 두 눈엔 총기가 있었고 체구가 제법 균형 잡혀 보였다. 섬약한 왕은 지금 시대엔 어울리지 않는다. 그러나 지금의 시대는 시대가 아니다. 그저 흘러가지 못해 오물통에 처박힌 무의미한 세월에 불과하다. 그에 반해 이리 떼처럼 으르렁거리는 외세(外勢)의 시간은 너무나 긴박하게 흐르고 있다. 활력 넘치는 그들의 움직임에 숨이 막힌다.

명복에게 무언가를 말해 주고 싶었다. 지금 명복에게 있는 그대로의 현실을 들려주는 건 부당하다. 그에게 어울리는 질문은 별개의 것으로 존재해야 한다. 지금의 천지와는 별개의 세계. 명복이 그 별세계의 주인으로 살아남을 수 있는 자격을 갖춰야 하기 때문이다. 최소한 내가 믿고 기다리는 그 세계의 진실이 현실이 된다면, 한 줌 지푸라기에 불과하더라도 그 가능성을 움켜쥐고 싶었다.

"머리는?"

"예?"

"머리는 무엇이라 하느냐?"

잠시 생각한 명복이 이내 질문의 의중을 간파하곤 답했다.

"마리요."

"약은?"

"탕제라고 부르죠."

"허리는?"

"요부."

"어머니는?"

"어마마마."

"그렇다면…… 나는?"

"……."

"나는 무엇이라고 부르느냐?"

잠시 망설이던 명복이 이내 답한다.

"아바마마."

"그렇지. 잊지 말아라. 지금의 이 말들을."

할 말이 많은 얼굴이다. 묻고 싶을 것이다. 일상의 말과 궁의 말의 차이에 대해.

그 차이에 대해 한가득 회의를 품고 묻고 싶겠지. 내가 과연 왕궁에 들어갈 수 있냐고.

명복. 너는 지금의 내 모습을 봐선 안 된다. 상갓집 개가 되어도, 빌어먹는 행려의 입성을 하여도, 인간 이하의 굴욕을 헛한 웃음으로 견뎌내는 인종이라 해도 너와 나는 왕족이다. 너와 나의 혈관 속을 타고 흐르는 그 뜨거운 피가 그것을 증명해 주고 있다.

명복은 묻지 않는다. 어떤 다른 말도 말하지 않는다. 오직 내 질문에만 정확하게 답할 뿐이다. 그런 명복이 썩 맘에 든다. 한 가지. 단 한 가지를 도려낸다면 그는 이 땅의 경천동지를 주도할 주역이 되기에 충분할 것이다. 악의로 가득한 김병기의 물음, 명복에게 왕재가 있느냐고 물었던 그 물음은 기실 틀리지 않았다. 명복의 총기는 분명 남다르다.

역모를 꿈꾸는 것조차 허락되지 않기에 추하고 역한 주독(酒毒)의 시궁창 속에 내 자신을 스스로 유배했다. 그러나 내게도 귀와 눈이 있다. 도정 이하전이 단 한 차례의 심문도, 유예의 여지도 없이 임금으로부터 사약을 받아야 했다는 그 사실이 지워지지 않는다. 왕족이라는 주홍글씨가 이하전의 영민함을 죽음의 화로 속으로 던져 넣은 것이다. 이런 내게도 귀와 눈이 있거늘 지금의 임금은 귀와 눈이 없다. 귀는 썩었고 눈은 도려내어졌다. 김씨들의 사탕발림에, 그들이 배설해 놓은 기녀보다도 못한 첩들의 치마폭에 의해 이 땅은 우스꽝스런 잔혹 광대의 땅이 되었다. 그리고 이 헛웃음의 땅 위에 고스란히 쏟아진 가난과 빈궁, 역병의 사슬이 수많은 민초들의 눈과 귀를 후벼 파내고 있다.

*

나의 눈과 귀는 엄존한다. 눈은 열렸으며, 귀는 들을 수 있다. 또한 이런 내겐 사악한 심장이 뛰고 있다. 갓 집어올린 물고기처럼 천박하게 팔딱거리고 있다. 이하전의 죽음이 내겐 또 하나의 기회, 그 허망해 보이는 가능성의 전보로 들려오고 있기 때문이다. 그것은 분명 왕족인 내겐 비보 중 비보일 것이다.

나는 저들 김씨의 개들에게 개만도 못한 투전꾼에 시정잡배였기 때문이다. 왕족이지만 왕족이 아닌. 그러나 명복은 내가 아니다. '나'란 존재의 가면 속에 숨어 은폐된 행운을 누리는 명복은 나의 입이다. 내가 말할 때, 나는 내 입을 다물어 버릴 것이다. 할 수만 있다면 이 주정뱅이의 입은 도려내 버릴 것이다. 그러나 나는 말할 것이다. 명복을 통해서. 왕궁의 말을 유장하게 내뱉는 명복의 입을 통해서 말이다.

*

명복을 편애하는 건 불공평한 일이 아니다. 왕족이라 하여 모두 지존의 자리에 오를 순 없다. 누군가에 의해 부여된 허망한 명분위에도 얼마든지 왕좌는 지속될 수 있다. 요리하기에 안성맞춤인 꼭두각시 기질이 충만한 왕으로 존재하는 것이다. 때문에 지금의 왕은 지존이 아니다. 조선의 치리자도 아무것도 아니다. 오직 김씨들의 노리개에 불과하다.

*

　며칠 전 부인으로부터 한 관상쟁이의 말을 전해 들었다. 한쪽 눈을 잃어버렸다는 그 애꾸가 명복에게 들려주었다는 예언을 나는 기억한다.

　예언과 미신은 전혀 다르지 않다. 희연과 필주를 통해 은밀히 알아본 그 관상쟁이는 단지 미신의 차원에 머물러 있는 범인(凡人)이 아니었다. 박씨 성을 가진 것 외엔 알려진 바가 거의 없는 인물, 청도 출신에 벼슬자리에도 오른 이력이 있다는 정도가 그의 신변에 대한 전부이다. 하지만 그 역시 중요한 사안은 아니다. 중요한 것은 그가 스스로 제 눈깔을 파내었다는 사실이다. 희연의 정보력이 가져오는 정확도를 예사로이 넘길 수 없다면 그는 스스로 제 눈깔을 부젓가락으로 파낸 인물임에 틀림없다.

　이해할 수 있다. 충분히 느낄 수 있다. 그 기인의 기이한 행동의 진의를. 혼돈의 시대를 멀쩡한 두 눈으로 봐선, 그 추악함과 부패의 아수라장을 제대로 식별할 수 없다. 필사의 집념으로 살아남은 존재만이 이 곤누박실친 낭의 환부를 도려낼 수 있다. 그런 그가 우리 집을 찾아왔다. 부인의 말에 의하면 그가 명복에게 다음과 같은 말을 남겼다고 한다.

　"왕이 될 상입니다."

　나는 미신을 믿지 않는다. 예언도 믿지 않는다. 그것은 인간을 나약하게 만들 뿐이다.

그러나 나는 믿는다. 명복이 제왕이 될 것을 믿어야 한다. 믿지 않으면 미치기 때문이다. 끝내 미쳐 버릴 것이다.

끔찍한 비극은 이 지점에서 존재한다. 미쳐도 나는 왕족이란 사실이다. 미쳐 버려도 내 피는 수백만 민초들의 끓는 아우성과 조선 역사의 피고름이 고스란히 담겨 있는 왕족의 피다. 그렇기 때문에 명복은 제왕이 되어야만 한다. 내가 그렇게 만들 것이다. 믿음도 가공이 가능하다면 말이다.

대비전에 들다

1862년. 정월 초사흘. 조성하의 알선으로 기어이 조대비를 만나게 되었다. 심각할 정도로 불편한 상태에서의 만남이긴 했다. 금관조복부터가 그랬다. 입궐 시 변변하게 갖춰 입을 것이 없어 김씨 세도가들에게 구걸하듯 빌려 입은 것부터가 어색함의 시작이었다. 세도가들 중에서도 김병국(조선 말기의 문신. 흥선대원군의 집권으로 안동김씨 세도는 몰락했으나, 이전부터 대원군과 접촉을 가졌던 관계로 후에 이조판서로 기용됨)은 꽤 관대한 구석이 있다. 간혹 집으로 갈비 따위 성찬의 기별들을 전해오는 일만으로 그를 판단하는 것은 아니다. 그는 최소한 왕족에 대한 예의를 갖출 줄 아는 인물이었다. 그것이 썩 내단한 깃으로 평기되는 것 자체가 서글프지만 어쩔 수 없다. 김병국을 제외한 그의 종자들이 보여준 역겨운 작태에 비하면 그렇다는 말이다.

*

처남 민승호(조선의 문신. 민치록의 양자이며, 명성황후 민비의 양 오빠. 흥선대원군의 처남)의 인도를 받아 교가에 올라 사린교를 건 넜다. 교가는 창덕궁 정문을 향해 쓸쓸한 행차를 계속했다. 주변 에서 놀라움과 당혹스러움이 담긴 시선들이 쏟아진다. 사람들은 나를 파립 폐위의 모습으로 골목 어귀를 어슬렁거리던 타락한 왕 손으로만 기억하고 있다. 어쩌면 그들의 모습에 비친 꼴이 내 본 래 모습일지도 모른다. 이 마땅한 자연스러움이 도리어 어색해져 버린 현실이 한탄스럽다. 연민이나 동정과는 또 다른 한탄이다. 쓸쓸한 마음을 끌어안고 창덕궁 안으로 들어갔다.

*

명분은 세배였다. 정월 초하루 새해 인사를 하자는 것이 조성하 가 전해온 조대비 전갈의 전부였다. 그것만으로 늙은 여자의 의중 을 파악하기는 어렵다. 물론 두려울 것도, 실망할 것도 없다. 조대 비의 오래된 고독과 연대하는 것 자체가 전혀 의미 없는 일은 아 니니까.

대조전으로 향하던 내게 조성하가 다가왔다. 상감을 먼저 만나 고 싶었다. 그의 용안을 본 것이 언제적 일이던가. 하지만 이러한 적조함은 왕궁을 벗어난 나만의 문제는 아닌 것 같다. 해가 중천 에 밝았는데, 상감의 승후방에 다녀온 조성하가 고개를 가로저으 며 만나기 어려웠음을 고했다.

"미양(微恙, 가벼운 병)이 있으셔서 일찍 자리에 드셨다고 하네요."

"벌써?"

"언제나 그러십니다."

말을 잇는 조성하의 음성에 그 어떤 안타까운 기색도 찾아볼 수 없다. 상감에 대한 반응이 만성으로 굳어 버린 것이다.

소문은 사실이었다. 척신들이 오랫동안 상감과 외부 인물들과의 접촉을 금해 왔다는 소문. 아마도 그러한 고립이 상감을 정초부터 미양에 시달리게 만들었던 것은 아닐까.

이러한 생각은 대비전에 들었을 때까지 계속되었다. 정갈한 단아함은 여전하지만 오십대치고는 적잖은 노안의 기색이 눈에 들어오는 여자. 머리 위에 눌러 쓴 가채만큼이나 불우한 외로움과 고립의 폐허를 멍에로 짊어진 여자. 그러면서도 수위를 예측할 수 없는 권력 쟁탈의 욕망이 들끓는 여자. 그 여자가 박물이 되어 버린 위엄의 자세로 앉아 있다. 그런 그녀에게 절을 올렸다.

"대비 마마, 성수무강하소서."

"대감도 올해는 복된 일이 많기 바라오."

복된 일이라, 복된 일이라면 무엇을 말하는가. 나는 조심스럽게 그녀와 눈을 마주했다.

허수아비의 위엄만 남아 있는 왕실의 가장 높은 어른. 척신 안동김씨네가 앉혀 놓은 자신과는 아무 관계도 없는 꼭두각시 왕의 돼먹지도 않은 어른 노릇을 해야 하는, 꼭두각시 어미가 허수아비가 아님 뭐란 말인가.

　그런 그녀가 조성하를 물리쳤다. 조성하는 말없이 퇴장했고 그녀와 나 단둘만 남았다.

*

　그녀와 나 사이엔 간소하지만 엄청난 성찬이 진설되어 있었다. 그녀는 육회를 입 안에서 우물거리며 상감의 환후에 대한 자신의 견(見)을 밝혔다.

　"이번 상감도 씨 없이 무슨 일을 당할까 걱정스럽기만 하구려."

　씨 없음이라. 그 말을 내뱉을 때 늙은 여자의 입에서 붉은 육회 조각이 꿈틀거렸다. 상감에게 무슨 정이 있겠느냐. 늙은 여자를 동정하지도, 야속해 하지도 않는다. 아무런 사견이 통할 수 없는 거리감이다. 그 막막함 속에 여자는 유배되어 버렸다. 끔찍할 정도로 황홀한 대비전이란 감옥에.

*

　얼마의 시간이 흘렀다. 어느새 나는 이 늙은 여자의 굳은 어깨를 주무르고 있다.

　소반을 옆으로 틀어 놓고 늙은 여자와 나는 서로를 마주보았다. 서로의 마음속에 담긴 영혼의 의중까지 파악할 수 있는 지척(咫

尺)의 위치였다. 희디흰 그녀의 목선이 내비쳤다.

그녀는 부끄러워했다. 오십을 넘어선 청상인 여자의 부끄러움이 싫지 않았다. 그녀의 어깨는 너무나 딱딱했다. 금방이라도 바스러질 고목을 손에 쥔 기분이다. 조대비가 술잔을 채우면서 말했다. 여전히 내게 어깨를 맡긴 채로.

"꽃피지 못하는 싹이 있고, 열매 맺지 못하는 꽃이 있다는 경구가 있지요."

《논어》의 명구가 그녀 자신의 처지를 한탄하는 구절이 되어 버렸다.

"문을 통하지 않고선 방을 나갈 수 없듯 길을 밟지 않고 목적지에 갈 수 있는 사람은 없다는 공부자의 말씀도 있습니다."

설핏 드러난 조대비의 웃음이 나의 마음을 안도하게 했다. 내내 품어 왔던 긴장감이 허물어지는 순간이다. 심지어 그녀의 어깨를 주무를 때조차도 긴장했던 나를 안심케 하는 웃음이다.

객초를 피우는 조대비에게 마지막 한 가지 묻지 않을 수 없었다. 다짐에 가까운 질문이 될 것이다. 그녀와 나의 거리를, 이 원치 않는 유배에 길들여져 버린 두 허수아비들의 해묵은 분노가 되살아나는 회복의 공통분모를 확인하는 질문이리라.

"환후는 무엇입니까?"

"부족병이라 들었소."

깊이 눈을 감은 조대비가 혼잣말하듯 말을 이었다.

"상감은 아무래도 어려울 것 같소."

"무슨 뜻이신지⋯⋯?"

"수를 다하지 못할 것 같단 말이오."

허나 인간의 명을 인간이 결정할 수 있는 것은 아니다. 조대비
와 나는 상감의 수명에 대해 막연한 초조함을 품어야 했다. 조대
비는 나보다 그 수의 시기를 앞서 보는 듯했다. 그녀의 마지막 말
이 뇌리에서 지워지지 않는 걸 보면 그랬다.

"대감."

"하문하시죠."

"내게 지혜를 빌려 주시오."

"지혜요?"

"그렇소. 지혜. 때가 다가올수록 마음만 초조해지는구려."

"⋯⋯."

"성하를 자주 댁에 드나들게 하겠소. 그러니⋯⋯."

나는 무언가 답할 말을 궁리했지만 이내 거두었다. 이미 늙은
여자의 눈이 내가 해야 할 말을 대신했기 때문이다.

일어서는 상쾌

추선의 치마폭 속으로 내 작은 머리통을 밀어 넣었다. 내 혀는 부처보다 자비로운 그녀의 속살을 헤집는 데 사용될 것이다.

추선은 가느다란 신음을 토해내며 채 벗지 않은 금관조복을 더럽혔다. 기녀의 손은 본래 더럽고 추한 것이다. 뒷간에서 밑을 닦을 때 사용하듯 체면에 죽고 사는 버러지만도 못한 관료들의 욕정의 손으로 사용된다. 그런 기녀의 손, 추선의 손이 나의 체수와는 어울리지 않는 이 극단의 부조화를 더럽히고 있다. 마음껏 훼손해 주길 바란다. 할 수만 있으면 아예 이 옷감을 찢어 버렸으면 좋겠다.

나는 더욱더 난폭하게 추선을 다뤘다. 야릇한 비린내가 손에서 지워지지 않는다. 조대비를 만나고 난 후부터 비루한 욕정이 나를 괴롭혔다. 추선의 아담하고 봉긋한 젖가슴을 힘껏 움켜쥐고 주물렀다. 추선은 비명을 지르지 않았다.

그녀의 눈을 보았다. 속을 알 수 없는 눈빛이다. 단순하기 그지없는 계집들의 눈빛과는 무언가 다르다. 제 속을 숨기는 데 익숙한 기녀들의 눈빛과도 다르다. 눈빛은 부처인데, 몸은 요부다. 그녀 역시 꽤나 힘겨워하는 것이 분명하다. 왜 하필 나를 보며 힘겨워하는 건가. 연민인가. 아님 연정인가.

*

"왜 우느냐?"

정사의 막바지에 그녀가 눈물을 보였다. 그 눈물을 보자 아랫도리의 열기가 황망히 식어 버렸다. 방사를 포기한 뒤 그녀에게 물었다. 그녀의 답은 서글펐다.

"이제 저를 버리실 때가 온 것 같아서요."

"내가 왜?"

"일전 기방에 찾아온 윤허 노인에게 이야기를 들었어요."

"윤허라면…… 용하다는 그 점쟁이를 말하는 거냐."

"그분께 대감의 신수를 여쭈었지요."

"무어라 하더냐."

"대감의 신수가 너무나 상쾌라고 말하던 걸요."

"듣던 중 반가운 소리구나."

"하지만 전 두려웠어요."

"내 신수가 상쾌인데 어째서 두렵다는 거냐."

"대감."

"너를 버릴 거라 생각하는 거냐. 도대체 무슨 근거로 그런 생각을 한단 말이냐."

"저와 대감이 어울릴 수 있는 때는 대감께서 어울리지 않는 조복을 입지 않으실 때뿐입니다."

추선의 마지막 말에 대꾸하지 않았다. 끔찍하게 식어 버린 아랫도리의 정염을 다시금 불태우고자 그녀의 몸을 거칠게 다루는 것으로 답을 대신했다. 답을 할 수 없는 내 처지를 이해한 것인가. 추선의 몸이 규칙적으로 흔들렸다. 울음을 그치지 않은 것이다. 나는 개의치 않고 그녀의 보드라운 둔부를 물고 빨았다.

무너지는 궁전

풀리지 않는 답답함과 미열처럼 남은 취기를 몸의 일부인 양 끌어안은 채 걸음을 옮겼다. 기생집에서 나와 이동한 곳은 바로 경복궁이었다.

어째서 이곳으로 걸음을 옮겼는지 나조차도 납득할 수가 없다. 정신을 놓아 버린 상태에서 그저 걸었고 또 걸었을 뿐이다.

이곳을 찾을 수밖에 없는 숙명의 굴레가 내 정신을 내내 결박해 오고 있던 것일까. 그렇다면 무슨 목적으로 이곳을 찾은 것인가. 결박으로부터 자유로워지기 위해서인가. 결박의 숙명, 그 깊고 아득한 매혹의 구렁 속에 스스로 빠져들기를 원함인가.

건춘문(경복궁의 동쪽 문) 문루 앞에서 침을 뱉었다. 모욕과 조소에 대한 탄식으로 침을 뱉은 것이 아니다. 여전히 방치되어 있는 아물지 않은 역사의 고통, 그 험악한 몰골을 더 봐줄 수 없어서였다.

검은 어둠 속에서도 또렷이 드러난다. 흡사 황성(荒城)처럼 군데 군데 허물어져 버린 황폐한 담장이 그대로 방치된 지 벌써 삼백 년이란 시간이 지났다. 그동안 이 땅의 척신들은 과연 무엇을 하고 있었던가. 처음부터 그들의 머릿속엔 경복궁의 중건에 대한 당위성, 더 나아가 왕통의 역사, 조선의 역사에 대한 기대나 애착이 거세되어 있던 것은 아닌가.

담장 밑으로 한걸음씩 옮기다 멈춰 섰다. 몸을 숙여 불거진 돌 하나를 집어든 채 다시 몸을 일으켰다. 막막한 어둠 속에 홀로 섰다. 비탄에 잠긴 사색의 편린이 취기로부터 비롯된 몽롱함을 일거에 쓸어내 버렸다.

*

태조 이성계가 1392년에 고려조를 전복시킨 후 즉위 2년 뒤에 도읍을 한양으로 옮길 것을 결정했다. 그 결의 후 10월 스무여드렛날 한양으로 이동하여 종묘와 사직의 터를 정한 것이다.

경복궁은 단연 창덕, 장경, 넉수, 징희를 포함한 5궁 중에서 독보적이어야 한다. 그 상징성은 태조 이성계를 시작점으로 한 조선왕조의 전통적 위엄을 상징하기 때문이다. 상징이 역사를 만들고 역사의 당위를 지탱해 준다.

경복궁은 그랬다. 한양이 우연으로 생겨난 도읍이 아니듯 경복궁 역시 인력의 즉흥적인 발상으로 지어 올린 단순한 유물(遺物)

이 아닌 것이다.

과거 고려조의 명승 도선은 이씨 중 한 명이 왕업을 일으키고 도성은 한양이 될 것임을 예언했다. 지관은 한양이 도읍지일 수밖에 없는 필연의 원인으로 준령 삼각산의 줄기에서 혹처럼 맺힌 곳인 백악 아래 사방으로 사십 리 벌판이 편편히 전개되고, 남으로 한수(漢水)를 격해 관악이 진산 구실을 한다는 점을 지적했던 사실을 역사는 분명히 기억하고 있다.

결국 혁명의 포화 속에서 태조 이성계는 한양을 도읍으로 삼고 개국 공신 정도전으로 하여금 터를 잡아 전무후무한 규모의 궁궐을 창건했으니 그것이 바로 경복궁인 것이다.

이 엄존하는 조선의 역사가 지금 치욕과 보신(保身)의 광기로 인해 방치되어 버렸다. 그러고도 뻔뻔스럽게 이 어둠의 시간을 잘도 흘려 보내고 있다. 전통과 본질의 정신을 폐허의 잿더미 위에 매장하고서 권력을 향한 맹목적인 욕망의 추구에만 몸이 달아 있는 썩을 대로 썩은 김씨들의 세도가 저주스러웠다.

＊

소리를 질렀다. 비명에 가까운. 할 수만 있다면, 이 소리를 통해 불완전과 모호의 잿더미로 방기된 치욕의 잔재들이 무너져 내린다면, 그렇게만 할 수 있다면, 내 목청이 아예 터져 버려도 무방하리라.

나는 지금 무엇을 하고 있는가. 왕손의 위엄, 조선의 역사가 겁탈당한 여인네 속옷자락처럼 함부로 나뒹구는 초라한 폐허의 궁궐 앞에 선 내 심장이 덜덜 떨리고 있다. 가슴속으로 깊이 파고드는 미칠 것 같은 강렬한 재건의 욕망과 그에 반하는 극도의 허무를 어떻게 이해하고 받아들이란 말인가. 굴욕이건 자학이건 상관없이 미치광이가 되어 허무에 굴복하는 것을 왕손의 운명으로 받아들이란 말인가. 그렇지 않음 시뻘겋게 눈 부릅뜬 조선의 역사와 함께 일어나야 한단 말인가.

허무의 절규 속에서 나란 존재는 멈춰 버렸다. 찰나의 섬광처럼, 이내 사라지고야 말 빛의 처량함일지언정 차라리 멈춰 버렸다. 그래야만 숨을 쉴 수 있을 것 같기 때문이다. 그래야만.

하늘의 기별

1863년 12월 8일.

다방골(지금의 서울 중구 다동(茶洞)) 어느 기생집의 아랫목에 자리보전하고서 가야금을 뜯던 내게 사돈인 이호준(이호준의 첩의 아들 이윤용과 흥선대원군의 서녀 간 정혼한 사이. 후일 친일파인 양자 이완용의 직계가 됨)이 찾아왔다.

상기된 낯빛에 숨조차 고르지 못하는 모습을 드러냈다. 순간 난 그로부터 범상치 않은 느낌을 받았다. 올 것이 온 걸까. 계집에 게만 육감이 유별난 건 아닌 모양이다. 천하장안 녀석들과 함께 다방골 한복판에서 여전히 취음에 절은 나를 찾아온 그의 서슬을 보는 순간 가슴이 철렁 내려앉은 건 반사작용에 가까웠다. 이 건 단지 이호준이 나의 사돈이기에 두렵거나 거북스러운 반응과는 다른 것이다.

"사돈이 웬일이시오?"

"대감."

말을 멈춘다. 숨을 고르기 위함도 있으며, 시국의 막중함을 쉽

사리 열지 못하는 망설임도 느껴진다. 이로써 나는 그의 입을 통해 어떤 막중한 사단이 벌어질 것을 직감한다. 아니, 이미 사단은 벌어졌을 것이다. 지금은 그 다음을 준비해야 할 때다.

"어서 행장을 차리십시오."

"왜 그러시오?"

"국상이 났소."

막연한 기다림이 현실로 돌변하는 순간이다. 한 차례 몰아치는 거대한 폭풍의 중심에 선 기분이다. 다급한 이호준의 음성이 뒤를 이었다.

"대감. 서두르셔야 합니다."

주저하지 않았다. 그대로 자리에서 일어나 가장 먼저 의관부터 차려입기로 했다. 만성적 취기를 단숨에 씻어낼 수 있는 건 의복의 갖춤 외엔 없다. 도포를 입고 갓을 갖춰 씀으로써 지금의 사태를 한층 더 엄숙하고 심각한 것으로 받아들일 수 있다.

*

집으로 돌아온 나는 이호준에게 작금의 사태에 대한 우려와 예지가 뒤섞인 몇 가지 질문을 맹렬히 퍼부었다.

"천아성이 울렸소? 확실히 들은 게요?"

"제 두 귀로 똑똑히 들었습니다."

"서랑과의 내통은 어느 정도요?"

"글쎄요, 그것이……."

조성하와 이뤄진 기별의 진척을 묻는 질문에 이호준은 선뜻 답하지 않았다. 이처럼 때가 촉박하고 황망하게 전개될 줄 알았다면 대왕대비 조씨와 좀 더 세밀한 내통이 이뤄졌어야 했다는 자책도 들었다. 그러나 중요한 건 언제나 현실이다. 현실만큼 중한 사태는 없다. 상감이 죽었다. 더 이상 살아올 수 없는, 이것이 현실이다. 이제 남은 건 살아 있는 자들의 악다구니뿐이다.

"대궐 앞 동정은 한번 보셨소?"

"호위영 군솔들이 대궐 주위를 철통같이 에워쌌습니다."

"순라군들은?"

"그들도 마찬가지죠."

"돈화문은 닫혀 있겠지요?"

"물론, 금호문만 열려 있습니다. 척신들의 교가는 오직 금호문만을 통해서 입퇴궐이 이뤄질 뿐입니다."

망설일 때가 아니다. 돌이킬 수 없는 사태와 닥쳐드는 현실의 막막함을 타개하기 위해 바로 붓을 들었다. 이호준이 보는 앞에서 붓을 든 나의 손은 주저 없이 움직였다. 두루마리 위에 남긴 단하나의 문구. 나는 그것을 흰 봉투에 담아 밀봉하였다. 그러곤 곧 순규와 필주를 불렀다.

"지금 곧 원서동 길가에 나가 있다가 금화문을 서성이는 무수리가 보이거든 지체 말고 즉각 이리로 데려와 이 봉투를 대왕대비에게 전해 주도록 해라."

"예이."

"명심해라. 이 봉투가 발각되어선 절대 안 된다. 들통 나는 날엔 너희들도 나도 모두 죽는 거다."

대왕대비 조씨에게 전한 나의 진언은 단 한 문장에 압축되었다. 그 외 다른 어떤 말이 필요하겠는가.

대왕대비 마마. 한시가 급하오니 수단 가리지 마시고 전국옥새를 친히 소유하소서.

*

지독한 초조함은 끝내 쓸쓸함을 낳는다. 애꿎은 객초 연기만 방 안을 가득 메운다.

객초를 피우지만 초조함은 가라앉을 기미를 보이지 않는다. 반면 나의 심장은 지독히도 안온하다. 정신의 초조함과는 다르게 육신의 감각은 더없이 차분하기만 하다. 오랜 시간 거리의 부랑자로 길들여진 나의 육신은 이렇듯 납득하기 힘든 평심을 허락하곤 한다. 더 이상 기쁠 것도 슬플 것도 없는 무념(無念)에 천착하는 체질의 발견이다.

하지만 이 평심도 그리 오래가진 않을 것이다. 조대비를 향해 던진 한 문장의 진언에 모든 것을 투신했다. 이 판은 더 이상 거리의 투전판이 아니다. 망측한 주정을 한바탕 부리는 것으로 판을 뒤엎을 수 있는 성질의 것이 아니다. 이 판은 인생이 걸린 단 한 번의 판이다. 몰락이냐. 소생이냐.

그 갈림길에서 초조함이 극에 달했을 때, 희연이 당도했다. 순규와 필주는 보이지 않았다. 희연은 어린 나인(궁중에서 생활하는 여관(女官)을 합쳐 부르는 말) 하나를 대동하고 왔다.

"누가 온 것이냐?"

"나인의 먼발치를 옹위하며 왔습니다."

희연의 말은 거기서 멈추었다. 나인은 자기가 대신 받았다고 말하며 내게 제법 길이가 느껴지는 간지 봉투 하나를 내밀었다.

조대비의 답변이다. 그 역시 터무니없이 간략하다. 여인네의 격동하는 심리가 그대로 묻어 있는 서툰 글귀다. 순간 가슴속에서 불길이 치솟음을 실감한다. 조대비가 나의 의중을 꿰뚫은 것이다. 그녀 역시 김씨의 권좌 놀음에 더 이상 놀아날 수 없음을 뼛속 깊이 깨우친 것이다. 그녀의 지금까지의 억눌림과 침묵의 고통이 내 가슴 깊이 전달되어 왔다.

냉정해져야 한다. 지금부터가 시작이다. 지금부터가.

졸지에 큰일을 당해 막막하지만 이번 기회가 마지막이라 생각하오. 대감의 혜안이 담긴 기별 기다리오.

왕의 아버지

그날 밤 나는 명복을 데리고 사랑에서 함께 잤다. 녀석을 부둥켜안으며 속삭이듯 물었다.

명복은 깨달았을 것이다. 자신을 끌어안은 아비의 전신이 미세하지만 분명하게 떨리고 있음을 말이다. 이 떨림과 흥분을 이해하지 못해도 좋다. 흐르는 시간이, 급변의 현실이 명복으로 하여금 모든 걸 깨우치게 만들 테니까.

"임금은 누구이냐."

"예?"

"임금은 어떤 어른이냐."

명복이 잠시 생각하다가 말을 이었다.

"나라 안에서 가장 높은 어른입니다."

"임금의 백성에 대한 치리는 어떠해야 한다고 생각하느냐."

"어진 덕성을 제일 덕목으로 삼아 백성의 어려움을 보살펴 줘야 한다고 배웠습니다."

"지금 이 땅 백성들이 어떠하다고 생각하느냐?"

"……."

어린 명복에겐 답하기 어려운 질문이다. 녀석의 품에서 한 발치 물러나 앉았다. 명복 역시 정좌를 하고 앉았다.

"임금은 하늘이 내린 단 한 사람이다. 지존이란 말이지. 그 위엄을 잊지 말아야 한다. 강력한 위엄과 권위만이 이 땅의 백성들을 위로해 줄 수 있다."

'김씨 척족들의 배를 부르게 하는 것이 아니고 말이다.'

이 말이 내면에서 고동쳤지만 입 밖으로 뱉어내진 않았다.

"지존인 임금 앞에선 육신의 부모조차도 머리를 조아리고 공대를 한다. 지존이며 하늘이 내린 사람이기 때문이다. 그 위엄을 잃지 않기 위해 임금은 부모조차도 민초들과 일반으로 여겨야만 한다."

"어렵습니다."

"무엇이 어렵느냐?"

"아버님 말씀이 어렵습니다."

"어떤 부분이?"

"아무리 임금이라 해도 하늘에서 떨어진 특별한 종자가 아닐진대 어찌 낳아 주신 부모님에 대한 마땅한 효를 걷어내고 한갓 땅의 백성으로 취급할 수 있단 말입니까?"

"사사로운 정이 대사(大事)를 그르칠 수 있기에 말하는 거다."

"어찌 부모에 대한 아들의 도리를 사사로운 정이라 하십니까?"

"명복, 너의 효심에 대한 의지를 부정하고 싶지는 않다. 하지만 그만큼 왕위의 자리, 임금의 자리는 냉정이 요구되는 무소불위의 권좌라는 사실을 알려주고 싶구나."

"그래해도 전 자식 된 도리가 우선이라고 생각합니다."

원하던 답인가. 명복의 지나친 효심은 그만큼 우려할 만한 구석도 충분하다. 오장육부를 죄다 꺼내 주어도 아쉽지 않을 피붙이지만 그의 효심에 대한 근원이 불분명한 것이 내 마음을 내내 어지럽게 한다.

명복의 효심은 선천적 성품인 인자함에서 기인한 것인가. 혹여 그렇다면 그 효심의 인자로움은 동정과 상대에 대한 관습적인 배려로 고착될 것이다. 또한 효심의 대상이 불분명해질 수도 있다. 효심의 대상이 부모에서 제 여인, 즉 제 계집으로 옮겨갈 수도 있다는 말이다.

그러나 지금 명복 외에 다른 대안이 존재하는가. 재선(흥선대원군의 서장자이자, 흥친왕 이재면의 이복동생이며 고종의 이복형)이 왕위의 적통을 이을 수 있는가.

왕의 기운은 누구나 품을 수 있는 것이 아니다. 왕족이라 해도 말이다. 김씨 척족들의 꼭두각시 노릇에서 벗어나기 위해선 최소한 사리를 분별할 수 있는 총명함이 필요하다. 맏아들 재선은 도무지 왕재와는 거리가 멀다. 지금으로선 명복이 최선이다. 명복에게 내 모든 것을 쏟아 부어야 할 이유가 바로 여기에 있다.

*

신왕 책립에 대한 중신회의의 기별을 기다리던 날, 난 다방골에 있지 않았다. 사랑에서 응원과 함께 난을 그리며 천명을 기다리는 것 외에 아무것도 할 수 없었고, 하고 싶지도 않았다.

엽란(葉蘭)을 그리는 동안 한 획 한 줄 뻗어 나가는 묵당 오색의 풀포기가 화선지 위를 메워 나갔다. 그 순간 정신의 전부를 천명의 기다림에 몰입할 수 있었다.

작두 위에 오른 무녀의 심경이 이런 걸까. 급서(急逝)에 가까운 현왕의 죽음 이후 26대 왕통의 계승과 결정 여부에 따라 나란 존재의 운신 여부가 결정된다. 조대비가 옥새를 확보하는 우위를 점거했다. 그녀 역시 오랜 시간 이 순간을 고민하고 기다려 왔을 것이다. 그러나 과연 그 늙은 여인이 김씨들의 세치 혀를 이겨낼 수 있을까. 잡념이라 치부할 수 없는 심대한 고민이 난에 품어져 나오는 선명한 색의 기운을 희석시키고 있다.

그러나 결국 운명의 주사위는 던져지고 말았다. 조성하가 나를 찾아온 것이다.

*

젊은 기백으로 들끓는 조성하의 상기된 얼굴을 애써 외면했다. 평심이 필요하다. 평심만이 향후의 자리를 좌우할 것이다. 허나 성하는 흥분을 애써 감추지 않았다.

"대감!"

"무슨 급한 일이기에……?"

갑자기 조성하가 무릎을 꿇었다. 사랑채 마당에서 무릎을 꿇는 그를 보는 순간 가슴이 뛰었다. 억제할 수 없는 혈류의 물결이 온몸을 들뜨게 만들었다. 이어지는 조성하의 말이 나를 미치게 했다.

"대원위 대감."

"지금 뭐라 하였는가."

"대감."

"나더러 대원위라고 하였느냐?"

"대원위 대감."

조성하와 눈을 마주했다. 청년의 기백으로 가득한 그의 눈빛에서 천하를 얻은 감격이 일렁거렸다.

"대왕대비전의 전지가 내려졌습니다."

"전지?"

"둘째도령이신 명복아기로 하여금 익종대왕에 입승대통하랍시는 분부입니다."

참아야 한다. 이 순간 내 온몸을 격동케 하는 전율을 경박스럽게 토해내선 안 된다. 그것이 설령 나의 편으로 간주되는 이들이라 해도 말이다. 모든 것은 겹겹이 신비의 베일에 가려져야만 한다. 그것이 왕족의 초연함이다. 나는 무심하게 답했다.

"난 내 아들이 저 시궁창 속으로 들어가 허수아비 노릇하는 것을 원치 않네."

"대원위 대감! 그 무슨."

"하지만 말이야."

"대감."

"대왕대비전께서 명령하신 일이라면 받아들여야지. 어찌하겠나."

나는 울고 있다. 겉으로 눈물을 보이지 않을 뿐이다. 부인의 일렁이는 눈빛이 설핏 시야에 들어왔다. 두려운 것이다. 그녀는 두려워하고 있다.

나 역시 두렵다. 소년 왕을 받아들이는 나 역시 두렵다. 그러나 내 나이 사십이다. 난초를 팔고 술에 취해 개돼지만도 못한 취급을 받으며 생의 절반을 송두리째 도려낸 인간이다. 이 존재가 미치지 않고 버틸 수 있었던 유일한 힘은 오직 명복이었다.

이제 명복이란 존재는 이 순간 아무것도 아니다. 내 아들도, 26대 신왕, 익종대군의 대통을 이은 익성군이란 거창한 지존의 존재도 아니다. 명복은 내게 소년 왕일 뿐이다.

이러한 결의가, 명복에게 지워지게 될 천형과도 같은 지존의 짐을 덜어 줄 것이다. 동그란 눈을 더욱 크게 뜨며 자신의 신변을 둘러싸고 벌어진 이 급변의 내막에 부르르 치를 떠는 둘째아들의 짐을 덜어 줄 거란 말이다. 그 짐은 모두 내가 질 것이다. 그러니 지금 이 순간 마음껏 울먹여라. 어리광을 마음껏 쏟아 부어라. 오늘이 마지막이다.

명복. 이제 넌 명복도 무엇도 아니다. 넌 겨우 존재하는 지존이다. 저 시궁창 속에서 오롯이 피어오르는 참혹의 연꽃이다.

＊

아찔할 만큼 드높은 평교자 위에 올랐다. 입궐을 하기 위한 행차 길에서 존귀의 수액을 뒤집어쓴 나란 존재를 우러르는 군중들의 존재를 훑었다. 인파 속에 몸을 감춘 채 수줍게 자신을 드러낸 추선을 내려다보았다. 그녀의 가랑이 사이, 다방골 기방의 술상 위에서가 아닌 평교자의 위에서 그녀를 보게 된 것이다.

추선을 군중의 한 명으로 대하는 기분은 한마디로 착잡했다. 그녀의 표정에서 배어나오는 불안의 기별이 나를 격동케 했다. 그러나 멈출 수 없다. 과거로의 회귀가 가능하지 않듯 나 역시 과거의 모습으로 추선과 얽혀들 순 없을 것이다. 그것을 아는지 추선의 얼굴엔 불안과 짝을 이룬 체념의 기운 또한 강하게 배어 있었다.

행렬은 계속해서 돈화문(창덕궁의 정문)을 향해 헤엄쳐 나갔다.

꺼지지 않는 불씨

교동에서 김씨 일족들이 회동을 가졌다는 전갈을 받았다. 천하장안. 이들은 꽤 쓸 만한 나의 수족들이다. 그러나 그뿐이어야 한다. 이들도 알고 있다. 자신들의 역할과 위치를. 자신이 해야 할일과 꿈꾸지 말아야 할 일을 분별할 수 있는 존재들은 흔치 않다. 이들이 바로 그런 존재들이다.

김좌근과 김흥근, 김병필, 그리고 사동의 김병학, 김병국, 거기다 김병기까지. 이들 중 가장 논리적인 인물은 김병기다. 이들의 포악함과 간교함에 대해 과연 우열을 가늠할 수 있을까. 그러나 이들의 간교함을 왕궁에서 완전히 제거해 버린다면 과연 무엇이 남을까.

촌각을 다투듯 격렬한 급진전을 거듭하는 조대비의 언중(言中)은 자못 두려움을 내비치고 있다. 조성하는 어전회의에서 벌어진 격론을 내게 그대로 옮겨 전했다. 화두의 중심엔 운현궁이 존재했다. 이 부패와 썩음의 건물이 무에 그리 중하다고 격론을 토하는 것인가. 운현궁이 중요한 것이 아니겠지. 이 자리를 차지하고 앉은 나란 존재의 처우가 두려운 것이다.

조성하는 특히 김병기의 발언에 대한 유감의 기색을 정도 이상으로 내비쳤다. 조씨들의 습성인가. 흥분을 쉬 가라앉히지 못하는 모습이 눈에 거슬린다. 성난 젊음이 갖고 있는 중증의 폐단이다.

*

"김병기가 나의 예우를 두고 어떤 말을 하던가?"

"김흥근과 영의정 김좌근 어른은 대원군에 대한 예우를 인륜에 어긋남이 없도록 해야 한다고 하셨습니다. 헌데……."

"계속 말해 보라."

"김병기가 대왕대비 마마의 수렴청정을 이유로 들어 대원군과 국왕, 그리고 대비 마마까지 이 나라가 삼군(三君)의 나라가 되는 게 아닌지 의심스럽다는 망언을 하더군요.

"망언은 아니지."

"대원위 대감."

"대왕대비 마마의 의중에 따를 것이다. 난 단지 사인(私人)에 불과할 뿐이야."

*

솔직한 고백일 수 있다. 사인이 되고 싶은 마음. 국왕은 이제 명복이 아니다. 명복은 내 기억 속에 묻혀 버린 오래된 혈육의 흔적에 불과하다. 난 일개 사인인 것이다. 이전에도 그러했고 앞으로도 그러할 것이다. 그러나 분명한 건 왕실을 둘러싼 그 모든 것이 사사로움에 대한 나의 열망을 결코 허락하지 않을 것이란 사실이다. 이틀 후 다시 돌아온 조성하가 이러한 나의 예측에 대한 적실한 증거를 보여 주었다.

어전회의는 끔찍했을 것이다. 조성하의 벅찬 음성과는 정반대의 심리가 내 가슴속을 파고들었고 나는 우울해졌다.

김씨 일족들의 실낱같은 기대가 한순간에 물거품이 되어 버린 어전회의. 김씨들이 원하는 바는 국무 안정을 위한 자기네들 존립의 당위성이었을 것이다. 그건 억지가 아니다. 수십 년 동안 이 나라의 정권을 쥐고 흔든 이들이다. 김씨의 개들이 조정 전체에 박아 놓은 신료와 세력들, 척족 세도의 견고함을 조금이라도 실감한다면 결코 자신들을 훼손할 수 없을 거란 믿음이 강하게 작용했을 것이다. 그러나 조대비, 그 늙은 여자는 어리석다. 김씨들이 생각하는 것보다 훨씬 더. 오랜 시간 청상을 견디며 대비전 한구석에서 그 늙은 여자가 꿈꿀 수 있는 건 오직 피에 굶주린 복수의 일념뿐이다. 아녀자의 한계라고 봐야 할 것인지 유보의 여지가 있지만 여하튼 조대비로부터 일말의 사리 분별을 기대했던 김씨들의 희망은 물거품이 되어 버렸다. 조성하는 그 사실을 환희와 감격의 어조로 보고했다.

"김씨들이 원상 정원용에게서 기대를 버리고 오직 대왕대비 마마의 처분만을 기다리던 어전회의였습니다."

"그렇겠지. 삼조를 걸쳐 충성을 바쳐온 인물인데 그리 쉽게 배신하진 못하겠지."

"결과를 알고 싶지 않으십니까?"

"말해 보게."

덤덤한 나의 말투에 조성하는 적잖이 실망한 기색을 보였지만 곧 개의치 않고 말을 이어 나갔다. 그의 말이 그대로 내 귀에서 조대비의 말로 변형되어 들려왔다.

"조대비께서는 상감의 생친이신 대원위 대감 댁에 자객이 들었다는 소식을 회의 주제 전면에 내세우며 제대신들의 무능을 질타하는 것으로 포문을 여셨습니다."

'제법이구나.'

"계속 말해 봐."

"김씨들의 기를 꺾은 조대비께서 대원위 대감의 의주에 대한 전거를 신료들에게 소상히 듣는 아량을 보이는 척하였으나."

"하였으나?"

마지막 말에 조성하는 입가에 득의만만한 미소를 머금었다. 세도가의 환희가 느껴졌다.

"조대비께서는 결코 삼군을 섬길 수 없다는 김병기의 속이 훤히 보이는 간교한 수사를 우회적으로 깔아뭉개시고서 끝내 자신은 늙은 여자이고 식견이 부족하기에 대원위 대감으로 하여금 국왕의 국사를 돕도록 하는 것이 합당하다고 천명하셨습니다."

그 말을 듣는 순간 후련함과 개운치 않음이 동시에 조갈증을 내며 들이닥쳤다. 김씨들의 아연실색한 장면을 상상하는 건, 오랜 시간 당해 온 굴욕의 해갈임에 틀림없다. 허나 그것은 내게 또 다른 불미의 씨앗을 남겼다.

조대비. 그 늙은 여자가 스스로 식견의 부족함과 여인의 한계를 천명한 이면엔 김씨들의 숙청에 대한 일을 내게 전가하려는 또 다른 속내가 담겨 있는 것이다.

때문에 또 하나의 큰 산이 남아 있다. 조대비. 그녀의 분노가 부담스럽다. 일생 동안 한에 휩싸였던 그녀의 해묵은 증오를 달래는 길이 기다리고 있다. 정치는 증오와 복수를 근거로 두어선 안 된다. 그것은 또 다른 증오를 낳을 뿐이다.

피바람 불다

　이해는 할 수 있다. 허울뿐인 대비의 관 속에 누워 지낸 산송장의 세월을 어찌하겠는가. 그 고독에서 벗어난 늙은 여자의 한을, 직선적 사고에 길들여진 사내가 온전히 헤아리기란 불가능할 것이다.

　인정전에 처음 들어설 때만 해도 조대비의 얼굴엔 환희의 열꽃이 가득했다. 하루아침에 권력의 중심을 맛볼 수 있는 절호의 기회를 맞은 흥분의 열기가 실감되었다. 나는 그 열기를 무예별감과 내시들을 엄숙한 어조로 물리치는 것으로 대신하려 했다. 그러나 흥분에 들뜬 조대비의 표정은 좀처럼 변하지 않았다. 그녀가 말했다.

　"편히 앉으시오."

　"마마."

　"말하시오."

　"척신들에 대한 징벌을 어느 수준으로 생각하고 계신지."

　일부러 조급한 성미를 드러냈다. 조대비의 체면을 생각한 발언

일 수 있다. 그녀가 먼저 내게 자신의 원한을 실토하게 만드는 건 도리가 아니다. 나의 조급함이 위장된 것으로 보일지라도 어쩔 수 없다. 다행히 조대비는 이런 나의 의중을 간파하지 못했다. 그녀는 신중하게 입을 열었다.

"그렇잖아도 그 일 때문에 대감을 모시고 온 것이오."

내 작심을 제대로 밝히는 데는 급격한 용건제시와 그에 반하는 당혹스런 침묵의 적절한 사용이 필요하다. 나는 입을 다물었다. 침묵으로 조대비의 속마음이 담긴 말을 기다렸다. 그녀는 나의 눈치를 보았지만 이내 그 파르르 떠는 입술로 속내를 거침없이 까발렸다. 그것이 한 나라 대비의 마음속에 쌓여 왔던 한계이자 솔직함이다.

"내 원한은 골수에 사무쳐 하늘에까지 닿아 있소."

그 골수에 사무친 원한의 파장이 어디까지일까. 계속해서 그녀의 말을 기다리는 건 고문이었다. 발언의 농도가 예상을 뒤엎는 진폭으로 비약되었기 때문이다. 떨리는 입술에서 쏟아져 나오는 독설은 수습이 어려울 지경이었다.

"대감도 아시겠지만 김수근은 지엄한 왕실의 혈통을 땅바닥에 내동댕이친 대역 죄인이오."

김수근은 마땅히 왕통을 계승해야 할 인손을 제외하고 강화 나무꾼에 불과한 이를 대통의 중업을 짊어지게 한 원흉의 주역이다. 결국 인손은 역모로 몰려 죽음을 당했다.

그러나 김수근은 이 세상에 죽고 없다.

"세상을 떠난 사람입니다. 어찌하실 생각인지."

"별세의 인간이라 하여 그 가증스런 죄악이 면죄 받는 건 아니오."

"하오면 어떤 의견을 갖고 계신지……?"

"피 맺힌 내 원한을 풀어 주시오."

"……."

"김수근을 파혈(破穴)하고 그 관에서 시체를 꺼내 참시(斬屍)하시오."

그녀의 파격은 거기에 머무르지 않았다.

"그의 아들 김병학, 김병국. 이들을 즉시 절도정배(絕島定配)해 버리시오. 다신 돌아오지 못하도록 말이오. 또한……."

"……?"

"김수근은 먼저 묘정배향부터 걷어내도록 하시오."

그뿐이 아니었다. 그녀는 생각의 더께를 아예 한의 우물 속에 매장해 넣기로 작심한 듯 김씨들의 형벌에 골몰하는 원통을 쏟아내었다. 김병필에 김좌근까지 벼슬을 뺏고 원배를 보내는 것은 기본이요, 김병기는 즉시 파직해 버리고 지체 없이 원배길의 초입에 사약을 먹여야 한다는 주장도 서슴지 않았다.

＊

그녀의 서슬 퍼런 한의 살풀이를 수용할 수 없었다. 흥분을 잠시 가라앉힌 조대비가 나의 의견을 기다렸다. 그녀를 자극하고 싶은 생각은 없다. 적이 되고 싶은 생각은 더욱더 없다. 보다 완곡한 설득이 필요하다.

"마마."

"말하시오. 대감."

"저들을 즉각 멸문의 구렁텅이로 몰아넣는 건 하루아침에 가능할 수도 있습니다."

"그렇다면 망설일 것이 없지 않소?"

"하오나 과거 수백 년에 걸쳐 이 땅의 민초들은 조정의 보복과 파쟁으로 삶 전체가 피폐해지고 말았습니다."

"그렇긴 하지요."

"저의 소견으론 은덕을 베푸시는 게 어떠실지."

"말도 안 돼! 저런 원수들에게 무슨!"

"피의 보복을 예상하는 사람들의 예상을 뒤집음으로써 자비로운 은덕을 베푸시는 어진 대왕대비 마마의 모습을 만천하에 나타내시는 것이 더욱 실속이 있을 듯싶습니다만."

자비라는 말에 조대비가 발끈했다.

"그렇담 어찌하면 좋단 말이오?"

"지금 김씨의 개들은 이미 살아 있으나 죽은 목숨이나 다름없습니다. 산송장에게 칼을 대서서 무슨 득이 있겠습니까. 차라리 인자를 베푸는 모습을 보이시는 게 현명할 듯싶습니다."

"그렇다면 말이오."

여인의 좁은 속내가 더한층 신랄하게 벗겨지는 대목이다.

"그렇게 한다면 내게 무엇이 돌아온단 말이오?"

"제게 일임해 주십시오. 저 산송장이 된 광대들의 재롱을 구경하실 수 있는 즐거움을 선사해 드리겠습니다."

불만과 시무룩함이 뒤엉킨 낯빛이다. 잠시의 침묵에서 그것을 느낄 수 있었다. 그녀의 결단을 기다리는 나의 침묵엔 자신감이 있었다. 과거 왕의 급서 후, 어떤 길을 선택할지 몰라 아우성치는 그녀에게 난 지혜라는 최상의 깨우침을 허락해 주었다. 반대로 말해 지금 그 지혜를 거두어 간다면 그녀에게 남은 건 아무것도 없다는 뜻이기도 했다. 한과 울분으로 뒤섞인 무능한 분노 말고 그녀에게 무엇이 남는단 말인가.

이런 나의 자신감은 결국 체념의 정서로 얼룩진 그녀의 마지막 말을 통해 분명하게 입증되었다.

"그럼 대감께서 잘 처리하시오."

"황공하옵니다. 마마."

죽은 자에게도 칼을

산송장이 필요하지만 권위의 잔재는 용납할 수 없다. 난 김씨의 개들에게 권력의 철저한 헌납과 퇴락의 잔혹함을 똑똑히 알려주고 싶었다.

*

김씨 일족들이 운현궁을 찾았다. 당연한 수순이다. 창백하게 질린, 동시에 작금의 현실을 인정할 수 없어 하는 천성의 오만함을 채 지우지 못한 면상으로 나를 찾은 것이다.

그들을 길들여야 했다. 응원을 통해 김좌근과 김병국이 찾아왔다는 전갈을 들었지만 바로 그들을 응대하지 않았다. 잠을 잔다는 핑계로 기다리게 했다.

기약 없으며 어느 것도 보증되지 않는 막연함의 공포를 그들도 분명히 실감해야 한다. 나의 젊은 날이 그러했듯 말이다.

*

한나절의 시간이 지난 후 그들을 만나 주었다. 모멸과 불안으로 뒤엉킨 표정이 볼 만하다. 나는 그들에게 조대비의 원한을 충실히 전달하는 자임을 자임했다. 저들의 조상인 김수근을 파혈 참시하라는 전언을 전해 들은 김좌근의 얼굴에서 공포의 해일이 불어닥쳤다. 그건 차라리 송장이길 원하는 낯빛이었다. 자결을 결심했다 실패했다는 김좌근을 둘러싼 풍문은 그저 근거 없는 헛소리는 아닌 모양이다.

나는 저들에게 그들이 즐겨 쓰던 수법으로 맞서 즐기기로 했다. 매캐한 객초 연기를 한가득 쏟아내며 초조하게 기다리는 김병국에게 그 묘수란 것을 들려주었다.

"마침 지금은 국상 중이고 또한 신왕께서 등극하신 경사의 연속이니 내 생각엔 이 기회를 통해 대왕대비 마마의 노기를 달래는 길을 선택함이 합당할 것으로 보이는데."

김병국이 제대로 조련된 강아지처럼 조급하게 고개를 끄덕거렸다.

"어떻소? 영상께선 종중과 상의한다면 얼마든지 돈을 걷을 수 있을 것 같은데."

"돈······이라구요?"

"용동궁(조선시대 궁방의 하나. 명례궁, 수진궁, 어의궁과 함께 4궁방으로 알려짐)에 직접 헌납하시고 내게 귀띔만 하면 책임지고

대비 마마로부터 관용을 이끌어 낼 수도 있을 것 같습니다만…"

축재의 괴물들에게 그 정도 갹출이 대수겠느냐. 그럼에도 망설이는 듯한 모습을 연출하는 김좌근과 김병국의 면상에 나는 다음의 말로 못을 박아 버렸다. 저들 자신을 스스로 구면할 수 있는 유일한 길을.

"시간이 많지 않소. 아시다시피 모두들 조급한 상태 아니오. 서두르시는 게 좋을 게요."

뿌리치는 손

침울한 기운이 내내 가시지 않는다. 도무지 유쾌하지 않다. 운현궁의 아침을 메워 버린 건 국태공이 된 나를 만나기 위해 모여든 아침 손님들의 번잡스러움이었다.

그들은 손님이 아니다. 새롭게 권력을 잡은 자에게 눈도장을 찍기 위해 기생충처럼 모여든 아첨, 청탁, 매관, 매석의 오물일 뿐이다. 저들의 손엔 결코 초라하지 않은 선물들이 한가득 쥐어져 있었다. 사랑채에 모여든 무리들. 나를 보기 위해 영외 협실을 빽빽이 채운 저들을 둘러보며 억지로 좌정했다. 깊은 정적을 깨고 나는 물었다. 저들의 용건이 무엇인지.

이윽고 상투적인 답들이 난무했다. 저마다 제각각의 답을 냈지만 통일된 답은 하나였다. '문안 인사를 여쭙기 위함'이라는 것이 저들이 나를 찾아온 일관된 이유였다. 거리의 개가 되어 떠돌 때는 아무도 내게 문안이란 것을 하지 않았다.

저들의 비겁한 이중성이 심기를 더럽혔다. 응원이 조심스럽게 다가와 내게 종이 한 장을 건넸다. 인명과 선물의 품목들이 상세히 적혀 있었다. 치가 떨리는 순간이다.

이 역겨운 순간의 대미를 김병기가 장식했다. 수치스런 권모술수에 중독되어 버린 김씨 일문의 원흉 김병기. 그가 관복 차림으로 내게 인사를 온 것이다.

당장이라도 불호령을 내려 저 간사한 인물의 눈알과 혀를 뽑아 버리라고 호통치고 싶었지만 내 이성은 그를 영내로 들여와 앉히는 파격적 접대를 용인하고 있다. 안심하는 김병기의 뻔뻔스런 평온함이 나를 미치게 했지만 참고 견뎠다. 이런 나의 불편한 심기를 감지한 걸까. 그가 고개를 조아리며 떨리는 음성으로 말했다.

"진작 찾아뵈어야 하는데 늦었습니다."

곧 이어지는 민첩한 동작. 품속에서 봉투 한 장을 꺼내 전해 주었다. 그러곤 말했다.

"영상께서 저하께 갖다 드리라고 하셔서……."

말끝을 흐른다. 입술 빛이 유난히 푸르다. 그의 입술과 봉투 안에 담겨진 간지 위에 빼곡하게 쓰인 글귀를 번갈아 살폈다. 김병기가 똑똑히 들을 수 있도록 소리내어 들려주었다.

"김좌근 30만 냥, 김병기 20만 냥, 김흥근 20만 냥…… 합계 70만 냥."

70만 냥. 적잖은 돈이다. 이 엄청난 액수를 그토록 빠른 시간에 주워 모은 저들의 막강한 자금 동원 능력이 가증스러웠다.

나는 눈을 감았다. 공포의 침묵을 김병기로 하여금 분명히 느끼게 해주었다. 초조해진 김병기가 먼저 입을 열었다. 바라던 바다.

"저하 분부시라 최선을 다했지만 이 정도밖엔 구하지 못했습니다. 송구스럽습니다."

"오해를 하셨군요."

"예?"

"난 이런 돈을 요청한 기억이 없는데."

김병기의 아찔해하는 표정이 압권이다. 이것만으론 안 된다. 더악랄해져야 한다. 저들을 초조와 공포의 철장 속에 가두기 위해선 더한층 가혹하게 몰아붙여야 한다. 그래야만 저들의 심장까지도 멎게 할 수 있다.

"물론 저하께서 요청하신 것은 아닙니다. 저희들의 성의입지요."

"그래요?"

또다시 침묵을 안겨 준다. 그와 함께 나는 자리에서 일어섰다. 청탁의 징표인 비단 한 필을 손에 집어 들었다. 김병기의 좌불안석이 가관의 추태로 내 눈을 흥겹게 했다.

나는 썩은 관료들이 갖고 온 찬란한 선물들을 하나씩하나씩 사랑채 앞마당에 내던지기 시작했다. 노인 무리들의 경악하는 표정도 가관이었다.

선물을 걷어내는 내내 김병기를 쏘아보았다. 그는 일어서지도 앉지도 못하는 자세로 나를 올려다봤다. 오만과 부패에 길들여진 저들이 썩기 시작했다. 슬플 정도로 빠른 속도로.

"저…… 저하."

"말하시오."

"달포 사이에 30만 냥쯤 더 구면이 가능할 수도 있습니다. 그러니."

"그러니……?"

"이쯤해서 노여움을 거두시지요."

"내가 지금 화가 난 것으로 보이오?"

"……"

"난 그저 백성의 원한을 외면하고 제 자리 보존에만 눈이 멀어 십 리를 마다하고 달려온 벼슬아치들의 역겨움에 치를 떠는 것뿐이오."

"저하."

"아니 그렇소?"

이것으로 확증된 것이다. 이제 저들은 관 속으로 제 발로 기어 들어간 산송장들이다. 김병기의 얼음장이 되어 버린 얼굴빛이 이 현실을 더욱 철저하게 입증하고 있다.

금위대장 이장렴

이른 아침, 운현궁 사랑에 꽤나 흥미로운 인물 한 명이 나타났다. 다른 인물들과는 별다른 유별함으로 다가왔다. 의례히 보여야 할 비굴한 태도가 느껴지지 않았다. 그 대신 사내다운 기개를 감춘 두려움과 공포의 살벌함이 남아 있었다.

이 젊은 놈을 기억한다. 똑똑히 기억한다. 나의 얼굴에 손을 댄 이 젊은 놈을 잊을 리 없다.

두 번째로 기억한다. 내가 맞았던 기억에 대해서.

첫 번째의 기억은 악몽 그 자체다. 청주 화양서원(숙종 21년인 1965년에 노론이 주도해 설립하였으며, 송시열(宋時烈)의 위패가 있는 곳)에서 유생들에게 발로 걷어차이던 기억이 그것이다. 하지만 지금 자신의 이름을 이장렴이라고 밝힌 이 젊은 놈에게 뺨을 맞았던 기억은 악몽이 아니다. 불쾌함은 일반이지만 무언가 느낌이 다르다. 저 두려움의 낯빛 속에 숨겨진 기개가 신선하게 실감되었다. 선천적 기질에 가까운 담대함이다.

시험해 보기로 했다. 그 담대함의 진의를 가려 보기로 한 것이다. 음험하게 토해내는 나의 일갈에 사랑채 앞 좌중은 일제히 긴장의 도가니로 화해 버렸다.

"네 놈이 감히 나를 찾아올 생각을 했단 말이지?"

"진심으로 죄를 용서해 주십사 하는 마음으로 찾아왔습니다."

"진심이라 했느냐."

"그렇습니다."

"그렇다면 네 놈이 저지른 죄의 위중함을 확실히 통감하고 있다는 얘긴데…… 내 말이 맞느냐?"

"그렇습니다."

"그렇다면 내 오늘 이 자리에서 네 숨통을 끊는다 해도 법도에 어긋나진 않겠구나."

한마디 한마디에 좌중이 술렁이기 시작했다. 한 사람의 혀를 통해 흘러나오는 말의 권력이 인물의 지위 여부에 따라 이토록 달라질 수 있음이 도리어 씁쓸하기까지 했다. 이장렴은 고개를 숙인 채 말을 잇지 못했다. 좌중에 모인 무리들은 저마다 한마디씩 쏟아냈다. 과거 왕족의 체면을 버리고 술자리에서 숙배를 했다는 이유로 지엄한 대원위 대감의 뺨을 때린 만행에 대한 극형을 주문했다. 하지만 아첨의 말들은 내게 아무런 위로가 되어 주지 못한다. 차라리 실망스러웠다. 여우만도 못한 기회주의자들.

"네 이놈."

더욱 언성을 높였다. 낮게 가라앉은 이장렴의 목소리가 나를 더욱 흥분케 했다.

"예."

"지금도 네 놈이 나를 때릴 수 있느냐."

"……."

"말해 보거라. 이놈."

이장렴이 고개를 쳐든다.

"저하, 황공하옵니다."

나는 못을 박듯 한마디 더 쏟아냈다.

"묻는 말에 대답이나 해! 지금도 네 놈이 이 많은 사람들 앞에서 나를 후려칠 수 있느냐고 물었다."

이어지는 이장렴의 답이 신선한 충격으로 귓전에 울려 퍼졌다.

"그럴 수 있습니다."

"지금 뭐라고 했느냐."

"황공하옵니다."

"그럴 수 있다고?"

"저하께서 만약 지금도 대원군으로서의 체신을 생각지 않으시고 백성들 보기에 송구스런 행동을 보이신다면 소인 지금도 저하를 얼마든지 때릴 수 있사옵니다."

순간 다시금 좌중에 모인 어중이떠중이들을 훑었다. 하나같이 이장렴의 기백에서 쏟아져 나온 한마디로 인해 놈의 죽음을 확신하는 눈빛이었다. 나약하고 무력하다. 불쾌함의 경중으로 비교해 보자면 이 젊은 놈의 기백에 더한 분노가 느껴지는 것이 사실이다. 그러나 이 젊은 놈은 청년다운 패기를 잃지 않고 있다.

자신의 소신으로 일관된 발언과는 다르게 사시나무 떨듯 떨리는 몸을 어쩌지 못하는 젊은 놈의 돌아선 등 뒤에 나는 다음과 같이 말해 주었다. 그것은 아무것도 보장할 수 없는 미지의 미래를 사내다운 기백으로 대응한 존재에게 주어지는 합당한 보응이리라.

"금위대장 나가신다! 옹위해 모시도록 하라."

혁정, 그 싸움의 시작

곤룡포(가슴과 등에 용무늬가 수놓인 임금이 입는 정복. 용은 임금을 상징함)를 입고 왕관을 쓴 인물은 이 나라의 지존이다. 하지만 내 눈에 비친 명복은 지존이 아니다. 그는 단지 내게 명복일 뿐이다. 일단 소년 왕은 내게 그래야만 한다.

경조와 희비가 교차하는 의식(儀式)의 진정한 주인은 용상에 앉은 어린 국왕이 아니다. 그는 생소한 피로에 이미 지쳐 있었다. 그 불우함이 얼굴 전체에 검버섯처럼 깊게 번져 올랐다. 이 지루한 시간이 어서 빨리 지나가길 바라는 모양이다. 하지만 견뎌내야 한다. 그 지독한 허울의 외피를 뒤집어쓴 지존의 위엄을 습관처럼 제 몸의 일부로 받아들이지 않으면 안 된다. 그렇지 않음 이 땅 조선은 과거 철종의 유약함과 김씨를 비롯한 신료들의 권모술수로 인해 만신창이가 되고 말 것이다.

의식의 한복판에 내가 서 있다. 이따금씩 들려오는 내곡반(국상(國喪) 때에 한자리에 모여 울던 내명부의 반열)의 카랑한 곡성이 심장을 자극한다. 불규칙한 심장 박동이 내 자신을 전율케 한다.

이 전율을 실감하기 위해 얼마나 오랜 세월 인고해 왔던가. 그 인고의 세월을 표출해야 할 시간이 온 것이다.

이 시간은 내게, 소년 왕에게, 번외로 밀려났던 지존의 주체들인 우리 왕손들에게, 이 땅 백성들의 신음에 대한 책무를 다해야 할 국태공의 신분이 되어 버린 내게 유일무이한 시험대가 되고 있다.

누구도 나를 평가할 순 없다. 그러나 평가받아야만 한다. 내 스스로에게 평가받고 그 결과 역시 내 자신이 끌어안고 가야만 한다.

*

만정(滿庭)한 현신들의 긴장감이 최고조에 다다른다. 그들에게 이 시간은 필경 재앙의 시간이 될 것이다. 이들 중 죄 없는 자가 존재할 수 있을까. 김씨든, 김씨가 아니든 상관없다. 이들은 모두 왕손과 지존의 위엄을 훼손하고 능멸한 주역이거나 공범, 둘 중 하나다. 그 사실을 부정할 수 없다는 공감의 정서가 재앙의 더께처럼 저들의 어깨 위로 무겁게 쌓이고 있었다.

물러설 수 없다. 타협과 조율이 가능한 시간은 이미 지나갔다. 이 순간 나는 지존의 책무를 대신한 전달자의 정신으로 변할 수밖에 없다. 그러므로 지금 나의 말은 지존의 말이며, 나의 분노는 지존의 분노며, 조선의 분노다.

*

"아직은 나이 어리신 주상에게 협조하라는 대비전의 엄한 분부 받들어 나 여(余)는 조정의 문무백관을 통과하여 만백성에게 고한다."

여라는 표현이 적절함으로 다가온다. 과인(寡人)이란 단어가 나를 만족시켜 주지 못하기 때문이다. 과인은 솔직하지 못한 표현이다. 지금 이 순간 나는 작은 자가 아니다. 겸손의 미덕을 잠시라도 땅에 파묻지 않으면 견딜 수 없는 순간이 지금이다.

"철종대왕께서 후사 없이 돌연 붕어하시어 만백성이 지엄한 왕통을 계승할 자 누구인지에 대한 억측과 혼란의 기운이 승한 시국이다. 그만큼 사왕 책립이 촌각을 요하는 근본 대사였던 터 다행히 지혜로운 대왕대비께서 백성의 충성된 뜻을 통찰하시고 주상으로 하여금 즉각 즉위케 하셨음은 하늘의 뜻이라 생각하지 않을 수 없다. 허나 주상의 지금 나이 불과 십삼 세다. 아직은 대사를 돌보기엔 어린 나이인지라 불가불 익찬의 대임이 필요하다. 왕가 법례에 의하면 그 대임을 의당 대왕대비전께서 수렴청정을 베푸시는 게 마땅할 것이다. 그러나 대비전께오선 스스로 그 대임을 사양하시고 여로 하여금 목하 자멸의 기로에 선 폐정을 쇄신 광성하란 분부를 내리셨다.

이에 나 여는 명한다. 문무백관 제공들은 똑똑히 들으라. 작금의 시국은 그 모든 것이 악화 일로에 있다. 이것은 상하 막론한 대소 관원들의 연대책임이 아닐 수 없다. 명심하라. 이 총체적 난국을 수습하기 위해선 비상 대권을 불사해서라도 부패한 당정을 혁정해야 할 것이다. 땅에 떨어진 이도를 바로잡을 것이다. 이반된 민심을 주상 궐하로 회귀시키기 위해 나 여, 맡은 바 대권을 유감 없이 행사할 것이다. 그러니 이에 털끝만큼의 이심(異心)을 품은 자는 하늘의 뜻을 거역한 역모의 죄로 다스릴 것이니 기억하라. 문무백관 대소 관원들은 스스로 자신들의 위치를 확인하고 만백 성에게 이 여의 뜻을 한 자도 빠짐없이 소상히 고하여 그들로 하 여금 잃어버렸던 활력을 되찾도록 독려해야 할 것이다."

*

저들이 그토록 즐겨 사용하던 역모의 죄, 그 심판자의 권한이 이제 내 수중 안에 들어왔다. 이 상갓집 개의 날카로운 칼날 밑으 로 들어온 것이다. 나의 논리를 거역하는 이들은 모두 민심을 이 반한 대역 죄인들이다. 민심은 곧 천심이요, 지존의 뜻이며, 어린 지존을 대신한 나의 뜻이기 때문이다.

섬뜩한 충격에 제대로 고개조차 들지 못하는 이들에게 거침없 이 혁정의 의지를 쏟아 부었다. 도승지 민치상이 서장을 펴고 나 의 정사에 관한 극렬한 의지를 아낌없이 토해 냈다.

"주상 전하의 어명을 받든 대원위는 첫 정사로 다음과 같이 결 정하여 승정원에 통고한다."

첫 정사의 결정은 경편군 이세보의 즉각 귀경이었다. 나는 저들 을 읽고 있다. 이세보가 유배된 이후 저들과 나는 그의 생사를 확인할 수 없다. 살아 돌아와도, 주검이 되어 돌아와도 저들은 부실한 죄목으로 억지스런 유배를 감행한 이세보의 원한에 대한 나의 분노에 응당 책임을 져야 할 것이다.

때문에 이후 이어지는 새로운 내각 진용 발표에 대해 저들은 감히 반발의 말을 지껄일 수 없을 것이다. 저들의 무거운 죄책감은 이내 이어지는 당혹스런 벼슬 임명의 파격에 대한 지독한 침묵으로 이어질 것이다.

우의정으로 유후조를, 이조판서로 이의익을 임명하자 한 차례 술렁였다. 호조판서로 김병국을 임명하자 민조 백관들이 아예 그 당혹감을 감추지 못하고 아연실색하고 말았다.

노론과 소론을 막론하고 서인이 아니면 벼슬할 엄두를 낼 수 없는 세상에서 나는 유후조와 이의익이란 남인을 이조판서와 우의정 자리에 앉혀 버렸다. 그것도 모자라 조대비가 아예 사지를 찢어 놓으라고 명령한 김병국을 호조판서의 자리에 앉히는 파격을 감행한 것이다.

이러한 내각 인사를 두고 저들은 아마 상식의 무시로 치부할지도 모른다. 그러나 난 저들의 구미에 맞춰 줄 아무런 이유도, 명분도 찾지 못했다.

전쟁은 시작된 것이다. 혁정(革政)이란 단지 그럴싸한 언어의 외투를 입은 것에 불과하다.

전쟁, 그렇다. 정치는 전쟁이다.

오물을 쏟아내다

　교동 김병기의 집을 찾았다. 김씨 일문 전체가 이른 새벽부터 나를 기다렸던 것 같다. 실망과 초조의 낯빛이 문 앞에서부터 일종의 기운처럼 느껴졌다.

　어제 아침 찾아갈 듯한 기별을 전했으나 일부러 하루 늦추어 교동을 찾았다. 하지만 꼬박 하루를 허송하며 보낸 그들의 표정에선 지루함과 오만함을 찾기 힘들었다.

　씁쓸한 기운이 심기를 불편하게 했다. 김좌근의 모습은 측은하기까지 했다. 이렇게까지 비굴해야 한단 말인가. 무능한 왕족을 등에 업고 삼대에 걸쳐 부귀와 영화를 도모하던 이들의 말로다. 그들은 어느새 영화의 단물에 도취된, 물욕의 괴물이 되어 버렸다.

*

　늙은이가 된 김좌근에겐 일말의 측은함과 연민이 동했지만 그의 아들 김병기는 달랐다. 놈은 용서하기 힘든 교활한 마음을 품은 살쾡이다. 아비의 어수룩함과는 전혀 다른 영악함이다. 그런 그의 영악함을 접하는 순간 어찌된 영문인지 미상불 나의 지난날이 떠올랐다.

무능한 왕조의 등에 올라타 갖은 폭정과 부패로 제 뱃가죽을 채우던 저들의 서슬로부터 벗어나기 위해 미치광이 파락호 노릇으로 세월을 소비하던 지난날 말이다.

그때 내 모습은 과연 무엇이었던가.

'지독한 파락호 흉내를 그토록 천연덕스럽게 위장할 수 있단 말이오?'

위선으로 가득한, 그러면서도 급변해 버린 정세에 몸을 사리는 김병기의 나를 향한 눈빛이 마치 그러한 질문을 던지는 듯해 불쾌했다.

*

그 불쾌함을 끝내 토해내지 않을 수 없었다. 그럼에도 내 안에 남아있는 역겨움이 나를 번뇌케 했다.

과연 나와 김병기가 무엇이 다른가. 권력에 빌붙기 위해 이빨 빠진 호랑이가 된 아비를 앞세우면서까지 발작하는 김병기와 살아남기 위해 기방에 틀어박혀 난이나 그리고, 거문고나 뜯던 내 모습이 도대체 무엇이 다르단 말인가. 이 지독한 굴레를 벗겨내고 싶다.

평교자에서 내릴 때부터 사람을 병신 취급하는 것 같은 부액(扶腋, 곁부축의 고어)을 떨쳐내는 것에서부터 나의 불편한 심기는 시작되었다.

그 불편함은 결국 입 속으로 밀려들어간 저들의 성찬을 토해내는 것으로 대미를 장식했다.

*

거대한 크기의 상을 가득 메운 산해진미가 오직 권좌의 중심에 오른 '나'란 존재 하나만을 위해 진설되었다는 상황 자체가 역겨웠다. 길바닥에 죽어 내버려진 역병에 시달리는 백성들의 모습이 떠올랐다. 약재 하나 변변히 구하지 못해 죽어 나가는 시간에 나는 머리 없는 짐승이 되어 산해진미를 잘도 받아 처먹고 있다. 이 더러운 모순의 한복판에서 이 상을 둘러엎지도 못하고 있다. 권력에 도취된 우상이 되고 싶은 건가. 내 마음속 장기(臟器)는 결코 그러한 체념의 체질을 용납하지 않았다. 아니, 그럴 수 없었다.

해서 밀어낸 것이다. 저들의 접대를 피할 수 없었지만 내 몸은 저들과 나의 비겁함을 거부하고 있다. 해서 나는 그대로 김좌근과 그의 뻔뻔스런 자식 놈이 보는 앞에서 먹은 것을 죄다 토악질해 버렸다. 우아한 산해진미가 내가 게워낸 찌꺼기들로 엉망이 되어 버렸다.

후련했다. 이렇게라도 하지 않았다면 나는 아마도 조대비와 같은 마음이 되어 김병기의 사지를 찢어 놓았을 것이다. 파락호 시절의 나를 능멸하고 왕족의 등골을 파먹은 원흉의 두 팔, 두 다리를 말이다.

사직골 노인

1864년 2월. 역병 따위와는 비교할 수도 없는 재앙, 춘궁이 닥쳐들었다. 민심은 극도로 흉흉해졌고 그에 반해 개혁의 속도는 좀처럼 탄력을 받지 못했다.

국태공으로서 소년 왕을 대신해, 늙은 여자를 대신해 왕실의 칼자루를 쥐었지만 모든 것이 호락호락하지 않았다. 그러나 매순간이 신료들에겐, 그리고 김씨 일문들에겐 살얼음판일 것이다. 그들은 어전회의나 모든 시국 논의가 두려울 것이다. 나의 입에서 쏟아져 나올 과격한 폭언을 정신 나간 노인의 넋두리쯤으로 여기고 싶을 것이다. 그러나 지존의 힘을 빌린 발언의 배경엔 그에 못지않은 실천 능력이 필수적이다. 실천력의 근간은 판단의 집요함에서 비롯된다. 사리의 바른 판단. 감상을 제거한 냉혹하기만한 현실에 근거를 둔 판단력.

*

때론 냉정한 판단력을 얻기 위해 타인의 지혜가 필요할 때도 있다. 범상치 않은 재기를 품은 이상지를 따라 그의 스승을 만난 것도 그러한 연유에서였다. 나는 이상지(도정궁 이하전이 사사되자 그 배후를 흥선으로 알고 운현궁에 침투했던 자객)를 다그쳐 누구도 짐작하지 못할 평범한 행색을 한 후, 그의 스승을 만나기 위해 사직골로 향했다.

초라하기 짝이 없는 사직골 초가집에서 이상지의 스승을 만났다. 오래전 내게 조선의 미래와 왕족의 행동거지에 대해 말을 아끼지 않던 노인.

그는 대인이었다. 대원군이 된 나의 위치를 모를 리 없건만 그는 결코 호들갑을 떨지 않았다. 태연자약함. 그건 단지 죽음을 코앞에 둔 노인이기에 보여 줄 수 있는 차원이 아니었다. 그의 대담함은 오랜 시간 성찰과 명상을 통해 빚어낸 결과물일 것이다.

이런 노인의 경륜을 빌릴 필요가 있다.

과거 노인은 내게 준엄한 훈계를 아끼지 않았다. 지금의 나는 누구에게도 훈계를 받을 수 없다. 훈계를 받는다는 건 그를 인정한다는 뜻이니깐. 과연 조정 안에서 누가 내 위에 서서 나에게 훈계할 자격이 있단 말인가.

김씨의 개들이? 울분의 세월을 보내며 판단력을 망실해 버린 조대비가? 아님 소년 왕이? 나는 권좌에 오르기 전 노인이 내게 들려줄 말을 그에게 다시 확인받고 싶었다.

"선생은 내게 이런 말을 하셨습니다."

"내가 뭐라고 했던가요?"

"조선을 탐하는 외이들이 너무나 많다구요. 왜국을 위시해 영길리('잉글랜드'의 음역어), 법국(예전 '프랑스'를 이르던 말), 아라사('러시아'의 음역어), 서양 놈들의 마수가 우글거린다고 하셨습니다. 양이(洋夷)는 서학으로 우리네 문화를 좀먹고 왜국은 수교(修交)라는 허울뿐인 명분으로 이 나라를 끊임없이 괴롭힌다고 하셨지요."

"허허."

"또한 선생은 내가 만약 집권하게 되거든 파쟁을 없이 하고 유생들의 썩어빠진 머릿속에 신선한 활력을 불어넣고 관기를 엄히 다스리고 나태와 무력에 빠진 백성들에게 근면의 정신을 소생시키고 깊은 혜안을 품어 도탄에 빠진 이 나라를 건져내야만 한다고 하셨습니다. 이 가르침이 여전히 제겐 유효하게, 아니 더욱 절실하게 다가오더군요."

"기억력도 좋으시오. 내 그런 소릴 한 적이 있긴 있습니다만."

본론으로 들어가야 할 순간이다. 그를 만나 지혜를 구해야 할 단 하나의 목적, 그것을 성취해야 한다.

"선생님."

"말씀하시지요."

"가급적 피를 보지 않고 조정을 혁신하기 위해 무던히도 노력했습니다."

"잘하셨습니다."

"헌데, 피를 보아야 할 때가 온 것 같습니다."

"누구의 피를 말이오."

"동학입니다."

동학이란 말 한마디에 노구는 잠시 눈을 감았다. 아마도 나의 입장을 헤아리는 모양이다. 동학의 인내천 사상을 이해하지 못하는 것은 아니다. 그러나 그것은 이상이요, 그것은 이상일 뿐이요, 언제든지 변개될 수 있는 표면적 욕망에 휘말릴 위험성이 높다. 혹세무민의 도구요, 폭동의 면죄부 구실을 할 수 있는 가능성이 다분한 것이다. 노인은 이런 나의 심정을 잘 이해하고 있을 것이다. 그러나 나는 답을 모른다. 피를 보아야 하겠다고 말했지만 그 어느 것도 결정된 것은 없다. 노구가 말했다.

"최수운(동학 교조 최제우, 호가 수운(水雲))을 죽일 생각입니까?"

"내 스스로 죽일 생각은 없소. 하지만 대세가 그렇다면 굳이 반대하진 않을 생각이오."

대구 감영에 투옥된 동학 교조 최제우는 두려운 인물이다.

무려 스무 번 이상 반복된 심문과 예상을 불허하는 끔찍한 장형(杖刑)을 받았음에도 자신의 동학에 대한 소신을 굽히지 않았다는 전갈을 받는 순간 나는 두려움을 느꼈다. 하늘의 뜻이 민중의 폭동을 정당화할지도 모른다는 우려, 하늘과 민중을 동일시할지도 모르는 우려가 고문에 지친 최제우란 인물을 하나의 신화속 영웅으로 만들지도 모른다. 만약 이 상황에서 나의 지시로 최제우의 목을 벤다면 어떤 결과가 나타날 것인가. 그렇다 해서 폭동과 무질서의 뇌관이 되어 버린 사교 집단의 논리에 무릎을 꿇을 수도 없는 노릇 아닌가.

노인은 자신의 생각을 정리한 몇 마디 중요한 사견을 밝히기 전 내게 물었다.

"인내천 원리는 어떻게 보십니까?"

"원리적으론 찬동하고 있습니다."

"그렇담 무엇이 문제죠?"

"작금의 정세가 그 무리의 창궐을 방임해서 국가의 공익에 도움이 되지 못하고 도리어 혼란을 초래할 것이 불 보듯 훤하기에 거슬리는 것입니다."

"흠."

"당쟁과 유생의 횡포, 양반 관원의 주구 금제, 백성의 사기 진작 도모와 기아에 허덕이는 농민들을 구원하는 일을, 왕실을 대신해 동학이 할 수 있다고 가르치는 사상 자체가 위험하다 이 말입니다. 그렇게 되면 이 나라는 동학의 나라가 될 수밖에 없지 않습니까?"

노인은 눈을 감은 채로 내 말에 대응했다.

"조정과 동학이 함께 갈 수 있는 길은 없습니까?"

수긍할 수 없는 일이다.

"동학은 순수 민족 부흥 운동의 기운을 잃어버렸지요."

"어째서 그렇게 보십니까?"

"서학과 명맥이 상통한 요언농사로 혹세무민하는 경향으로 타락해 버렸어요."

"허나 백성들을 위로하기 위해선 제자백가(諸子百家)의 도론(道論)보다 한마디 지상 극락으로 대신하는 것도 좋은 방법이 될지 모르는 일 아닙니까."

"그 방법도 고려해 보지 않은 건 아닙니다. 하지만 오늘의 현실은 그 방법이 난폭해질 조짐으로 팽창해 있어요. 무지한 군중들은 짐승처럼 미쳐 날뛰고 교조란 작자는 그 뒤에 숨어 때를 기다리다 자칫 조정까지 삼켜 버릴 폭동의 주역이 될지도 모른단 말입니다."

노인이 눈을 떴다. 나의 발언 속에 담긴 일방적 성향에 유감을 표하는 눈빛이 역력했다. 지극한 인자함에도 불구하고 나는 노인의 의지를 읽을 수 있다.

무엇일까. 나는 이미 마음속에 동학과 조정의 협력 가능성의 문을 잠가 버리고 있다. 한데 이 무슨 심리란 말인가. 노인에게 나의 판단이 틀리지 않았다고 말해 주길 기대하는 어리광을 부리러 왔단 말인가. 나를 바라보는 노인의 눈빛은 뼈아픈 질책으로 다가왔다.

"대감."

"말씀하시지요."

"치자(한 나라를 다스리는 사람)는 반드시 넓고 깊은 식견을 가져야 합니다. 결코 서둘러선 안 됩니다."

"제가 지금 조급하단 말입니까?"

"후대의 사필(史筆)을 두려워해야 할 필요가 있단 말씀입니다."

"……."

"통촉하옵소서."

후대의 역사가 나를 어떻게 기억하는 것 따위 중요하지 않다. 지금 이 나라의 미래가 부패와 폭정에서 벗어나고 혹세무민의 사교들의 가르침으로부터 자유롭게 되는 초석을 닦는 것만이 중요하다. 그것만이 왕손인 내게 주어진 단 하나의 책무이다.

*

노인을 만난 후 나는 한 가지 절충안에 가까운 결론을 내렸다. 포도대장 이경하(조선 말기의 무신. 1863년 고종 즉위 후 흥선대원군이 집권하자 훈련대장 겸 좌포도대장이 됨)를 불러 동학 교조 최제우에 대한 사문을 끝맺고 대신 사문 결과와 죄의 유무, 처벌의 집행 등 일체의 권한을 현지 판관들에게 위임하는 교지를 내린 것이다.

결과는 운명에 맡길 일이다. 하지만 그 결론의 말미엔 내가 예상했던 결과가 도출될 것이다.

소년 왕, 명복

철종의 주검이 고양 땅, 예릉의 장지로 이행되는 날이었다.

죽은 자는 아무런 힘이 없다. 그 가는 곳을 왕릉이라 부른다 해서 무슨 영광이 있겠는가. 죽음 이후에 그를 기억하는 건 허수아비의 세월, 후회뿐인 무능의 낙인뿐이지 않은가.

어린 지존이 깊은 허무에 잠겨 있던 내게 다가왔다. 환한 웃음을 보인다. 인정과 배려의 마음 가득한 지존이다.

지존의 주위에 아무도 보이지 않았다. 궁인들은 한 발치 떨어진 채로 어린 왕 혼자 있었다. 홀로 남은 지존은 자신의 지존됨을 불편해 했다.

"전하, 그동안 생활은 어떠셨습니까?"

"아버님, 이렇게 단둘이 있을 땐 명복이라고 불러 주실 수 없나요?"

"약한 모습 보이시면 안 됩니다."

강해져야 한다. 왕의 재기를 타고난 명복이지만 지존이 되기 위해선 인자와 자비가 전면의 미덕으로 드러나선 안 된다. 끝이 보이지 않는 압도적 위엄이 우선되어야 하는 것이다. 그러기에 명복은 여전히 아슬아슬하다. 그는 여전히 어리고 어린 소년 왕이다.

"어머니가 보고 싶어요."

"내일이래도 입궐하시게 해보겠습니다."

"매일 밤마다 머릿속에서 어머니 얼굴이 지워지지 않아요, 아버님."

"정이 깊은 걸 어찌하겠습니까마는 참고 견딜 수 있어야 합니다. 국왕은 일개 사인의 아들이 아니요, 이 나라 모든 백성들의 어버이라 하지 않았습니까. 그 점 명심해야만 합니다."

"아버님."

짙은 울분의 정서가 묻어 있는 목소리다. 그 떨림이 내 심장을 아리게 한다. 하지만 견뎌야 한다. 나조차 흔들리면 여기서 우리의 혁정은 물거품이 되고 만다. 그건 재앙이다. 왕족에게도, 이 땅 조선에게도.

그러나 결국 내내 두려워했던 말들이 명복, 아니 지존의 입으로부터 흘러나왔다.

"전 왕의 자리가 싫어요."

"뭐라 하셨습니까."

"너무 힘겨워요. 부담스럽다구요."

"그만하세요. 못 들은 걸로 하겠습니다."

"이런 말해선 안 된다는 것도 알아요. 하지만."

"하기 싫다고 뿌리칠 수 있는 자리가 아니오. 잊으셨소?"

"아버님."

"그만두라고 했소."

"제발."

더 말을 이을 수 없었다. 물러설 수도 물러나서도 안 된다. 그저 묵묵히 지존을 바라보는 것으로 지존의 흔들리는 심정을 달래 주어야 했다.

서원 철폐령을 내리다

　질풍을 닮아 버린 세월은 결국 모두에게 감당하기 힘든 급류가 되었다.

　모두는 회의와 기대, 질시와 혼란의 시선으로 나를, 내가 몸담고 있는 운현궁을 주목했다. 예상보다 더딘 숙청과 척결의 유예가 오히려 저들을 당혹스럽게 만들었을 것이다. 중요한 것은 저들의 목을 몇 개 더 잘라낸다 해서 이 땅의 혼돈과 부패가 변혁되진 않는다는 사실이다. 저들의 생리를 최대한 이용해 그 중심을 관통하는 혁정이 필요하다.

　희대의 풍운아가 대권의 자리에 앉든, 저들의 구미에 맞는 왕족의 일부가 꼭두각시가 되었든 저들은 권력의 주구일 뿐이다.

　본질은 변하지 않는다. 그 변하지 않는 본질에 호소하는 것이다. 썩고 부패한 환멸의 중심을 도려내려는 것이다. 이런 나의 정당한 횡포를 저들이 어떻게 받아들일지는 결코 중요하지 않다. 결과는 그 중심의 환부를 적나라하게 드러내는 것뿐이다. 성병에 걸린 창부(娼婦)의 가랑이와도 같은 지독한 악취를 저들 스스로 깨닫게 해주는 것뿐이다.

*

1865년 3월 9일. 을축(乙丑)년 춘삼월. 나는 경천동지에 가까운 정령을 발표했다. 바로 만동묘(임진왜란 때 조선을 돕기 위해 조선에 원군을 파병한 명나라 신종(神宗)을 기리기 위해 1704년(숙종 30) 지금의 괴산군 청천면(靑川面) 화양동(華陽洞)에 건립한 사당) 철폐를 명한 것이다. 나는 황급히 묘의를 소집하고 영의정 조두순에게 이 교시를 전달했다.

"서원은 본래 선비들의 수양과 국익 도모, 구현, 구재의 장이 되는 것이 존재 의의였소. 허나 작금의 7백여가 난립하는 전국 서원들은 본래의 고결한 뜻을 상실하고 유생들의 오만방자한 사랑방으로 전락하고 말았소. 이는 곧 총체적 행정 혼란과 백성들의 원성 대상으로 전락하고 만 것이오. 그러니 더 이상 그런 곳을 유지할 이유가 없다고 사료되오. 따라서 여는 대왕대비의 준엄한 교명을 받들어 사액서원을 제외한 전국의 사설 서원 일체의 철폐를 정령으로 발포하니 즉시 명을 이행하도록 하시오."

이것은 대원위 분부다. 수렴청정의 권한을 대왕대비로부터 위임받고 소년 왕의 유약한 성정을 억제해 오던 대원군인 나의 명인 것이다.

조정 대신들의 경악하는 표정은 볼품없어서 더 이상 흥미가 생기지 않았다. 차라리 유생들의 궐기가 기대된다. 그러나 그 또한 지루하다. 유생들이 어떤 반응을 보이든 저들의 태도는 하나같이 똑같을 것이다. 법도와 전통을 앞세우는 명분론. 하지만 그들은 모르는 것이 있다. 명분의 두 얼굴을 말이다.

"적잖은 소란과 반발이 발생할 것이오. 그러나 몇백 년 세월을 거쳐 썩은 물로 시류를 오염시켰으며, 역대 왕조를 구렁텅이 속에 밀어 넣고 그것도 모자라 몇만의 목숨을 억울하게 도륙했고, 무고한 가문을 명분을 앞세워 피로 물들였소. 그런 만행을 자행한 서원의 횡포에 대한 철저한 소탕은 금상(今上) 왕조의 피할 수 없는 책무임을 명심하기 바라오."

과거 청주 화양서원에서 겪은 일을 나는 분명히 기억한다. 선비의 이름, 서원의 이름으로 왕족인 나를 함부로 대하던 이름 모를 유생의 그 뻔뻔하고 오만한 기백을 말이다. 나를 함부로 대한 것이 오만하다는 것이 결코 아니다. 유생의 심장이 순수한 열망으로 가득한 상태에서 파락호 따위의 타락한 왕족을 백성의 이름으로 꾸짖은 것이라면, 그러한 꾸지람 얼마든지 받아 줄 용의가 있다. 그 기백 역시 권력이나 명분에 기댄 것이 아닌 순수한 청년의 치기라면 봐줄 만하다.

그러나 서원에서 보여 준 청년 유생의 기백은 추잡한 전통의 그늘에 기생하는 위장된 기백에 불과하다. 그 위악의 가면을 벗길 때가 온 것이다. 지금 벗기지 않으면 유생과 권력의 기생충들은 어느새 소년 왕의 머리에 저들이 즐겨 사용하는 허수아비 옷을 입히고 말 것이다.

역류는 없다

며칠 후 돈화문 앞에 모여든 유생들의 시위가 시작되었다. 예상했던 바다. 기대 이상으로 많은 수효가 몰려들었다. 말을 타고 문 앞을 가로막은 포도대장의 무부(武夫)에 기가 눌려 고작해야 고성을 지르는 것 외에 달리 할 것이 없는 유생들이었지만, 그 수효가 족히 수천은 되어 보였다.

우습고 놀라운 일이다. 종일 학문을 연마하고 국가의 앞날에 시간을 허비해도 그 유생됨의 명분이 간신히 체면치레를 면할 것인데, 앞일 제쳐두고 이렇게 모여들다니. 더욱 가관인 건 저들의 막대한 수적 우월함에 기대어 나의 정령에 난색을 표하는 조정 대신들의 입이었다.

영의정 조두순(철종 사후 명복(命福, 고종)의 추대를 적극 주장하여 조대비로 하여금 즉위 전교를 내리게 함으로써 고종 즉위에 중요한 역할을 수행한 인물)이 말했다.

"일시에 7백여 개에 달하는 서원 향사를 없앤다 하심은 지나친 교서인 것 같습니다. 묘당 안에서도 이론들이 분분한 것으로 알고 있습니다."

형 이최응(흥선대원군 하응(昰應)의 형으로 흥인군(興寅君)에 봉해짐)도 한마디 거든다.

"몇백 년씩이나 내려온 서원 제도를 하루아침에 꺾으려니 반발이 없을 순 없겠죠."

김병학은 한 손으로 방바닥을 짚곤 유생들이 운현궁 앞까지 몰려왔다며 호들갑을 떨었다. 조성하는 조대비의 전언까지 전해 가며 내게 간접적으로 불만을 표시했다.

"대전마마께서도 소인에게 하문이 계셨습니다. 소란 피우는 유생들이 수효가 얼마나 되셨냐구 말이죠."

객초 연기가 가라앉을 무렵 나는 자리에서 일어섰다. 기대 이하의 나약함이다. 이렇게 나약한 인간들이 조정의 요직을 차지하고 있다니.

고독의 기운이 몸 전체에 파고들었다. 갑갑했다. 하지만 이 갑갑함을 내색할 필요는 없다. 감정을 쏟아낸다 해서 달라질 수 있다면 차라리 옷을 벗고 할복을 하는 편이 쉬울 것이다. 그것은 거리에서 떠돌던 시절에나 어울림직한 저항이다. 지금은 다르다. 위치와 신분의 높낮이 문제가 아니다. 나란 존재는 이미 변혁이란 거대한 급류의 중심에 내던져졌다. 내 스스로 던진 것이 아니다. 나의 분노가, 조선의 공분이 나를 내던진 것이다. 그러므로 나는 살아남아야 한다. 이 포악한 급류의 중심에서 조선의 이름으로, 왕조의 위엄으로 살아남아야만 한다.

이경하를 불렀다. 밖에선 유생들의 방자한 호통 소리가 산발적으로 터져 나왔다.

내 앞에 모습을 드러낸 이경하의 위용이 썩 마음에 들었다. 무부에게서 풍겨 나오는 기백은 설명하기 힘든 성스러운 구석이 있다. 이경하의 기백의 근거는 무(武)의 칼이다. 칼은 거짓을 말하지 않는다. 날이 선 칼은 불순물이 들러붙을 틈을 주지 않는 온전한 관(管)이 되어 주는 것이다. 나는 그 충실한 관에게 준엄한 음성으로 명했다. 모여든 조신들의 표정이 창백하게 굳어 버리는 꼴을 고스란히 바라보면서.

"포도대장 듣거라!"

"포도대장 이경하, 저하의 분부를 대령하고 있습니다."

"너 이경하는 즉각 달려 나가 거리의 기녀들처럼 앙탈을 부리는 고귀하신 양반 선비들을 한 놈도 남김없이 한강 건너편으로 쓸어내도록 하라!"

망설일 필요가 없다. 감정을 제 이성으로 다스릴 수 없을 때까지 내 자신을 몰아붙였다. 나의 분노를 애써 감출 필요가 없기 때문이다.

똑똑히 보아라. 왕족을 능멸한 자신들의 초라함에 침을 뱉어야 할지 말아야 할지를 심각히 고민해 보란 말이다.

"만일 반발하는 자 있다면 한 줌의 자비도 베풀지 말고 포박해 엄중 문초해라. 그중 우두머리로 판단되는 자를 색출하면 왕명을 거역한 역모에 준하는 중죄를 범한 것이니 그에 합당한 벌을 내리도록 하라!”

“즉각 달려 나가겠습니다.”

“그 우두머리에게 반드시 묻거라. 옛 가르침 중 어디에 선비가 서원에 모여 대안 없는 시국 비판과 무위도식을 일삼으며, 법도 운운하고, 신음하는 백성들을 제멋대로 학대할 뿐 아니라 병역 기피, 세금 포탈, 억지 기부 강요도 모자라 무고한 사람들을 잡아다가 사형을 제 마음대로 시켜도 괜찮다고 말한 구절이 있는지 한번 가르쳐 보라고 이르거라, 알겠느냐!”

*

일순간 가라앉았다. 모든 것이 차갑게 가라앉았다. 떨리는 숨을 쉽게 가라앉히지 못했다. 아니, 그렇게 하지 않았다. 대신 남아 있는 분노의 여진을 모인 조신들에게 보여 주었다. 똑똑히 기억해 둘 필요가 있다. 이 급류의 파격이 앞으로 어떻게 전개되어 나갈지 말이다. 이제 저들은 스스로 영민해질 필요가 있다.

분서갱유라고?

조성하에게만큼은 의견의 일치, 혹은 최소한의 설득이 필요하다는 의무감이 들었다. 구국의 울분과 비통한 심정으로 격동의 한때를 함께 지나쳐 온 존재에 대한 예의라 해도 무방하리라.

조성하의 표정엔 진심 어린 걱정스러움이 배어 있었다. 각오하고는 있다. 본래 양반들이란 무(武)보단 문(文)의 정태적 체질에 길들여진 인종이기에 포도대장 이경하의 일갈에 궐기가 일시 잠잠해질 순 있을 것이다. 하지만 그 침묵이 어느 땐가 내 목을 겨누는 비수로 되돌아올지 모른다. 그것이 저들의 속성이다. 허울뿐인 죽은 학문의 병풍 뒤에서 숨죽여 때를 기다리다가 거대한 권력의 봉우리가 솟을 때 편승하려는 탁월한 집념의 괴물들이 바로 양반들인 것이다. 필경 조성하도 저들의 숨겨진 기질을 염려하고 있을 것이다. 내겐 그런 그를 안정시킬 의무가 있다. 그것은 지금껏 쌓아 오던 혁정에 대한 의지의 재확인이기도 했다.

"자네도 나를 조선의 진시황이라고 생각하는가."

"솔직히 말씀드려도 되겠습니까."

"물론이다."

"제가 굳이 말하지 않아도 조정 신료들 대부분이 그렇게 생각하고 있습니다."

그럴 것이다. 자리보전에 생의 모든 가치를 매달고 있는 이들에게 혁정이란 곧 기득권의 파괴를 뜻하기 때문이다.

궁극적으로 서원의 철폐는 비대화된 권력의 파괴를 최우선 목표로 삼고 있다. 서원 자체의 본래 의미를 모르는 바 아니다. 그러나 그 본질의 의미가 복원될 수 있기를 기대하기엔 이미 조선은 건널 수 없는 다리를 건너고 말았다. 그것이 현실이다. 조성하가 이런 내게 조심스럽게 물었다.

"혹시 서원을 철폐하고자 함에 다른 뜻이 있으신 겁니까."

"무슨 뜻을 말하는 거냐."

"권력의 영속을 말함입니다."

"이보게."

"그런 의도라면 굳이 유생들을 자극하지 않아도 다른 방법을 모색할 수도 있을 듯하네만."

조성하의 불안한 눈빛이 뇌리에서 지워지지 않는다. 그 역시 어쩔 수 없는 권력의 노예란 말인가. 분명히 다시 한 번 알려주어야 했다. 또 다른 권력의 영속을 기대하는 그에게, 내 자신에게.

"자네 말대로 권력을 영속키 위한 것이라면 다른 방법을 선택할 수도 있을 거야. 신료들을 내 편으로 만든다든지 대통의 기반을 더욱 견고히 한다든지 하는 식의 방법 말이야."

"그런데 어째서 이런 악수(惡手)를 선택하신 겁니까?"

"이건 그 반대의 의지가 피력된 결정이네."

"……?"

"권력은 영속되지 않으며, 영속되어서도 안 되는 몹쓸 요물이야."

"대감마님."

"오늘날 서원은 국학 연마를 통해 권력을 견제하는 본래의 기능을 완벽히 상실했네. 그 텅 빈 자리를 대신 메운 게 뭔지 아는가."

"……."

"탐욕이야."

"……."

"그 탐욕이 역대 왕정을 수치스런 궁지 속으로 몰아넣었고, 그 탐욕이 몇백 년 동안 세상을 혼탁하게 만들었으며, 그 탐욕이 몇천 몇만의 살아 있는 양심의 목을 베었으며, 그 탐욕이 헤아릴 수 없이 많은 무고한 가문을 피로 물들였네."

"대감마님, 제발."

"더 다른 설명이 필요한가."

그와 나는 더 이상 어떤 말도 주고받지 못했다. 거암(巨巖)한 개가 무간(無間)의 구렁을 메워 둘의 거리를 엄중하게 만들어 버린 것 같았다.

*

　저들의 탐욕으로 인해 서원을 범접할 수 없는 수렁 속에 옹립시
켰다면 나는 저들이 옹립시킨 수렁을 송두리째 불태워 버릴 것이
다. 한 줌의 아쉬움 없이 태워 없앨 것이란 말이다.

　누군가 내게 묻는다면 나는 답할 것이다. 무슨 권한으로 이런
독재를 감행하느냐고 감히 묻는다면, 나는 망설임 없이 답할 것이
다. 조선의 이름, 역사의 이름으로 행한다고 말이다.

경복궁을 일으키다

급류의 몰아침은 무의식의 방죽마저 무너뜨렸다. 불행인지 다행인지 서원 철폐를 명한 나에게 그것과 관련된 악몽은 엄습하지 않았다. 그러나 또 다른 종류의 악몽이 내 정신의 피막을 찢고 피어올랐다.

한몫의 제거는 한몫의 재생을 원하는 걸까. 그것이 정치라는 생물의 생리란 말인가. 부패의 심장이라 여겼던 서원 철폐를 명한 이후였다. 나는 그 빈자리에 파고드는 공허한 기운을 메울 다른 방법을 찾지 못했다. 그 헛헛함이 현몽으로 제시된 것일까.

봄기운이 완연한 어느 날 새벽. 나는 꿈을 꾸었다. 명징함으로 가득한 본능에 가까운 꿈이다.

경복궁 경내를 홀로 배회하던 내게 비쳐진 경복궁의 풍경은 참혹했다. 황폐한 궁적(宮跡)에 돌풍이 불어 닥치고 돌풍의 틈새를 타고 무장한 왜인(倭人)의 떼가 몰아닥치는 형국이 드러났다. 왜인들이 왕부의 존엄이 살아 있는 궁을 훼손하고 있다. 나도 모르게 소리를 지르며 저들에게 호통을 쳤다. 일갈을 쏟아내며 만행의 중단을 촉구했다. 하지만 저들은 나의 외침 따윈 귀 기울이지 않았다. 오직 장엄하게 솟아오른 궁궐 파괴에만 몰두할 뿐이었다.

기이한 것은 궁궐이 훼손되는 맹렬한 속도에 비례해 내 몸 곳곳에서 살점이 뜯겨지는 듯한 고통의 수위 또한 맹렬히 치솟기 시작한 것이다. 비록 꿈이었으나 고통만큼은 실제였다. 혼절해 버릴 것 같았다. 살갗을 뚫고 죽창이 파고드는 듯한 끔찍한 고통이 몰아닥쳤다.

정신을 차릴 수 없을 정도로 아팠으나 죽음은 오지 않는다. 핏발 선 눈이 감기지 않았다. 궁궐은 그렇게 화마와 훼손의 악귀에 의해 난도질당하고 있었다.

그것은 악몽이 아닌 현실이었다. 그렇게 믿을 수밖에 없었다. 꿈이라고 볼 수 없는 엄존한 현재. 열성조(列聖朝)의 숙원인 경복궁 재건을 내버려 두고 폐허 속에서 종사(宗社)의 체통과 왕부의 존엄을 호소하려 했던 나의 일갈이 한없이 부끄럽게만 느껴졌다.

*

영상대감 조두순의 의향을 물었다. 하지만 예상했던 것보다 훨씬 더 절망적인 반응이 나왔다. 그는 막대한 역사로 인한 재정과 국력의 분산을 우려했다.

모르는 바 아니다. 하지만 눈앞의 현실에 급급한 근시안적 답을 원한 것이 아니다. 독재라 해도 상관없다. 진짜 추악한 독재란 백성과 왕실의 위엄, 하늘의 뜻과는 상관없는 법도와 도리를 빙자한 전통의 음부 속에 은근히 숨어든 병균과도 같은 상태를 말하는 것이다.

내게도 망설일 수 없는 조급함이 있었다. 북경성의 주청사로 있던 이경재를 불러 자금성의 위용에 대해 전해 들은 적이 있었다.

단지 몇 마디 전해 들은 것이 고작이었다. 직접 가 보지 못한, 그 땅을 밟아 보지도 못한 상태였지만 그의 세 치 혀에 의해 드러난 자금성의 위용은 한없이 나를 초라하게 했고, 동시에 나의 열망을 끝을 볼 수 없는 무간 속으로 빠져들게 했다.

이경재의 말을 듣는 내내 무리하게 느껴졌던 경복궁 재건의 열망이 현실의 한계를 압도하기 시작했다. 자금성의 위엄을 달성하기 위해 소모된 대토역(大土役)의 피로가 낳은 재물과 고역의 소모가 마음으로부터 우려의 표지로 기능하지 않는 것은 아니었다. 그러나 현실적 한계를 앞세우기엔 내가 꾸었던 악몽으로부터 발출되어 나온 필연의 고통이 더 절대적이었다. 그 절대 앞에, 서슬 퍼런 열성조의 촉구 앞에 무릎을 꿇을 수밖에 없었다.

*

그해 4월 초사흘. 마침내 나는 조대비로부터 받아낸 전교를 앞세워 창덕궁 희정당(창덕궁의 전각. 본래 침전으로 사용하다 조선 후기부터 임금의 집무실로 사용됨)에 모인 문무백관들에게 나의 뜻을 전달했다. 조대비의 입을 빌린 형식이었으나 누구도 이 발상이 늙은 여자로부터 나온 것이라 생각지 않았다. 당연할 것이다. 모든 표적은 나로부터 시작되어 내게서 마무리되어야 할 것이다. 그에 따르는 책임 역시 나의 몫이 될 것이다.

"이번 대역사는 왕실 삼백 년 동안의 숙원을 성취하는 것이며, 이 역사에 따른 대소 제반사를 대원위 대감께서 총괄할 것인즉, 백관은 충성을 다해 힘을 모아야 할 것이오!"

문무백관의 반응은 한결같았다. 서원 철폐와 동일하거나, 혹은 그 이상의 서글픈 발작이 곳곳에서 모난 돌부리처럼 튀어 올랐다. 이번엔 특히 김좌근의 반발이 거셌다. 의외였다.

"나라의 재력이 바닥나 버린 이 시국에 그런 대공사를 아무런 준비 없이 시작한다는 건 황당하기까지 하며 그렇잖아도 사는 게 어려운 백성들의 들끓는 원성을 사서 도리어 왕실의 위엄을 해칠 수도 있습니다."

김좌근의 말은 새겨듣는 편이지만 끓는 분노를 억제할 도리가 없다.

"그 나라의 재력을 이토록 피폐하게 만든 원흉이 누구라고 생각하는 게요?"

그 말에 김좌근도, 누구도 답하지 않았다.

지루한 침묵이다.

순식간에 낯선 비감이 서글픈 차가움으로 돌아와 주위를 환기시켰다. 모든 이들이 한마음이 되어 대역사의 추진을 도모할 수도 있을 것이다. 그것을 갈망했다. 그러나 작금의 현실에선 헛된 이상에 불과하단 말인가. 결국 나는 누구도 감당할 수 없고 감당하려 들지 않던 돌 하나를 어깨에 둘러멘 기분이었다. 그 하나의 돌이 희정당 안으로 들어왔다. 적잖은 흙먼지에 더럽혀진 그것이 탁자 위에 올려졌다. 조두순은 그 돌에 대해 다음과 같이 말했다.

"오늘 터를 닦던 도편수 한 명이 땅속에서 이 옥돌을 얻었다 합니다. 그런데, 여기에 새겨진 글귀가 심상찮습니다."

명분. 그 지겨운 명분과 전통을 그토록 소중히 여기는 이들에게 필요한 것은 현실 곳곳에 파묻혀 있는 불가능이란 이름의 지뢰를 일거에 초토화시킬 수 있는 초월적 명분이다. 그 명분이 절대적이다. 명분은 초라한 현실을 능가하는 환상의 힘을 갖는다. 그 환상이 열성조를 살려내고 불만으로 일생을 견뎌내는 나약한 인간들의 입을 다물게 할 수 있다. 절대의 후광을 등에 업은 그 환상으로 말이다.

나의 재촉에 늙은 재상 조두순은 옥돌에 새겨진 글귀를 목청껏 읽어 나갔다.

"계말갑원(癸末甲元), 신왕수등(新王雖登), 가불구재(可不懼哉), 경복궁전(景福宮展), 갱위창건(更爲創建), 보좌이정(寶座移定), 성자신손(聖子神孫), 계계승승(繼繼承承), 국조갱연(國祚更延), 인민부성(人民富盛)……."

"마저 읽으시오."

"…… 간차불고(看此不告)하면…… 동국역적(東國逆賊)이라……."

간담이 서늘한 말들이다. 이 글귀는 모여든 문무백관들의 입을 얼어붙게 만들고 나조차도 섬뜩하게 만드는 내용으로 채워져 있었다.

조두순이 애써 글귀의 내용을 풀지 않아도 모두들 사색이 된 얼굴로 나를 올려보았다. 저들과 함께 동요돼선 안 된다. 저들이 저토록 갈망하던 권력 의지, 그 중심엔 명분이 존재했다. 왕실의 위엄 또한 명분의 환상으로 사(死)와 생(生)의 명운을 결론짓는 것이다.

그 뜻을 풀었다. 글귀의 뜻이 풀리는 동안 저들의 어깨를 짓누르는 두려움의 심연 또한 그 불길함의 아가리를 드러냈다.

"계해년 말이나 갑자년 초. 새로운 임금이 등극할 것이나 그 역시 후사가 끊어지리니 두렵기가 심히 막중하다. 경복궁을 다시 지어 옥좌를 옮긴다면 성자신손이 대대로 이어져 나라의 운수가 다시 연결되어 만백성이 부성할 것이다……."

돌의 진위 여부는 중요하지 않다. 이 기괴한 옥돌의 출처가 설령 근거 없는 조작의 산물일지라도 그것이 이 격렬한 급류의 가속에 일조할 수만 있다면 그것 자체가 명분이 될 것이다. 그것이 땅에 떨어진 왕실의 위엄을 되찾을 수 있는 필연의 업이 될 것이다. 더 이상 왕실의 위엄이 김씨 문중이나 세도가들에 의해 유린당하지 않는 장엄한 정신의 회복을 위해 감히 내 자신을 현실적 불합리의 황폐 속으로 몰아넣고 있다. 스스로를 강하게 다그치지 않으면 안 된다.

"그 뒤에도 이 글귀가 남아 있소. 간차불고하면 동국역적이라. 이 돌을 보고도 관에 고하지 않는다면 이 나라의 역적이라는 뜻이오."

"……."

"알아듣겠소?"

눈치 빠른 호조판서 이돈영이 지체 없이 나의 말을 이어 받았다.

"그럼 경복궁 중건 사업에 대해 끝까지 반론을 가진 분이 계시다면 기탄없이 말씀하십시오."

*

냉소가 절로 흘러나온다. 저들 중 이 거대한, 허울뿐인 명분을 거스르고 자기 말을 낼 수 있는 이들이 존재할 수 있을까. 만약 그런 용기를 가진 자가 존재한다면 기꺼이 그 영웅에게 국태공의 자리를 넘겨줄 것이다.

나의 기대는 이번에도 물거품 속으로 사라지고 만다. 저들의 침묵은 또 다른 책임의 전가다. 대역사에 대한 의지 역시 나의 몫이었으니 그 책임 역시 나에게 돌리려는 심사로 가득한 것이다.

그것을 두려워했다면 아무것도 하지 못할 것이다. 나는 말없이 그 옥돌을 조대비에게 바치는 것으로 경복궁 중건 역사의 시작을 고했다.

아들의 생각, 아버지의 생각

 소년 왕의 표정이 밝지 않다. 의외라는 예상은 하지 않았다.

 천성 자체가 나약한 인물은 아니다. 그런 체질이었다면 필경 왕의 책봉이 가당치도 않았을 일이다. 명복은 어진 군주로서 갖출 수 있는 최대 덕목인 어진 성품을 갖고 있었다.

 그러나 작금의 상황에서 소년 왕이 보여 주는 근심 어린 낯빛은 내겐 부담이다.

 불타 버린 근정전 앞뜰, 경복궁의 정문인 광화문으로 들어선 명복의 뒤를 따르는 내게 어린 왕의 유약한 비감이 전혀 내키지 않았다.

 폐허가 된 궁궐의 모습을 지켜보아라. 필경 이 전각 하나 남아 있지 않은 폐허의 터를 향해 명복은 공분을 토해 내야만 마땅할 것이다. 그러나 소년 왕은 그렇게 하지 않는다. 그의 암울하게 가라앉는 낯빛의 어울리지 않는 진중함이 세월의 흐름과 그 궤를

같이하고 있다. 난 점차 왕이 낯설어지고 있다.

*

"전하, 당대에 이 잿더미 위에다 궁궐을 재건할 수 있음은 역사에 길이 남는 막대한 치적입니다."

다그치듯 그에게 말했다. 소년 왕의 곤룡포 앞자락이 바람에 흔들렸다. 그는 허허벌판과 같은 폐허의 풍경을 근심 어린 표정으로 바라보며 조심스레 말문을 열었다.

"모르는 바 아닙니다. 어느 때든 반드시 해야 할 일이란 걸 말입니다."

"그런데 어찌 표정이 이리 어두우신 겁니까."

"들기론 섭정대공께서 이 궁궐을 1년 안에 중건하실 수 있다고 하신 걸로 들었습니다."

"1년은 어렵습니다."

"어째서죠?"

"그건 태조대왕의 방법이었기 때문입니다."

명복이 무슨 우려의 변을 말할지 잘 알고 있다. 이 막중한 위업 달성을 위해 강제 동원돼 혹사당할 힘없는 백성들의 고초를 걱정하는 것이다. 그런 그의 마음을 달래줄 필요가 있기에 한발 앞서 고백한 것이다. 그는 왕이다. 어찌 되었든 명복은 하늘과 땅을 호령하는 조선의 현왕이다.

"태조대왕께선 그 큰 뜻에도 불구하고 궁궐을 짓는 데 있어 백성들의 사정을 돌보지 않고 재정, 인력을 강제로 동원해 원성을 산 바 있습니다. 하지만 이번엔 그렇게 하지 않을 겁니다."

"다른 묘안이라도 있으신 겁니까?"

"전하, 지금 종친부를 비롯해 당상 제관들이 앞 다투어 원납전을 바치고 있습니다. 위엣것들이 이렇게 솔선수범을 보인다면 곧 백성들도 기꺼이 이 뜻에 동참할 것을 기대해 볼 수 있을 것입니다."

물론 이러한 나의 책략이 도박일 순 있다. 그러나 다수의 민초들은 감정과 큰 흐름에 약한 모습을 보이기 마련이다. 큰 흐름으로 보이는 왕족과 고관대작들이 스스로 원납 형식의 재정을 염출한다면, 그 모습을 본 백성들의 감동적인 연대가 결국 그들의 주머니까지 열어 놓게 만들 수 있을 거란 계산이 이번 책략이 의도하는 바다.

그러나 소년 왕은 여전히 검은 근심의 두려움을 거두지 않았다. 그는 조심스러워하면서 끝내 말문을 열고 말았다. 명복, 이제 왕인 자신의 위치를 실감하기 시작하는 것인가! 하지만 이래선 안 된다. 신분의 막강함에 대한 인식은 오직 나의 혁정 의지와 하나가 되는 실감이어야 옳다. 지금 명복의 의견은 제아무리 하늘의 이치와 맞닿는 논리라 하더라도 현실의 치리와 괴리된다면 마땅히 배척되어야 한다. 현실 정치는 지금 왕실의 위엄을 세우라는 준엄한 명분을 이 땅, 조선에게 강요하고 있다.

"아버님."

"말씀하십시오."

"한 나라에 궁궐은 하나면 되는 거 아닙니까."

"무슨 말씀이신지 모르겠습니다."

"제 생각이 잘못되었는지 모르겠습니다만 지금 궁궐이 비좁아 경복궁을 다시 지으려는 실리적 목적이 아닌, 아버님의 정치력을 확보하기 위해 이런 큰 역사를 조급히 추진하신다면 결국 백성들만 불쌍하게 될 것입니다."

명복. 너의 말은 틀리지 않다. 하지만 옳은 답이 최선의 답일 순 없다. 옳은 말만 지껄이는 건 무덤 속에 들어간 공자를 따르는 이들에게나 어울리는 일이다. 왕실의 존엄, 더 노골적으로 말해 지금 너를 대신한 나의 정치력 확보를 위해서라도 경복궁은 중건되어야만 한다. 하지만 이런 나의 뜻을 우회적으로 밝힐 수밖에 없다. 미묘한 균열이 소년 왕과 나 사이의 거리를 더욱 멀게 만들고 있었다.

"전하."

"……."

"이 모든 일은 무너진 왕조의 위엄을 회복하고 이 나라 만백성을 위한 대업의 실현입니다. 경복궁을 서둘러야 하는 설득력 있는 다른 이유가 과연 존재하겠소?"

"과연 이곳이 지극한 존엄으로 채워진다 해서 그것이 정녕 만백성을 위하는 길인가요?"

"전하."

"아버님."

"……."

"전 정말 몰라서 묻는 거예요. 왕실의 존엄이라는 것에 대해서요."

묻지 말 것을. 그것만큼은 묻지 말아 주길 원한다. 명복, 넌 이 거대한 급류의 중심을 긍정해야만 하기 때문이다.

그의 물음에 아무 답도 하지 않는 나의 무심함에 소년 왕 역시 무심함으로 반응했다. 먼 산과 하늘로 시선을 옮겼다. 간간이 불어오는 바람에 왕의 곤룡포가 흔들렸다.

그때 나는 경복궁 중건의 국운을 기원하는 내수사(內需司, 조선 시대 정5품의 관청. 궁중 내에서 쓰는 미곡·포목·잡화·노비 등을 관리함)에 속한 당주(堂主) 무당들이 등장했다는 기별을 받았다. 무속에 기댄 미신과 위엄이 공존하는 곳이다. 소년 왕의 근심도 이 공존의 격랑 속으로 한데 휩쓸리길 기대할 뿐이다.

사느냐, 죽느냐

눈발이 날리고 있다. 눈발로 휘덮인 땅을 박차고 말발굽 소리가 경쾌하게 울려 퍼진다.

공사에 별다른 진척을 보이지 않는 경복궁 건춘문 근처 안마당에서 말 위에 올라탄 기창수들이 우렁찬 고함 소리를 내지르며 상호간 무(武)의 우위를 겨루고 있다. 궁수(弓手), 창수(槍手), 검수(劍手)들이 저마다 각기 화려함을 과시하는 무기들을 들고 서 있었다. 그 모습을 육조판서들과 문무백관들은 물론 모여든 구경꾼들까지 지켜보고 있었다. 하지만 어이없게도 전혀 긴장감을 느낄 수 없었다. 허세로 가득한 함성 소리와 이 대회를 단지 행사 수준에 머무르는 것으로 안도하려 하는, 천박한 아낙의 지분 냄새와 다를 바 없는 기악의 연주 소리가 들려올 뿐이다. 이것이 과연 무술 대회라고 할 수 있는가. 너무나 분명하게 군기의 쇠약함을 입증해 주는 현주소가 아닌가.

*

궁궐 중건이란 대업은 생각처럼 수월하지 않았다. 천문학적인 원납을 징수했음에도 불구하고 민심의 동요를 완전히 억누르기는 어려웠다. 결두전(結頭錢)은 또 어떠한가. 한성 백성에게 노역을 부과한 처사는 또 어떠했는가. 나의 안목으로 볼 때 저들의 원성과 불평은 분명 부당한 것이다. 결국 역사의 주체를 백성들의 공으로 돌리려는 의도에 대한 안목보다 지금 저들에게 필요한 건 당장의 노역 중단과 외세의 위협으로부터의 안정이란 말인가.

*

살을 에는 찬바람이 경복궁 공사장 인부들의 손을 얼어붙게 만들 무렵 시국을 둘러싼 흉흉한 소문들 중 가장 주목할 만한 것은 아라사 놈들의 침입 소식이었다. 두만강을 건너와 화총(火銃), 댕구를 닥치는 대로 쏴대며 백성들을 위협한다는 풍문이 그것이다.

전쟁의 소문은 백성들을 집단 우문화하기에 충분해 보였다. 백성들은 술렁이며, 북방 오랑캐의 침입을 두려워했다. 집단이란 모름지기 그런 것이다. 모든 것을 불신해서도 안 되지만, 그렇다고 그들이 존재하지 않는 역사(役事)의 추진 역시 불가능하다. 위민(爲民)의 치리(治理)는 통합적이고 총체적이어야만 하는 것이다.

무술대회의 개최는 내부로부터의 피로를 씻고, 외부의 두려움으로부터의 보호를 상징적으로 보여 주어야 한다. 그런데 지금 벌어지는 무의 분출은 너무나 상투적이다. 역겨울 정도다.

끔찍한 외세의 잔인함을 뼛속 깊이 자각할 의무가 저들에겐 처음부터 없단 말인가.

함경도 관찰사의 제보에 따른다면 북변 아라사 놈들은 군졸들마다 장총과 단총을 모두 보유하고 있다고 했다. 손가락 하나만 까닥해도 맹렬한 불을 뿜어대는 노기 가득한 총기를 저마다 휴대하고 있다는 것이다. 종주국이던 청은 영길리와 법국 군대한테 제대로 된 저항조차 하지 못하고 수모를 당했으며, 앙칼지던 왜국마저 양인들에게 자기네들의 문호를 송두리째 개방해 버리고 말았다. 이것이 작금의 현실이다.

그런데 곤봉이나 장창 따위를 휘두르는 이런 유약한 몸짓으로 어떻게 난국 돌파의 실마리를 찾을 수 있단 말인가. 공포의 노예가 된 백성들의 마음을 어떻게 가라앉힐 수 있단 말인가.

군중들의 함성이 내게는 야유처럼 들려온다. 허약한 문무백관들이여, 정녕 백성들의 야유와 조롱이 들리지 않는단 말인가. 나는 울분을 견디지 못하고 자리에서 일어나 버렸다. 순간 좌중은 긴장했고 창을 서로 맞대던 기창수들도 일시에 동작을 멈추어 버렸다. 무장을 불러 호령하듯 말문을 열었다.

"저게 기창술(騎槍術)인가?"

"그렇습니다, 저하."

"술(術)은 흉내인가, 처절한 현실인가."

"무슨 말씀이온지……?"

"내가 지금 고작 창으로 찌르는 흉내나 보기 위해 여기 앉아 있단 말이냐. 차라리 이럴 시간이 있다면 기녀들과 가야금이나 뜯고 난을 치는 것이 더 유익할 것이다."

"……"

"아라사 놈들은 손가락 하나만 까닥이면 불을 뿜어 적의 심장을 도려내는 신식총을 갖고 설쳐대고 있다. 헌데 저런 허약한 기창술로 대체 뭘 할 수 있단 말인가."

"……"

"입이 있다면 말을 해보란 말이다!"

구경꾼들과 육조판서 모두들 고요한 술렁임 속에 숨어들었다. 기묘한 침묵이다.

멈출 수가 없었다. 저들에게 확실한 의지를 보여 줄 필요가 있다. 그 호기 좋던 청과 왜마저 양인들에게 잡아먹히는 시국이다. 위엄의 절대 상징인 경복궁은 여전히 폐허의 일부로 잔존하고 있다. 이게 현실이다. 우리 조선은 이 처참한 현실을 보다 더 파괴적인 강렬함으로 직시할 의무가 있는 것이다. 더욱 핏발 선 눈알을 부라리며 대원위 분부를 갈파하기 시작했다.

"실제로 싸워라."

"저하."

무장의 망설이는 음성이 잦아들어갔다. 나는 이 치떨리는 연약함에 맞서기 위해 더욱 언성을 높였다.

"임진왜란을 기억하라. 그때도 우리는 무기의 우월함을 갖고도 왜구들에게 무참히 패했다. 전쟁엔 무기도 중요하지만 날이 선 정신력이 근본이다. 지금 우리에겐 총을 이겨내는 정신력으로 무장한 창이 필요한 것이다. 저 두 놈으로 하여 실제로 싸우게 하란 말이다!"

"하지만 저하."

"무고한 살상이라도 벌어진다는 거냐?"

"그렇습니다."

"그렇다면 네 놈은 지금 이 대회를 단순히 무예 자랑이나 하는 오락물로 여기고 있는 게 틀림없다."

"그렇지 않습니다!"

"작금의 상황은 전시(戰時)나 매일반이다. 전장에서 싸움을 부정하고 도망치는 장수나 군졸을 지엄한 국법은 무엇으로 다스리는지 정녕 모르고 있는 게냐."

"……."

"싸워 피를 보아라. 거꾸러뜨려! 진 놈은 죽어 마땅해. 그것이 오늘날 우리 앞에 내던져진 현실이란 말이다!"

더 이상 대원위 분부를 거역할 수 없음을 실감하게 하는 순간에 이미 실전의 도래를 알리는 말발굽 소리가 요란하게 울려 퍼졌다. 두 명의 기창수가 벌이는 긴장감이 순식간에 살벌함으로 비상하자 승부는 너무나 쉽게 갈라졌다. 단번에 한 명의 목이 장죽을 닮은 상대의 창끝에 베어 제 몸과 분리되는 것이었다. 목이 잘려 나가는 순간 허공 위에 몇 줄기 핏물이 튀어 올랐고 이내 흰 서릿발 내린 땅 위로 흩어졌다. 때맞춰 수문장들이 북을 울리기 시작했다. 북소리가 거대한 울림이 되어 번져 나갔다. 구경꾼들의 함성 소리 또한 거칠어졌다. 바닥에 떨어진 패장의 몸에서 검붉은 선혈이 멈추지 않고 흘러내렸다.

승리한 기창수에게 나는 그에 걸맞은 상금을 하사했다. 군중들의 함성은 멈추지 않고 계속되었다. 북소리가 거칠어지고 우레와 같은 박수소리가 경복궁 전체를 열광의 화염 속으로 몰아넣었다. 하지만 이 모습을 지켜보는 소년 왕의 얼굴은 굳어 있었다. 경직된 창백함으로 돌변해 버린 그의 얼굴은 여전히 바닥에 흘린 패장의 선혈에 고정되어 있었다. 무엇을 느끼고 있을까. 소년 왕의 무표정이 두려웠다. 두려움과 공포를 호소함은 분명했지만, 그 낯빛이 어떤 사리에 대한 깨우침, 혹은 결단의 징후인지 쉽게 가늠할 수 없었다.

소년 왕. 아니, 나의 둘째 명복은 이 아비를 잔혹한 군주로 생각하고 있을까. 아님 중단 없는 혁정과 이 나라 종묘사직을 수호하기 위한 필연적 선택을 강행하고 있다고 생각하고, 공감하는 걸까. 후자이길 간절히 바랐다. 하지만 그 역시 나의 기대에 불과하다. 그래도 이 기대가 주효하기를 갈망한다. 이 급류의 흐름에서 제발 도태되거나 다른 실망스런 선택을 하지 않기를 소원하는 것이다.

조선의 회복

"보여 드릴 것이 있습니다."

"무엇입니까."

운현궁으로 찾아든 나의 아들, 명복에게 말해 주고 싶었고, 또한 보여 주고 싶었다. 명복에게서 일시나마 왕위의 무거운 짐을 내려놓게 한 후에도 필연적으로 찾아오는 하나의 당위에 대해 설명해 주고 싶었던 것이다.

나는 말없이 명복에게 한 권의 책을 내밀었다. 명복도 모르지 않을 것이다. 매일 밤마다 나의 밤, 조선의 밤을 밝히던 한 권의 책이 갖고 있는 역사의 당위에 대해 말이다. 그러나 명복은 무척이나 당혹스러워 했다. 그 또한 당연한 반응인가. 어떻게 받아들여야 할지 난감했다.

"《삼봉집》이 아닙니까."

"그중 〈조선경국전〉입니다."

명복이 침묵했다. 나는 그 침묵의 의미를 알고 있다. 한 번 더 말해 주지 않으면 안 되는 순간이란 게 존재한다. 지금이 바로 그

때다.

"처음 한양 천도를 시작했을 때 무학대사는 경복궁의 위치가 궁궐로서 적당하지 않다고 반대했습니다. 그러나 정도전은 건국의 이념, 조선 역사의 문을 영구히 열어 놓는 데 있어 경복궁 터만큼 적합한 길지는 없다고 예언했죠. 그 역사의 중심에 경복궁이 있고 근정전이 존재하며 조선의 현재와 미래가 존재합니다."

명복이 고개를 숙였다. 정도전을 언급하는 아비의 심정, 이 애끊는 호소를 과연 어떻게 받아들일 수 있을까.

그러나 이 순간 내가 명복을 왕이 아닌 아들로 보기를 원한 건 그를 설득하고자 함이 아니다. 말해 주고자 함이다. 단지 그뿐이다. 단지 말해 주는 것뿐이지만 역사의 당위는, 명복의 한없이 유약한 심리를 한층 굳건하게 만들어 줄 것이다. 그래야만 한다. 명복은 조선 역사의 중심에 서 있어야 할 일국의 왕이기 때문이다.

"경복궁 재건이 완성될 즈음에는 파직되었던 정도전의 관직도 회복해 줄 생각입니다."

"아바마마."

"말씀하십시오."

"전 여전히 모르겠습니다."

"무엇을 말입니까."

"……"

"경복궁 중건의 필연에 대해 모른다는 뜻입니까."

"오히려 그 반대입니다."

"무슨 뜻입니까."

"그 필연이, 당연함이 두렵습니다."

"어째서요."

"그건 아바마마가 더 잘 알고 계시지 않습니까."

"……."

"그렇지 않습니까."

모르지 않는다. 그러나 그 무거운 벽을 파괴해야만 하는 숙명 역시 명복, 너의 정신에 지워진 단 하나의 과업임을 어찌 외면하려 한단 말인가.

차라리 짐을 나누어 가질 수 있으면 좋으련만. 작금의 현실에서 단 하나 아쉬움이 있다면 바로 그것이다. 역사의 필연을 감당하기에 나의 왕은 너무나 여리고 어질다. 그것이 못내 아쉬울 뿐이다.

아내의 십자가

부인의 가슴팍에서 십자가 형상을 발견했다. 목걸이로 보인다. 십자가의 상징이 무엇을 의미하는지 정도는 이미 잘 알고 있을 것이다. 그녀도 나도.

그래서일까. 부인은 아무 말도 하지 않았다. 단지 현장이 발각되어 당혹스러워하는 모습만 보여 줄 뿐이다.

부인은 천성이 어진 여자다. 때론 어리석을 정도로 지아비에게 순종적인 면도 갖고 있다. 그 점이 내겐 하나의 위안이면서 동시에 불길함이다.

한번도 지아비인 내게 고백하지 않고 무언가를 숭앙해 온 적이 없는 사람이다. 그러한 여자가 가슴팍에 서학(西學)의 결정체인 십자가 목걸이를 품고 있다니. 그것은 별다른 불길함을 내게 선사했다.

*

부인의 침묵을 보며 일전 서양인 선교사들의 대표 격인 베르뇌 주교를 떠올렸다. 활판 인쇄로 된 성서도 지참하고 자기네들의 교리를 선전하는 책자와 라틴어 강습소도 개설했다는 풍문을 전해 들었다. 나는 그들 중 베르뇌 주교와 천주교를 열렬히 숭상하는 남종삼이란 인물과의 만남을 기억했다.

굴종과 당혹스러움이 교차하며 일그러지는 내 표정과 달리 남종삼이 보여 준 의연함은 도리어 나를 화나게 했다. 종교는 세속의 비속함을 거부하는 초월성을 목표로 하고 있다. 하지만 그 초월성이 때론 끔찍스럽도록 거추장스러운 오만으로 다가올 때가 있다. 남종삼이 그랬다.

그는 아무것도 아닌 존재와 신분이면서, 아무것도 아닐 수 없는 내게 작금의 위치와 질서가 자기네들의 종교의 그늘 아래 조성되었음을 역설하는 데 모든 기력을 쏟아내는 열정을 보여 주었다. 문제는 그 열정이 가져올 이 땅의 질서와 법도의 혼란에 대해 지독할 정도로 무심하다는 것이다. 남종삼을 만나기 전 그들이 부인의 유약한 심리를 밀서(密書) 전달 통로로 이용해 건네 온 건의서를 떠올리면 떠올릴수록 저간의 우려가 더욱 고조되었다.

지구상에서 자국이 어떤 위치에 있음을 자각해야 할 것입니다. 우리 스스로의 힘만으론 사방에서 아귀처럼 스며드는 외세를 막아낼 도리가 없는 바 오직 군사력과 문물의 우월함으로 무장한 개화한 법국, 혹은 영길리의 막대한 힘을 빌리지 않을 수 없다는 작금의 현실

인식에 저하께서 의당 통촉하셔야 될 것으로 사료됩니다…….

떨리는 육성으로 남종삼에게 물었다. 무례하고 방자한 글귀를 내키는 대로 휘갈긴 그의 얼굴은 터무니없을 만큼 평온했다.

"자네의 건의문을 세세히 살펴보았네."

"황감하옵니다, 저하."

"불순한 외세를 또 다른 외세의 힘을 빌려 견제한다는 발상은 고려해 볼 방법이긴 해. 하지만……."

"하문하십시오, 저하."

"자네가 믿고 있는 양인 선교사들과 우리의 목적이 반드시 일치한다는 보장은 어렵지 않겠는가 하는 것이 솔직한 심정이네."

"무슨 말씀인지 잘 모르겠습니다."

"우린 순전히 아라사란 외세를 물리치기 위해 영길리와 법국의 힘을 빌리는 것이지만 저들의 입장에서 보면 힘의 대부를 빌미로 자기네들의 추악한 목적을 들고 나올 우려가 있지 않겠느냐 이 말일세. 알아듣겠는가."

남종삼의 얼굴에 자그마한 동요가 일었다. 나는 그 소박한 파문을 즐기고 있다. 잠시 뜸을 들인 남종삼이 이내 말을 이었다. 다시금 평정을 찾은 표정이지만 난색이 이미 그의 안면을 뒤덮고 있었다.

"저하, 물론 불순한 의도가 없을 순 없습니다만 속내를 말씀드리자면 저들은 이곳에서 자유로운 포교 활동을 하고자 함이 당

면한 소망의 전부인 것으로 알고 있습니다. 하여 이번 기회에 그들이 스스로 나서 아라사의 간교한 음모를 분쇄해 줄 수만 있다면, 서학은 굳이 배척하지 않아도 될 모든 인간의 종교인 만큼 공공연히 포교토록 해 이 나라 백성들로 하여금 주님의 뜻대로 의롭고 선하게 살아가도록 함이 오히려 득이 되면 되었지 실이 될 것은 없을 것으로 압니다."

"오른뺨을 맞으면 왼뺨마저 돌려대라는 가르침을 포교하는 게 천주란 존재의 깊은 뜻이라고?"

위악적인 냉소를 담은 질문을 던졌다. 저들, 법국과 영길리인들이 신봉한다는 천주의 가르침 중 하나를 건드리고 싶었다. 이에 대한 남종삼의 대응은 단호했다.

"폭력의 다스림을 또 다른 폭력으로 해결하라는 것이 아니라 상대로 하여금 자신이 자행한 폭력을 진정으로 참회하라는 의미를 가진 지극히 고결한 가르침입니다."

"원수도 사랑하고 취하지도 않고 여색도 탐하지 않고 말이지?"

객초 연기가 입 밖으로 술술 흘러나와 남종삼의 안면을 휘덮는다. 그럼에도 그는 무장되어 있다. 일말의 표정 변화도 보이지 않는다. 박애의 사랑으로 무장된 저들의 교리, 자신들이 추구하는 교리에 대한 한 치의 틈도 허용치 않는 온전함을 추구하는 표정이다.

평상심으로 무장한 표정 뒤편에 저들이 신봉하는 천주가 있을 것이다. 천주의 인자함과 절대적 평온 상태의 구가는 나 역시 강하게 원하는 바다. 하지만 천주 역시 피와 분노에 굶주린, 혹은 권력의 주구가 되고자 욕망하는 사바세계의 거죽을 뒤집어쓴 인간들에 의해 농락당하고 있을 것이다.

왼뺨을 돌려대어 폭력을 근절하고자 하지만 남종삼이 말하듯, 그가 따른다는 법국의 선교사 베르뇌 주교가 주장하는 참된 뉘우침이 도래할 수 있단 말인가. 다시금 부인의 가슴에 매달린 십자가를 생각했다.

희생, 사랑. 장엄하지만 지극히 모호한 계율의 세계 속에 지아비를 하늘로 섬기고 인자와 체념을 구분하지 못하는 유약한 여자의 흔들리는 성정(性情)이 유린당하고 있다. 그리고 그 유약한 여자들의 모습이 바로 이 땅, 신음하는 백성들의 성정과 다르지 않다.

과연 천주가 그들을 위로해 줄 수 있을까. 지금 당장 몰아닥치는 아라사의 서슬을 막기 위해, 또 다른 칼과 권세를 숨긴 채 들어온 서학의 교리 선언이 이 땅 백성들을 농락하지 않을 거란 보장을 어디에서 찾을 수 있단 말인가. 하늘이? 천주가? 아님 내 육신과 오장육부 곳곳을 휩쓸고 꾸물거리는, 하늘과 동등한 권세를 과시하던 왕손의 피가 보장한단 말인가. 그럴 수 있는가.

두 순교자

1866년 2월 14일. 포도대장 이경하가 베르뇌 주교와 남종삼을 잡아들였다. 때론 난폭함과 충성을 구분하지 못하는 이경하의 무법적 야성이 이끌어내는 단순함이 필요할 때가 있다. 남종삼을 잡아들인 그 순간이 그랬다.

*

동방예의지국이라는 곳에서 상상도 할 수 없는 극악한 고문을 겪은 푸른 눈의 주교를 의금부(조선시대 왕명을 받들어 죄인을 추국(推鞫)하는 일을 맡아 하던 사법 기관. 금부(禁府)·금오(金吾)·왕부(王府)로 불림)에서 마주했다. 그와 눈을 마주치자 사원(私怨)과 사정(私情)의 감흥이 혼재했다. 주교에 대한 선처를 호소하는 부인의 곡에 가까운 절규도 차마 귓가에서 거둬 낼 수 없었다. 그 순한 부인이 내게 부르짖었다. 다른 이에게 해를 입히지 말고 이웃을 사랑하며 살라는 신앙이 바로 서학이니 주교와 선교사들의 목숨만은 살려 달라는 부인의 절규가 지워지지 않는다.

하지만 심정의 동요와 왕실의 교명과의 조화는 처음부터 불가능하다. 승지 조성하에 의해 낭독된 조대비의 뜻을 빌린 나의 전언이 전달되었다. 이미 조정 전체에 지엄한 국법의 이름으로 서학의 대대적 탄압을 천명한 것이다.

자고로 동양예의지국인 우리나라가 근래 서교라는 해괴한 사교의 창궐로 인해 순박한 백성들의 기본 사상의 근간마저 흔들어 놓을 뿐 아니라 소위 저들의 천주라는 우상을 군왕 위에다 모시는 무군무부(無君無父)의 극악한 패역을 범하고 있으니 이 어찌 받아들일 수 있단 말인가. 이에 마땅히 그 근원을 색출, 분쇄하여 존왕경조(尊王敬祖), 애민충국(愛民忠國) 사상의 회복이 시급할 것이다.

존왕경조의 거대한 물줄기가 일국(一國)의 엄혹한 교리라면 교리일 터. 때문에 사사로운 심리로 부인의 절규에 부응할 순 없는 것이다.

*

며칠 후 세검정으로 끌려간 남종삼과 베르뇌 주교의 처결 소식을 전해 듣는 일은 고통스럽지도, 후련하지도 않았다. 비로소 무념의 상태에 돌입되는 기분이 들었다.

의금부에서 본 베르뇌 주교의 초연한 표정이 차라리 내게 위안이 되었다. 제 한 목숨의 생사여탈권을 쥐고 있는 위치의 상대를 대면하는 자의 표정이 그토록 평온할 수 있다면 저들이 부르짖는, 부인의 절규 가운데 얼핏 엿보인 천주의 나라, 베르뇌와 남종삼, 또 다른 두 명과 함께 형장의 이슬로 사라진 그들의 내세가 마냥 핏빛만은 아닐 거라는 생각이 들었기 때문이다.

민비를 보는 눈

민치록(조선시대의 문신이자 척신으로, 딸이 왕비로 간택되면서 영의정에 추증되고 여성부원군(驪城府院君)에 추봉됨)의 딸, 나의 처숙의 여식이 왕비로 삼간택되어, 아들 명복이 신부를 맞이하는 날. 나는 꿈을 꾸었다. 새벽녘. 나의 정신을 산란함으로 몰아넣었던 실제에 가까웠던 생생한 꿈을 기억하고 있다.

별다른 일이 아닐 수도 있다. 정황상 근자의 불편한 심기와 거세게 몰아닥친 시국의 흉흉함에 편승한 심리적 반응인지도 모른다. 그러나 그 반응의 때와 시기가 심상치 않은 불길함을 선사해준다.

*

민치록의 딸을 아들 명복의 아내이자 일국의 중전으로 선택한 결정적 동인엔 그녀의 외로움이 자리하고 있다.

나의 낙백 시절 김병학과 사돈이 되기로 한 언약의 파기는 애초부터 예정된 일이었다. 명복이 국왕으로 등극한 이상 상황은 달라진 것이다. 떼거리와 파벌로 아귀처럼 독하게 엉켜 있는 김씨 일가의 딸을 왕비로 삼는다면, 또다시 외척 세도가 부활함은 불을 보듯 훤한 일. 형식상으로나마 왕가의 혼인 법도를 갖추기 위해 김병학의 딸을 삼간택까지 올린 후, 민치록의 딸과 경합하도록 구색을 맞추긴 했다. 어차피 결과에 대해서도 김씨들은 결코 이의를 제기하지 않을 것이다.

민치록 딸의 외로움은 김병학의 딸과는 확연히 구별된 것이었다. 그 외로움은 그녀의 외부 환경으로부터 비롯되었다. 외척 세도를 구사하기가 선천적으로 어려운 관계의 소원함이, 부인의 친정에서도 가장 불우하고 가난한 민치록의 딸에겐 강하게 스며 있었다.

그 아이를 선택한 것에 대해 후회할 수 없는 일임에도 불구하고 괴이하게도 내 뇌리 속엔 처음 그 아이를 선보았을 때의 인상이 지워지지 않았다.

총기로 번뜩이는 눈빛의 집요함과는 달리 전체를 압도하는 듯한 가난과 세파에 대한 두려움의 혼재. 천상 조선의 여성이 품을 수밖에 없는 체념의 기운을 지독한 집념으로 극복하고자 하는 영민함. 그것이 썩 안도할 수 없는 불운의 파동을 미력하게나마 전해 주었다.

그 아이를 바라보는 나의 탐탁치 않은 시선을 감지한 부인이, 안심시키기 위해 보탠 말이 도리어 화근이 되었다.

"여섯 살 적 이웃집에 가 현미 한 줌 빌려 오다가 길바닥에 죄다 엎지른 적이 있다는군요. 그래 치록의 아내 이씨가 야단을 치니 이 아이가 이렇게 대답했다고 하네요."

"뭐라고 답하던가요?"

나는 아이와 눈을 마주치며 물었다. 눈조차 마주하지 못한 채로 고개를 반쯤 숙인 모습에서 단정한 기색이 엿보였지만 이어지는 부인의 말이 다시금 이 아이에 대한 생각을 달리하게 만들어주었다.

"이담에 내 식구가 현미 한 줌보다도 더 많아질지도 모르는데 이까짓 것 좀 엎질렀다고 뭐가 그리 대수냐고 답했다는군요."

"……"

"사내아이 같은 면이 좀 보이긴 해도 아이는 비범한 것 같아 상감의 짝으로 손색이 없을 것 같아요."

아니다. 그것이 오히려 명복의 배필로서 부적당할지도 모른다.

부인은 사인으로서의 아들 배필과 일국의 왕으로서 아들의 배필을 착각하고 있다. 사인으로서 아녀자가 품을 수 있는 비범함은 지아비의 사회적 신분이 용인되는 한계 내에선 유리함으로 작용될 수 있다. 그러나 명복은 일국의 왕이다. 왕의 부인이 된다는 건 다른 문제다. 이 경우 여자의 비범함은 권세의 오용으로 악용될 가능성이 농후하다.

하지만 비범함의 기운이 아무리 승하다 해도 작금의 상황에서 이 아이를 국모로 추대하지 않을 수 없는 이유가 너무나 막강했다. 그랬기에 조대비의 불길한 전언에도 불구하고 강행하지 않을 수 없었던 건지도 모른다. 지금도 여전히 조정은 고개를 조아리고 있긴 해도 김씨들의 판에서 자유롭지 못하다. 최선은 아닐지언정 차선은 될 것이다.

*

이러한 저간의 불길함이 결국 꿈의 얼굴로 내 정신을 횡액으로 덮어 버린 건지도 모른다.

새벽녘 현실과 환영이 뒤섞인 미몽의 한 자락에서 나의 심안(心眼)은 똑똑히 목도하고 말았다. 잠자리에 든 방 안에서 들려오는 서걱거리는 기척. 불길함을 상징하는 고양이라도 들어왔나 싶어 눈을 뜬 순간 내 눈에 들어온 건 붉은 치마를 입은 손각시의 환영이었다. 그 요물이 나의 서책들을 헤집고 어느새 찢어발긴 그것들을 입 안 가득 물고 있다. 서책 중엔 정도전의 《삼봉집》들이 압도적이었다.

차라리 그것이 환영이었다면, 꿈속 한 장면으로 꿈속에서조차 자위의 틈을 허락받았다면 안도할 수 있었을지도 모른다. 그러나 그것은 가혹하게도 현실과 환영을 가늠하기 힘든 장면이었다. 명징한 의식으로 바라볼 수밖에 없게 하는 꿈도 현실도 아닌 장면이었다.

나는 소리쳤다. 운현궁에 발을 붙이고 있는 이라면 누구라도 들지 않을 수 없는 큰소리였다. 절규에 가까운 비명을 질렀다. 환영의 경계를 넘어오는 불길한 마성이 한없이 유약해진 성정을 더욱 애끊는 저릿함으로 몰아붙였기 때문이다.

"누구 없느냐. 저기 저 요망한 계집이 보이지 않느냐."

나의 외침은 망연한 메아리가 되어 묻힐 뿐이다. 누구도 오지 않았다. 누구도 내 음성에 귀 기울이지 않았다. 그 순간 나는 철저하게 혼자였다.

"저 계집을 끌어내란 말이다!"

"……."

"당장 잡으란 말이야."

"……."

"누가 저 계집을 얼른 끌어내리지 못하겠어! 도대체 뭐하는 거야!"

*

마음속 절규가 계속되는 와중에 인정전(창덕궁의 중심 건물로 조정의 각종 의식과 외국의 사신 접견 장소로 사용함)이 나타났다. 나는 부인과 함께 중전과 소년 왕, 나의 아들을 맞이해야 했다. 어느새 새벽녘의 꿈은 현실을 압도해 버렸다. 묘한 불길함을 여진처럼 가슴에 끌어안은 채 이 모호한 시간을 건너내야 했다. 조대비의 마지막 말이 귀가에서 지워지지 않는다. 위협의 불씨들

이 내 머리를 화로 삼아 차곡차곡 쌓여 나가는 기분이다. 견디기
힘들 정도다.

"민 처자의 눈엔 총기가 있어요."

"어느 정도의 영민함은 국모의 미덕이 될 수 있습니다."

"영악하긴 할 것 같아요. 헌데 성질이 지나치게 냉한 것 같소.
비범한 두뇌에 차가운 감정이라."

"······."

"그건 왕의 미덕이지 왕비의 미덕은 아니잖소?"

"대비 마마."

"물론 김 처자보다야 낫겠지만 말이오."

양이, 출몰하다

지독한 불운에 대한 직감은 짧지 않은 순간 환영의 경계를 넘어 현실의 냉혹함으로 들이닥치고 말았다.

＊

1867년 9월 18일. 평안도로부터 화염에 휩싸인 비보가 날아들었다. 말 잔등에 얹혀 들어온 그것은 요망한 사술의 침입만이 아니었다.

영종첨사 심영규가 보낸 전령이 무릎을 꿇고 나를 기다렸다. 나도 모르게 그를 보며 호흡이 거칠어졌다. 지친 기색이 역력한 전령의 얼굴엔 공포의 기운이 드리워져 있었다. 필경 흉악한 참상을 목격한 낯빛이 분명했다.

"영종첨사가 보내서 왔느냐?"

"예."

"무슨 일이냐?"

나는 알고 있다. 스무 명 안팎의 외이(外夷)를 몰살시킨 미국의 '셔먼호' 사건을 똑똑히 기억하고 있다.

*

평양감사 박규수에게 내탕금을 하사하여 위로한 적이 있었다. 그러나 박규수는 우리의 군대가 적벽 회전을 방불케 했다는 그 전투의 실상을 끔찍이도 오해하고 있었다.

고작 스무 명이다. 단지 한 척의 배를 불태운 것으로 침소봉대된 것을 두고 놈을 운현궁까지 불러 연회를 베풀었다는 치욕의 오만이 고스란히 심영규의 전령에 의해 벗겨지고 마는 것을 떨리는 호흡을 가다듬은 채, 인내하며 들었다. 전령의 말은 사지(死地)에 내몰린 아사 직전 맹수의 비명 소리를 닮았다.

"경기도 남양만에 정체를 알 수 없는 이양선 세 척이 나타났습니다. 수많은 포구와 무기들을 거느리고 강화로 이동 중이라고 합니다."

*

며칠 후 괴물 같은 이양선의 움직임이 심상찮은 기운으로 변해 창덕궁 전체를 두려움에 떨게 했다.

즉각 퇴거를 요구했지만 무리들은 아무런 반응도 보이지 않고

양화진을 통과, 고양 땅인 서강 하중리에 투묘(投錨)했다는 것이다. 서강. 수도 한성과 바로 인접된 곳에 말이다.

중회당에서 열린 긴급 대책회의를 통해 나는 선언했다. 마음은 소금밭 같았으나 결코 내색해선 안 된다. 서슬 퍼런 공포의 기운은 오직 마음속으로만 용해되어야 한다. 그래야만 한다.

"이번 불함의 침범은 서학의 탄압에 대한 보복으로 보인다. 무엄하게도 저들은 왕성을 위협하기에 충분한 거리까지 들어왔다는 전언이다. 또한 저들은 대포 따위 화기로 중무장한 것으로 알려져 있다. 나 여, 왕명을 받들어 제장(諸將)들에게 명한다."

비상사태를 선포할 필요가 있다. 중회당 안을 나의 요란한 육성으로 달아오르게 했다.

"유언비어가 들불처럼 번질 것이다. 철저히 단속해 민심의 동요를 막고 혼란을 틈타는 불량 도배, 무뢰한들의 기질이 보일라치면 모조리 구금 투옥하도록 하라!"

＊

인정전에 국왕이 임어(임금이 그 자리에 왕림함)했다.

소년 왕의 모습은 심각할 정도로 심약해져 있었다. 영민한 왕비가 대체 무슨 쓸모가 있단 말인가. 지아비의 왕권으로서의 위엄에 부합되는 대범함의 배양에 여인네의 재기가 도모될 필요가 있다. 한데 지금 명복의 얼굴엔 그러한 재기와는 어울리지 않는 두려움이 낙관처럼 박혀 있는 게 아닌가.

포도대장 이경하가 조정을 대표해 불함 내침의 경위를 소상히 밝혔다.

예상했던 결과였다. 리델이란 광신도가 용당포(황해도 해주의 바다 이남과 이북의 경계선)에서 탈출, 청국 산동에 당도해 그곳에 있는 법국 수사 제독 로즈를 만나 천주교 탄압을, 단지 희대의 학살 사건으로만 전달한 것이다. 그는 이 땅을 유린하기 위해 쏟아낸 사악의 밀어들에 대한 우리의 자위적 대응에 대해선 단 한마디도 옮기지 않았을 것이다. 당연한 결과이겠지만 마음의 씁쓸함만은 어쩔 도리가 없다. 결국 그 광신도의 세 치 혀에 의해 조선이 극악무도한 학살 집단으로 묘사된 것이다.

청국에게 오만한 공한을 낸, 법국 제국의 위세를 등에 업은 그 역시 방자하기 이를 데 없는 항의 각서에 조선을 마치 청의 속국인 것처럼 묘사했고, 그것도 모자라 야만스런 원시 제국으로 폄하하기까지 했다.

*

난도질당한 작금의 사태를 공분으로 대응하기로 했다. 소년 왕의 표정을 더 이상 신뢰할 수 없었기 때문이다.

청국조차 굴복의 자세를 취하는 법국 제국의 위세에 눌려, 조정 대신들은 순식간에 생존 기능을 망실해 버린 썩은 고목(古木)

이 되어 버렸다. 그 썩은 고목들이 공포의 구취를 풍기며 저마다 입을 벌린 채 아우성치고 있으니 명복 역시 배겨낼 수 있겠는가. 사색이 된 젊은 왕의 용안(龍顏)을 대하는 것 자체가 고문이다. 곤룡포와 용상이 지위와 위엄을 대신한다고 해도 명복의 격한 심장 떨림까지 감추진 못했다.

중회전에 모인 당상관 이상의 중신들. 현직 대신들의 모습을 일순간 세밀히 살펴보았다. 저들 역시 겁에 포위당해 있다. 철저히 길들여져 있는 것이다.

저들이 호기를 부리거나 법도 운운할 수 있는 건 오직 백성의 고혈을 빨아먹을 때뿐이다. 수호의 의지는 오간 데 없고 썩은 권력의 동아줄 붙잡기에만 혈안이 되어 있는 이 쓰레기들이 나의 젊은 왕을 질식시키고 있다.

저들에게 들려주어야 했다. 분명하고 담담한 어투로 말해야 했다. 물러설 곳이 없다. 타협과 협상은 오직 싸우고자 하는 의지 안에서만 가능한, 최소한의 변수로 남아 있어야만 한다. 하나 지금 만성으로 짓눌린 이 오물들의 허약함을 보라. 이들에겐 최소한의 저항조차 휘발되어 버린 지 오래다. 이 싸움은 저들의 허약함을 깨부수는 불호령으로부터 시작되지 않으면 안 된다. 나는 단호하게 외쳤다. 지혜를 구하는 나의 젊은 왕에게 소리친 것이다.

*

"어떡하면 좋습니까?"

"전하."

"우리 편의 방비책은 있는 겁니까?"

"강화포대의 수비를 이미 끝냈습니다."

"그래요?"

"그뿐 아니라 한강 연안 방어선을 든든히 구축해 놓았으니 너무 진념 마옵소서, 전하."

청국마저 굴욕의 태도로 일관하는 법국 군대의 침공이다. 이토록 자신감 넘치는 발언의 근원지는 물론 무(無)다. 존재하지 않는다. 그러나 없음의 한복판에서 우리는 이 땅의 역사를 믿어야만 한다. 그 믿음조차 없다면 이 땅은 그야말로 아무것도 아닌 것이다.

척화가 살길

예상치 못한 사태의 전개는 길조인가, 흉조인가.

죽음을 두려워하지 않는 조선 군대의 기개에 지레 겁을 먹었던 제독 로즈의 이함선 두 척이 퇴각해 버린 그해 구월. 일곱 척의 법국 기함대가 제물포에 모습을 드러냈다는 전갈을 받고 말았다.

그대로 물러날 군대가 아닌 것은 알았다. 해서 만반의 군비를 갖추고자 했으나 여전히 불안과 두려움이 남아 있는 건 어쩔 도리가 없다.

*

초지첨사 조기수가 보낸 장계를 받아든 나는 그만 두 손을 부르르 떨고 말았다. 겁이 난 것은 아니다. 이 땅을 학살과 야만의 땅, 피를 통한 계도가 필요한 무지의 땅으로 취급하는 양이의 가증스런 오만에 치가 떨렸을 뿐이다.

그런 그들과의 대화는 있을 수 없다. 당연히 협상도 없다. 저들의 오만한 시선, 그 눈높이가 조선을 자신들과 평등한 나라로 바라보게 되는 지점까지 내려앉지 않는 한 그 어떤 대화도, 그 무엇도 불필요할 뿐이다. 이제 남은 건 이 땅을 오만한 저들 신(神)의 이름으로 처결하러 온 오랑캐들을 쓸어버리는 척화의 의지뿐이다.

*

이튿날 아침. 황막함으로 가득한 두 번째 장계가 조정에 도착했다. 당혹스런 보고가 아닐 수 없었다.

적의 종선(從船) 아홉 척에 분승하여 갑관진으로 접근, 일제히 하륙하였는데, 그 규모가 오륙백은 족히 넘어 보이며 모두 총검을 소지하고 있다. 또한 두 척의 함선이 병원을 싣고 왔으나 수효는 정확하지 않으며 범성(犯城)의 야욕에 광분해 있다는 것이 장계에 적힌 보고의 실상이었다.

다음 날 열린 어전 국방회의에서 젊은 왕 명복의 한 마디 한 마디엔 모든 이를 절망하게 만드는 원론(原論)의 지루한 반복이 이어졌다. 귀담아 들을 수 있는 말이 하나도 없을 정도로 상식에 충실한 답이었다.

"과인이 듣자 하니 양이의 군세가 강화에 상륙, 경강을 함부로 위협하고 우롱한다 하니 심히 불안하다. 제신들은 이 나라의 종묘사직과 백성들, 그리고 삼천리금수강산을 수호하는 데 최선을 다하라."

갑갑한 답이다. 최선을 다하라니. 무엇을 어떻게 최선을 다하란 말인가.

그러나 누구도, 심지어 나조차도 왕의 명령에 거역의 의사를 표시하지 않는다. 지극히 당연한 말이기 때문이다. 최선을 다하라. 이 얼마나 상투적이고도 명확한 명령이란 말인가. 나는 젊은 왕을 탓할 수 없었다. 그의 나이 이제 겨우 열다섯이다.

결국 칼자루의 주인은 본의 아니게 나의 것이 되었다. 망설이지 않았다. 결단과 실행은 섬광 같아야 한다. 풍전등화의 현실에선 민첩한 판단력만이 절대의 미덕으로 추앙받는다.

한 치의 망설임도 없이 포도대장 이경하를 기보연해 순무사로, 순무중군 이용희를 선봉장으로 임명하여 각기 휘하 병력을 배치시켜 토벌과 척결을 명령했다.

작금의 현상에서 일전 불사는 필연이다. 어느 것도 피할 수 없다. 혈전이 거듭되면 거듭될수록 나는 안팎을 가혹하게 길들여야만 했다. 밖으로는 거듭되는 미치광이에 가까운 법국군과의 격전을 지휘해야 했고, 안으로는 혼란을 악용하는 약탈과 방화, 부정과 도덕적 해이를 엄중하게 다스리고 심판해야 했다.

*

결코 쉽지 않았던 격전의 결말은 무엇일까. 야만의 모습으로 무장한 로즈 제독의 지휘 아래 날뛰던 불함은 결국 퇴각을 결심한 모양이다. 하지만 이를 두고 양이와의 격전에서 승리했다고 자신 있게 말할 순 없었다. 막강한 개인 화기의 보유만 믿고 아예 준비조차 하지 않은 저들의 방심을 틈타 이룬 승리였기에 완전한 것일 수 없었다.

법국군은 파죽지세로 몰아붙이는 조선군의 집념에 의해 몰락을 코앞에 두고도 매섭게 저항했다. 퇴각을 앞둔 그해 11월 로즈의 개들인 법국 해군 일부가 정족산성(강화도에 위치한 고성(古城))을 유린하고 만 것이다.

더 이상 용납할 수 없는 극한의 분노를 우리, 조선의 군인들은 똑똑히 보여 줄 필요가 있었다. 이른 새벽 양헌수가 이끄는 조선군은 정족산 전등사 밑에서, 법국 짐승들의 심장을 향해 아낌없이 화승포(火繩砲)를 쏟아 부었다.

새벽의 정족산성은 비극의 절정이었다. 법국 양이들에 의해 짐승 취급 받으며 학대당하고 희롱당한 전등사 여승들의 비명이 조선군의 끓는 피를 광분의 지경으로까지 몰고 가기에 충분했다.

마침내 괴물들과의 투쟁은 일단락되었다. 퇴각해 버린 짐승들의 자리엔 광기의 폐허만이 쓸쓸함으로 남았다. 악귀의 흔적으로 도색되어 버린 잿더미 같았다.

이(夷)의 거죽을 쓴 짐승들의 괴수 로즈는 강녕전과 강화섬 관아를 어느 한 곳 빼놓지 않고 석유를 뿌리고 불을 질렀다. 전쟁의 야만성은 이처럼 동서고금을 막론한 절대의 법칙이란 말인가.

치가 떨리는 그 순간 나는 척화의 의지를 다시금 선포하지 않을
수 없었다. 이른바 병인년에 벌어진 양요(洋擾)의 치욕과 흥분이
채 가라앉기도 전에 다시금 상국(上國)의 원조, 구걸에만 민첩한
조정 대신들의 입을 틀어막아야 했다. 난 우리네 심장 깊은 곳으
로부터 솟구쳐 오르는 척화의 의지를 이 땅 곳곳에 천명할 것을
지시했다.

**양이의 공격을 받고도 싸우지 않는 건 화(和)를 동경하는 것이고,
화의 동경은 곧 매국(賣國)이다.**

분쟁은 차갑게 가라앉았다. 법국 짐승들을 몰아내자 다른 외세
의 침범은 그 징후조차 가라앉는 기색을 보였다. 하지만 여전히
외세의 침범이 우려되는 상황이다. 척화비를 세우는 것은 작금의
상황에 대한 결단의 의지를 피력하는 가장 적절한 명분이 될 것
이다.

척화의 결의는 내(內)의 강경으로부터 비롯된다. 이 결의가 단지
폐쇄의 야심으로 매도되어선 안 될 것이다.

그를 위해 나는 경복궁 중건 위업에 더욱 매달렸다. 내의 부국
성(富國性)이 상징적으로 드러나는 것이 바로 경복궁의 위엄에 달
려 있기 때문이다.

내부의 힘이 파열 직전까지 도달할 때 그때 이 땅은 스스로 문

을 열 것이다. 외부의 이리 떼가 문명이란 이름을 빙자해 파고드는 수탈(收奪)의 손길로 인해 문을 여는 것이 아니라, 우리들의 주체적 의지가 스스로 문을 열도록 해야만 하는 것이다.

핏발 선 상소

경학(經學)을 중시하고 효렴(孝廉)의 인(人)을 등용하고 무재(武才)를 발탁하고, 무리한 공역(工役)을 중단하고, 가렴주구(苛斂誅求)를 척결하고…….

화서(華西) 선생으로 알려진 이항로의 소문(疏文, 국왕에게 바치는 건의문의 일종)을 받았다. 담백하고 간략한 몇 문장의 글귀가 전부였다. 하지만 나는 그의 정신이 담고 있는 전문(傳文)의 긴장을 그대로 수혈받아야 했다. 원치 않은 받아들임이다.

나의 정신은 이항로의 글귀 속에 담겨 있는 문명(文名)의 우아함으로 무장한 추상적 명분의 화로를 걷어내야 했다. 그것을 입안에 거추장스럽게 물고 있기에 부당할 정도로 학대받은 나의 정신은 관대하지 못했다.

눈을 감았다. 운현궁의 겨울은 허탈하리만치 쓸쓸했다. 폐허의 기운으로 가득했다. 누구도 내 주위에 남지 않았다는 고독감이, 이 순간 유일한 벗이 되어 주는 느낌이었다.

그 유일한 고독의 실감 속에서 한때 배외(排外)의 뜻을 같이하던 이항로의 문장을 머릿속으로 주억거렸다. 그 순간 피가 거꾸로 쏟는 울분이 뼛속 깊이 스며들었다.

일리 있는 말이다. 하나 단언컨대 누구나 그런 말은 우습게 내지를 수 있다. 경학을 중시하라고, 우상처럼 그것의 학적 품위가 담보하고 있는 고고함을 마음껏 발산하라고 말할 수는 있다.

하지만 현실은 다르다. 한 치 앞을 가늠하기 힘든 조선의 현실은 이제 경복궁 공역의 막장에 다다른 왕성의 물리적 태동을 앞두고 있다. 이 시점에서 더 이상의 공역은 무리라며 중단하라는 말을 지껄이는 건 큰 뜻을 품은 생명의 근원을 뿌리에서부터 부정하고자 하는 잔혹한 무책임에 불과하다.

*

나는 기억한다. 지난 2월 초엿샛날 새벽. 끔찍하기 이를 데 없는 광경이 그러나 너무나 격렬한 기억으로 나의 의식을 억지스럽게 짓누르던 바로 그때를 말이다.

한성, 오서 47방 340계의 모든 공간이 짙음으로 무장한 안개속에 스스로 파묻어 버린 그날 새벽. 그날따라 쉽게 잠을 이루지 못하고 누(樓) 마루를 서성이던 내 두 눈에 드러난 서북쪽 허공의 불길을 어찌 기억 속에서 지워낼 수 있단 말인가. 심지어 이 두 눈을 후벼 파내어 난도질한다 해도 나의 의식은 또 다른 불덩이를 감당하지 못하고 신음할 것이다.

뜨거웠다. 온몸이 화마에 휩싸이는 가공할 만한 고통의 전이가 실감되었다.

경복궁 공사장에 일어난 화재를 두고 모두들 입을 모아 원인 불명의 천재(天災)로 몰아갔다. 그러나 그 화광(火光)의 중심에서 나는 보고야 말았다. 일국의 대의를 최소한의 예의도 없이 몰살하려 하는 권력과 허울뿐인 명분에 눈이 먼 이 땅의 미치광이들을 말이다. 그들은 외세의 침범에 의해 왕궁 전체가 불타 없어져도 천재라 주장할지 모른다. 원인 규명에 대한 최소한의 의지도 없이 사건을 무조건 천재로 몰아가려 하는 저들의 태도가 이를 말해 주고 있지 않은가.

지옥의 불도가니 속에서 나는 보았다. 동십자각(서십자각과 함께 경복궁의 동서를 지키는 망루)에 근접한 곳에 적재된 가가들이 순식간에 한 줌의 재로 화하는 장면을 두 눈 고스란히 뜨고 견뎌 내야만 했다. 내 혼의 피부가 빛의 속도로 타 들어가는 가가 수백 칸과 애써 다듬은 재목들과 함께 무너져 내렸다. 아니다. 저 누군가들, 익명의 악귀들의 훼방질로 인해 썩어 들고 있던 것이다.

그러므로 이후에 벌어질 화인(火因)의 책임자를 문책하는 데 드러나는 분노는 정당한 반응일 수밖에 없었다.

훈련대장 임태영도, 이경하도, 도제조 조두순까지. 연자 맷돌에 갈아 버려도 성이 풀리지 않을 것 같은 무능한 인간들의 입에선 하나같이 '황감하다'는 입에 발린 말만 반복될 뿐이었다.

*

참혹한 화재의 폭풍우가 휩쓸고 지나간 후, 긴급으로 소집된 중신회의에서 원임 원로들과 현임 육경들의 면면을 비장한 시선으로 둘러보았다. 전체적으로 침울한 기운이 차갑게 무장된 분위기였다. 그러나 지독한 위장의 변복으로밖에 느껴지지 않았다. 저들의 속마음에선 무리한 공역을 탓하는 하늘의 재앙이 화재의 주요 원인이라는 무력한 생각만이 꿈틀거리고 있는 듯했다.

그 역겨움의 중심에 나란 존재를 세워 놨다. 단척의 마른 몸인 나를 재앙의 원흉으로 몰아세우려 하고 있다. 저들은 무릎을 꿇거나 고개를 숙인 채 나에 대한, 혹은 왕실에 대한 존엄을 표현하려 했지만 저들의 마음속 세계에선 오직 권력만이 숭배 받을 만한 유일한 우상일 것이다. 그 우상이 누구이든 상관없이 말이다.

"이번 화재로 인해 중건 공사가 극심한 난관에 봉착한 점 여도 인정하는 바이오."

'기대하지 마라. 너희들이 기대하는 그 어느 것도 실현되지 않을 것이다.'

나 역시 본의 아니게 저들의 우상이 되기로 직·간접적 승인을 받은 이상 여기서 모든 것을 하늘의 탓으로 체념하는 숙명의 노예 되기를 거부해야 한다.

그것은 권력의 변복을 벗어던진 존재가 토해낼 수 있는 유일무이한 사자후이다. 정말 이것밖에는 없다. 이것 외에는 길이 없는 것이다. 내 마음속에서 짜낼 수 있는 경복궁 공역에 대한 강력한 의지를 한 치의 유예도 주지 않고 쏟아내었다.

"그러나 여는 누가 어떤 말로 나의 심리를 어지럽힌다 하더라도 이 공역을 예정대로 강행하겠소. 항간에 들리는 풍문에 의하면 이번 화재가 우리의 신성한 대업을 방해하려는 불순한 자들의 소행이라는 말이 나돌고 있소. 만에 하나 불순한 의도로 왕궁(王宮) 건설(建設)의 뜻을 굽히려고 획책하는 자 있다면 그 육족구친(六族九親)의 사지를 능지처참(陵遲處斬)해 버릴 것임을 천명하는 바이오!"

분노의 결의가 단지 상투와 표면의 공분에만 그쳐서는 안 된다. 대책 없는 분노에 근거한 결의로는 아무것도 이룰 수 없음을 저 체념의 노예들에게 분명하게 일깨워 줄 필요가 절실했다. 멈추지 않고 말을 이어 나갔다.

"원납전 제도를 더욱 견고히 하시오. 눈에 나타나는 성과를 도모할 수 있도록 보다 적극적으로 노역을 독려하시오. 지역, 원근, 전후 사정 고려하지 말고 함경도나 강원도 등지에서 목재와 석재를 모조리 반입하시오. 만약 재정이 바닥난다면 원납전 일만 냥을 상납하는 상민들에게 벼슬을 내리시오. 또한 서울 사대문을 출입하는 백성들에게 문세를 징수하는 방법도 고려하시오."

기어이 김병학이 입을 연다. 가상하기까지 한 반발이다. 그러나 이미 때는 늦었다. 너희들의 충언은 더 이상 충언이 아니다. 이기적이고 무책임한 정치적 구호에 지나지 않는다.

"원근 가리지 말고 자재를 반입하라고 하셨지만 이미 벌채는 충분히 이뤄진 상태입니다."

"남은 게 있을 것 아닌가."

"남아 있다면 묘소의 보호림 정도가 전부입니다만."

"그럼 묘소의 보호림을 벌채시키면 되는 것 아닌가."

나의 이 말이 떨어지기가 무섭게 조정 대신들의 무언의 탄식 소리가 희정당 공기를 험악하게 어지럽혔다. 묘소를 파한다는 불경과 참담, 그로 인한 공포의 먹구름이 그들의 얼굴에 짙게 드리워져 있다.

양반 호족들의 묘지가 무어 그리 대수란 말인가. 허울과 명분으로 견뎌온 사자(死者)들이 이 나라 국토강산을 자신들의 묏자리로 죄다 뒤덮어 버리고 있다.

그 썩은 폐습의 파괴를 저토록 험악한 불안과 공포로 받아들이는 이들의 마음속엔 도대체 무엇이 남아 있단 말인가. 무엇을 어떻게 봉합해야 한단 말인가. 이어지는 나의 말들은 내면의 울분과 함께 뒤엉켜 버린 투박하고 불온한 화성(和聲)이었다.

"치성터나 서낭당의 귀신 붙은 나무라도 적재라면 베어 오는 게 당연할 것이오. 능원림(묘목(墓木, 무덤가의 나무)의 다른 말. 거의 소나무 같은 침엽수종이 사용됨)이라도 쓸 만하면 작벌해 버리란 말이오! 도대체 그것들이 무엇이기에 주저하는 것이오. 자손들의 반발 따위가 두렵다는 말은 아예 다물어 버리시오. 혹 그렇게 지껄이는 이들에게 똑똑히 전하시오. '일국의 대업, 하늘의 뜻, 대통을 계승, 보존하는 왕실을 짓는 데 너희들의 묘목이 필요하니 만일 너희 선조들에게 일말의 영혼의 양심이 있다면 제 무덤의 뼛조각 하나까지라도 캐내어 줄 것이다'라고 말이오!"

*

쓸쓸하다. 고통으로 점철된 표호는 늘 이렇듯 성가신 뒷맛을 남긴다.

사악한 방화의 소행에도 아랑곳 않고 파죽지세로 몰아붙인 공역의 뒤란에 막급한 비중으로 잔류하는 건 정신의 지독한 고독이었다. 그 고독을 파멸의 좌절감으로 채색하는 건 권력의 주구이기를 숙명처럼 받아들이는 조정 대신들의 뒷말이 아니었다. 바로 이항로와 같은 한때 뜻을 같이한다고 믿었던 이들의 물정 모르는 고언(苦言)이었다.

덕이 있어야만, 덕이 넘쳐야만 양이가 패퇴되고 나라가 보전될 것입니다. 그렇지 못하면 혹 불세출의 모사가 구름 떼처럼 대감을 비호한다 해도 아무 도움도 줄 수 없음을 잊지 마시오.

그의 단도직입적이고 공격적 어투로 무장된 소문의 마지막 문

장이 뇌리에 각인된다. 지워내려 해도 지워지지 않는 뼈아픈 글귀
다. 그러나 다른 방법이 없다. 그의 고언이 정도(正道)의 칼끝으로
심장 깊숙이 파고든다 해도 어쩔 수 없다. 이미 역사는 돌이킬 수
없는 시대의 요청에 의해 헌신되고 있다.

피의 역류

　강화섬에 위치한 이름 모를 절을 찾았다. 양이들의 물러섬이 나의 지친 몸과 정신을 이곳으로 이끌었는지도 모른다. 하지만 그것은 표면적인 이유에 불과하다. 추선. 그녀를 찾아 이곳까지 왔다고 말할 자신은 없다. 그러나 그 역시 부인할 수 없는 진실이 아닌가.

　그녀가 원망스러울 때가 있다. 지금이 바로 그렇다.

　짙은 향불이 코끝을 자극하는 곳이다. 스산한 산바람이 불어오는 곳. 어스름한 달빛이 어떤 모난 심리라도 차갑게 가라앉게 만들어 버리는 곳. 얼음장과도 같이 냉정한 침묵을 요구하는 곳이다.

　추선. 어찌하여 이곳에 있는가.

　추선은 국태공의 자리에 오른 나의 품에서 함께하기를 원치 않았다.

　나면서 타고 흐르는 피가 기생이어서가 아니다. 오히려 그랬다면 권좌에 오른 나의 금관조복을 탐했을지도 모른다. 기생의 본질은 권력의 떡고물을 받아먹는 것일 테니 말이다.

하지만 추선은 타고난 기생의 피를 단호한 내면의 결의로 도려 내어 버린 지독한 여인이다. 아예 불가에 귀의할 작심을 한 듯 그 녀는 염불을 외고 부처상을 바라보는 데 골몰했다. 추선이 어째 서 이런 곳에 있어야 하는지 짐작하고 있다. 천성이 본래 그런 것 이다. 제자리에서 자신이 사모하고자 하는 어쩌면 유일할지도 모 르는 대상을 그리워하는 것에 익숙해진 여자. 그렇게 길들여진 계 집이다.

그것이 원망스러웠다. 초겨울의 암자에서 서로를 바라보고 앉 은 나와 그녀 사이엔 원망과 애증, 타오르는 정염과 휘발되어 버 린 연모의 흔적들이 뒤섞여 있었다.

그녀가 먼저 말문을 열었다. 타는 내 심경과는 어울리지 않는 지겹도록 맑은 목소리다.

"잘 계셨어요?"

"무슨 소리가 들리는구나. 새소리인가."

"소쩍새예요. 밤마다 슬피 우는걸요."

밀초 냄새가 암자 안을 가득 메웠다.

"소름 돋을 만큼 적막한 곳이구나."

"가만히 있으면 부처님 소리를 들을 수 있어요."

"부처가 무슨 소리를 낸단 말이냐?"

"새소리, 물소리, 자연의 소리를 통해 말씀하시죠."

"중 같은 소리를 하고 있구나. 중이 되고 싶은 게냐?"

"스님은 싫어요."

"불교를 제대로 믿으려면 중이 될 작정을 해야지. 안 그러냐?"

"……"

"왜 말이 없느냐."

"대감을 먼저 모시고 그후에 부처님을 모셔야 하는걸요."

낮게 깔리는 추선의 음성엔 아무런 감각도 느껴지지 않는다.

신기하다. 모든 목소리엔 그만한 반응의 여지가 있을 것이다. 그러나 추선에게선 아무것도 느껴지지 않았다.

오히려 생생한 것은 그녀의 체취뿐이다.

여인의 위선에 가까운 지분 냄새와는 다르다. 저고리를 벗기고 치마를 들쳐 올리고 버선을 벗기고 속저고리를 움켜쥐어 뜯어내고 그렇게 그녀의 속살을 보면 볼수록 짙어지는 강한 체취만이 추선의 모든 것이 되었다.

욕정을 채우기 위해 벗긴 것이 아니다. 단지 묻고 싶은 것이다. 누구도 대답해 주지 않았다. 그녀 역시도 대답해 줄 수 없을 것이다. 그럼에도 그녀에게 묻고 있다. 무엇이 어떻게 잘못되었는지. 나의 길이 어떻게 일그러지고 있는지. 이 일그러짐을 이토록 단호하게 긍정하고자 하는 나는 누구인지.

"암자인데 보살상 하나 없구나."

"부처님이 옆에서 지켜보지 않은 게 오히려 다행이에요."

"이곳 사람들은 나를 어떻게 얘기하느냐?"

"듣고 싶으세요?"

"아니."

"그런데 왜 물으세요."

"어떤 말을 듣는다 해도 위로도, 자극도 되질 않는다. 그렇지만 너한테 듣는다면 혹 마음이 흔들릴 것 같아 듣고 싶구나."

"마음이 흔들리길 원하세요?"

"가끔은."

추선의 속살, 둔부가 너무나 살갑고 부드럽다. 한 번도 경험해 보지 못한 부드러움이다.

어전회의의 차가운 바닥, 조정 대신들의 경직된 시선, 움직임. 피동으로 점철된 세계는 직선의 세계요, 법리만이 난무하는 세계다. 그 세계의 진창 속에서 파탄과 개혁이 공존하고 있다. 그 진창에서 한 걸음만 벗어나면 이토록 부드러운 세계가 기다리고 있는데 말이다.

돌아갈 수 있을까.

나는 묻는다. 거친 성교에도 아픔의 비명 따윈 거세하고 은근한 신음만을 내지르는 추선이 내 귀에 속삭인다면, 그렇게만 한다면 나는 이 파탄의 정속 속에 기꺼이 빠져들 용의가 있다. 그러나 추선은 어진 여자다. 교활하지 않은, 그래서 그녀는 어리석다.

"부대부인은 안녕하세요?"

"우습구나."

"뭐가요?"

"너의 은밀한 속을 헤집는 사내의 정실부인 안부 따위를 묻다니 말이다."

"그분께 언제나 죄를 짓고 있는 기분이에요."

"그런 생각은 집어치워라."

"대감."

"말해라."

"멈추실 수는 없겠죠?"

"무엇을 말이냐?"

"모든 것을요."

"……."

"대감이 이끌어 온 그 모든 것들 말이에요."

"……."

탄식에 가까운 말이다. 그 말이 거대한 폭포의 낙수 소리처럼 비대해진다.

추선의 말 한마디에 나는 무너져 내린다. 그럴수록 나의 육신은 더욱 포악해진다. 나의 입은 어느새 국태공의 입, 권력의 입이 되어 우물거린다. 그녀 역시 나의 입이 개혁의 심장임을 모르지 않는다. 그러나 개혁의 과정에 너무나 많은 피가 쏟아져 내렸다.

동학인들의 피, 서학을 따르던 무리들의 피, 경복궁을 짓기 위한 공역 속에서 죽어간 백성들의 피. 그 피가 내 입 속에서 역류하거나 파고들고 있다. 어떤 말도 제대로 하지 못한다. 할 수가 없다. 포악한 정욕의 별세계 속에 파묻힐 뿐이다. 추선을 이렇게 취급해선 안 된다. 이렇게 취급해선.

"너는 답을 알고 있다."

"대감."

"부처에게 빌어라. 빌고 애원해라. 부처가 네 년을 원한다면 아 낌없이 두 다리를 벌려 주어라."

"……."

"제발 이 빌어먹을 육신. 저주의 나락으로 빠져도 좋으니 말이 다."

"그만하세요."

추선이 내 머리를 힘껏 끌어안는다. 그녀의 젖가슴이 내 정수리 를 짓누른다.

울고 싶다. 퀭한 두 눈가에 왈칵 눈물이 고였다. 그러나 눈물이 쏟아지진 않는다. 영혼과 육신을 지배한 독기가 여전히 나를 놓 아 주지 않는 것이다. 끝끝내 눈물을 거두고 추선에게, 내 자신에 게 선언하듯 내뱉었다.

"이 땅에서 비극이 사라지길 나는 갈망하는 것이다."

"대감."

"너 따위가 어찌 알겠느냐? 너 따위 천한 계집이."

"……."

"너 따위가…… 어찌…… 너 따위가……."

＊

사정의 순간 죽음을 생각했다. 유약한 감상이라 비웃어도 할 말 없다. 죽음을 생각하는 순간 온몸을 짓누르던 독기가 허망하게 사라졌다. 남은 건 타오르는 경복궁의 불길과 불길 너머의 왕실의 장엄함이다.

역사는 애증이다. 부정한다 해서 멈출 수 있는 성질의 것이 아니다. 그걸 추선은 알고 있었던 걸까. 무너지듯 고개를 암자 바닥에 파묻은 그녀의 몸이 슬그머니 꿈틀거렸다. 오래된 상처에 아파하는 짐승처럼.

마침내 경복궁이여

마침내 경복궁이 중건되었다. 대업의 중심에 국태공인 내가 존재한다. 나란 존재를 과시할 생각은 추호도 없다. 왕실 복원은 어느 특정한 인물의 치적이 아니다. 그것은 왕족 전부의 몫이요, 하늘의 뜻이다.

그러나 이 황홀한 날에도 나는 기쁘지 않다. 뿌듯함도, 일말의 자부심도 없다. 단지 전야(前夜)의 불길함만이 오관을 써늘하게 휩쓸고 지나갈 뿐이다.

*

늙은 여자 조대비의 서슬이 시간이 갈수록 희미해지는 것은 차라리 내겐 비극이다. 김씨 일가를 향해 노기를 퍼부을 때의 그녀의 독기가 그리워질 때가 찾아올 줄은 정말 몰랐다.

점점 침몰하는 듯한 조대비의 암울한 표정과는 별개로 민비의 얼굴이 예사롭지가 않다. 영민함은 분명 중전이자 나의 며느리가 갖고 있는 천성임에 틀림없다. 열여덟 나이에 끓는 열정의 심장을 억누르고 《춘추좌씨전》(공자의 《춘추(春秋)》를 해설한 주석서. 《좌씨전》, 《좌씨춘추》, 《좌전(左傳)》이라고도 함)을 탐독한다는 열정의 발로는 영악함의 기질이 몸에 배어 있다고밖엔 말하기 힘들다. 그러나 단언컨대 영악함은 미덕이 아니다.

나는 기억하고 있다. 젊은 왕이 변해가는 것을.

나는 보고 있다. 점점 내게서 멀어지는 명복의 싸늘한 동요를 말이다.

*

창덕궁 안에 위치한 주합루(창덕궁 안에 있는 누각) 마루 밑장을 뜯어내어 그곳에 묻혀 있는 은괴 수천 근을 활용했다. 경복궁 완공을 목전에 둔 시점이었다. 나는 그 은괴를 경복궁 조영비에 보태 쓰라고 영건도감에 넘겨준 것이다.

그러한 행위는 당연한 현실적 선택에 가까웠다. 의례대로 라면 그것을 묘의(廟議)에 부치고 국왕의 윤허를 얻었어야 함이 마땅하다. 하지만 명복과 나 사이의 유대는 부자(父子)의 각별함과 사제의 엄격함이 씨줄과 날줄로 얽혀 있어 예외로 용인될 것으로 믿었다. 나의 뜻을 명복은 이해해 주리라, 더 나아가 응원해 줄 것으로 믿었던 것이다.

그러나 명복은 변했다. 조성하와 흥인군(이최응(1815~1882년)의 군호. 흥선대원군의 형), 그리고 민승호까지. 상감의 윤허도 없이 독단으로 효종대왕이 유언으로 남긴 은괴의 보존을 파했다는 뒷말을 흘릴 때까지도 나는 그런 식의 풍문에 왕이 흔들리지 않을 것으로 믿었다. 이런 나의 믿음은 대체 어디에서 기인한 것일까. 젊은 왕은 끝내 나의 기대와는 다른 반응을 보이고 말았다.

명복이 곡기를 끊고 무언의 시위를 벌인다는 전갈을 받았을 때, 심장이 철렁 내려앉는 기분이었다.

언제나 명분은 거창하다. 국태공인 생부가 열성조에게 저지른 불효 막급한 죄를 자식인 자신이 대신 속죄하겠다는 것이다. 그 전갈을 받는 순간 그대로 창덕궁으로 달려가 내 아들의 멱살을 붙잡고 싶었다. 소리치고 싶었다. 어째서 이러느냐고.

젊은 왕의 변화가 두려워졌다. 그 변화가 명복의 주체적인 변화가 아닐 수 있기 때문이다. 그의 심장을 동요케 하는 선동의 배후가 따로 존재할 것이다. 뒷말을 흘리는 간신들의 입술 따위가 명복을 그런 식으로 변화시킬 순 없다. 나는 도리 없이 며느리, 중전을 그 배후로 지목하지 않을 수 없었다.

*

완화군(고종의 서장자로 영보당 귀인 이씨 소생. 완화군으로 봉해졌으며, 한때 흥선대원군의 총애를 받았으나 어린 나이에 요절함)이 한마디 비명으로 유명을 달리할 때, 나는 그때 위선의 눈물을 보이던 며느리의 모습을 끔찍할 정도로 선명하게 목격했다. 내 눈은 며느리의 위선을 보고야 말았다. 파락호 시절 나의 모습이었기 때문이다. 지옥을 견뎌내며, 이를 부득부득 갈며 왕실의 요직에 앉기만을 염원하던 표리부동의 삶을 썩은 악취와 함께 풍겨내던 그때의 내 모습을 당시엔 어느 누구도 쉽게 간파하지 못했었다.

며느리도 그러한 것이다. 심중 정황만으로 판단할 수 있는 문제는 아니지만 반대로 그 심중 정황의 확신을 무시할 수도 없는 것이다. 대통을 이을 수 있는 씨가 자신의 자궁이 아닌 천한 몸이라고 생각하는 이귀인(고종의 후궁으로, 장남 완친왕의 생모로서 궁녀 출신임)의 몸을 통해 배출된다는 끔찍한 현실을 저 어린 여우는 너무나 뼛속 깊이 체감하고 있었을 것이다.

섬뜩하다. 저 여우의 눈에 맺혀 있는 위선의 눈물이. 채 말문을 열기도 전인 어린 생명이다. 그 생명에게 무슨 짓을 하였단 말인가. 그리고 그 눈물은 또 무엇인가.

*

그러나 내 심장을 가장 오그라들게 만드는 것은 중전, 그 아이의 잔인한 성품의 노출이 아니다. 개혁을 위해선, 대의를 위해선 그럴 수 있다. 왕실은 전쟁터다. 그것이 비록 인자하고 어진 외피를 덧입고 있다 해도 사사로운 정에 의해 동요된다면 왕실은 아수라장이 될 것이다. 왕실의 아수라장은 이내 수많은 백성들의 재앙으로 전이된다. 냉철함, 대의를 위한 잔인함은 차라리 왕실에선 가장 추앙받아야 할 미덕 중 하나일 것이다.

그러나 민비, 그녀가 여자라는 데, 왕의 부인이라는 데 문제가 있다. 그 영민함이, 이 땅에 불어 닥친 현명하지 못한 역사의 주인공이 되기 위해 헌신된다는 데 있다. 그 비범함, 사리분별의 출중함이 젊은 왕인 명복의 몫이 아닌 아녀자의 몫에 결박되어 버린 형국은 그 어떤 형태로든 비극의 자궁이 될 수밖에 없는 것이다. 지나간 조선의 역사가 이를 말해 주고 있다. 이러한 비극의 악순환이 되풀이되고 있지 않은가.

*

그렇기에 그토록 열망해 오던 경복궁 중건이란 대업의 중심에 선 나는 기쁘지 않다. 기쁠 수가 없다. 믿고 있던, 애써 믿어 오던 통치의 수족이 점차 무정하게 잘려 나가는 끔찍한 고통이 존재하기 때문이다. 가혹하리만치 장엄한 경복궁, 왕실의 위엄과 함께 그 고통이 고조되고 있다.

동부승지 최익현

사단이 벌어지고 말았다. 포악한 비극을 충분히 예감할 수 있는 것임에도 불구하고 그것은 내게 적잖은 당혹감을 선사해 주었다.

*

최익현. 그 이름 석 자를 또렷이 기억한다.

화서 이항로의 총애 받는 제자이자 당대의 거유로 숭앙받는 인물. 하지만 그 역시 썩은 고목과 같은 허울뿐인! 유학의 밑거름을 받아먹는 기생충에 불과하지 않은가. 그 기생충으로부터 상소가 올라온 것이다.

상소의 수신자는 물론 나의 아들, 명복. 젊은 왕을 대상으로 한 것이다. 왕실과 조정이란 이렇듯 매시간 그림자놀이를 거듭하는 공간으로 규정된다. 비열한 속내를 철저히 숨기고 에둘러 말하는데 천부적 재간을 발휘하는 이들의 말놀음에 역겨움을 품은 지

벌써 10년이다. 이 역겨움을 자손 대대 인내하며 용케도 버텨낸 김씨들의 양반 놀음이 그저 부러울 따름이다.

최익현 혼자의 작품은 아니라는 것이 운현궁에 모인 나의 측근들과 이상지의 의견이었다. 흥분한 이상지를 지켜보는 건 결코 유쾌하지 않은 인내심을 요구한다. 지금과 같은 경우가 그렇다. 이상지의 말에서 뼈아픈 진실이 여과 없이 쏟아져 나왔다. 그로부터 전해 듣는 참혹한 현실은 외면하고 싶은 수준이었다.

이상지가 최익현의 상소문을 내게 보고하기 전 최익현으로 하여금 나의 독주를 통매할 강단 넘치는 공분을 결의하도록 책동한 배후 인물들을 열거했다. 그 사실이 나를 적잖이 당황하게 만들었다.

계유년(1873년) 시월 중순. 죽동 민승호 집에 있던 은밀한 밀담의 참석자들 중엔 민승호와 민규호, 민겸호, 심지어 나의 수족이라 믿었던 조성하와 조영하 형제, 이유원(조선 후기의 문신. 1873년 대원군이 실각하고 고종이 친정을 시작하자 영의정이 됨)까지 가담되었다고 했다. 그들이 나눈 밀담의 주제는 최익현의 상소를 통해 명백하게 드러나 버리고 말았다. 그러한 밀의의 마지막 배후는 애써 궁리하지 않아도 너무나 선명해 두려울 지경이다. 중전, 그녀의 심모(深謀)가 끌어들인 추잡한 계략인 것이다.

*

그 순간, 나의 아들 명복을 무자비한 치마폭으로 끌어들이고 무친의 특성을 제멋대로 악용한 채, 금수만도 못한 파탄의 논리를 들어 획책하고 유혹하는 이 순간들을 겪어내는 동안, 나는 결코 그 계집을 중전이라 부를 수 없었다. 계집은 이제 내 마음속에서 중전임을 박탈당한 존재임에 틀림없다.

그녀의 영악함을 애써 탓하고 싶은 생각은 없다. 그건 그 아이를 창덕궁 안으로 데리고 들어오기 전, 첫 친견 때부터 이미 심중에 작정한 바다. 외로움이 뼈에 사무친 계집은 천형처럼 깊이 스며든 자신의 재기(才氣)를 오직 지아비를 섬기는 일에만 헌신할 것으로 여겼다. 한데 그것이 엄청난 화근이 되어 내 정신의 뒷목을 억세게 짓누르고 있다.

무친의 상태, 외로움과 고립의 정서가 도리어 그 영악한 아이를 권력의 화신으로 둔갑시켜 놓은 형국이, 이 순간 허수아비에 불과한 최익현의 상소를 통해 분명하게 드러나 버린 현실이 나를 미치게 했다. 최익현이 열거한 시폐(時弊)에 관련된 내용을 전해 듣자니 내 자신노 모르세 주먹을 옴켜쥐었다. 할 수만 있다면 당장 최익현이 숨어들어 있는 포천으로 들어가 놈의 목을 직접 내 손으로 베어 버리고 싶다. 이러한 나의 증오가 균형을 잃지 않은 공분으로 여겨질 정도로 놈의 소위 시국 개탄 선언문은 뻔뻔스런 선비의 잘난 척으로 점철되어 있었다. 이것이 이 땅의 지식인임을 자임하는 놈들의 꼬락서니다. 지독히도 우스꽝스럽고 경멸스러웠다.

시국은 갈수록 암울해지는데 대신육경(大臣六卿)은 이를 섭정하고 다스릴 능이 없으며, 대간시종(臺諫侍從)은 서로의 눈치만 살필 뿐 직언을 꺼리는 실정입니다. 따라서 조정은 잘못된 속론들로 들끓고 있으며 정은 소(消)하고 사는 넘쳐나고 있습니다. 정치가 민심을 돌봄 겨를도 없으며 구휼함조차 없으니 하늘조차 이 나라를 버린 건가요. 천재지변과 흉풍(凶豐)만이 강토에 무상하여 국세는 날로 기울고 있는 것이 참혹한 이 나라의 현실인 것입니다……

비교적 담백한 문구다. 하지만 그 내용에 있어서 노출되는 악의 넘치는 공격적 언어의 돌출은 눈뜨곤 견뎌내기 힘든 역겨움과 위선으로 가득했다.

6년 전에도 그랬다. 그때도 내게 시국의 심각함을 쏟아 부으며 상소를 올린 작자. 최익현. 그때 이 식자(識字)의 두껍을 쓴 기생충을 갈아 마셨어야 했다. 이렇게 다시 권력의 꼭두각시가 되어 미쳐 날뛸 줄은 좀처럼 예상하지 못했다.

현기증이 일었다. 당장이라도 불호령을 쏟아내고 싶었다. 나의 분노가 담긴 일갈을 수하들에게 퍼붓고 싶었다. 그러나 그렇게 하지 않았다. 방법이 불만족스러워서가 아니다. 나의 태도가 아직도 여전히 젊은 왕의 위엄과 궤적을 함께하는지 시험해 볼 필요의 절실함을 실감한 것이다.

왕은 지금 무엇을 하고 있는가. 이 상소문은 필경 승정원(조선시대 왕명의 출납을 담당하던 행정 기관)을 거쳐 상감의 눈, 아들인 나의 왕 명복의 눈과 귀에 들어갈 것이다. 왕은 섬뜩하리만치 가증스런 권력의 새로운 주구로 돌변한 이들로부터 나의 위치를 분명히 각인시켜 주어야만 한다. 그래야만 한다. 그는 나의 왕이기 때문이다. 그 누구의 왕도 아닌, 하늘이 내린 왕, 나의 왕이어야 한다. 처음부터 그랬고 앞으로도 그럴 것이다. 그래야만 한다.

아버지와 아들

시간이 흐를수록 고통의 간극이 깊어지는 걸 확인하는 건 고문에 가까웠다. 최익현의 상소문이 승정원을 통해 국왕에게 전달된지 이틀이란 시간이 지난 후, 나의 아들, 국왕으로부터 하달된 비답의 전언은 내겐 온전한 충격이요, 비통의 진창으로 각인되었다.

그럴 수밖에 없었다. 국왕의 반응이 터무니없을 만큼 생소했기 때문이다.

낯설다. 이것이 과연 나의 아들, 채 스무 살도 되지 않은 명복의 의견이란 말인가.

과연 이러한 모습이 명복의 진면목이란 말인가. 믿을 수 없었다. 아니, 믿고 싶지 않았다.

동부승지 최익현의 상소는 나라를 위한 충심에서 비롯된 것으로 이해된다. 이 모두 과인의 국무를 경계시키는 말들이니 이 또한 가상한 일이 아닐 수 없다. 이에 과인은 최익현에게 호조참판을 제수하니 더욱 힘써 과인을 보필하도록 하라.

아재당(운현궁 안에 위치한 사랑방의 일종)에서의 짧지 않은 칩거 후 이상지로부터 전해 듣게 된 국왕의 비답을 듣는 순간 그만 그 자리에 주저앉고 말았다. 흥분도, 충격 때문도 아니었다. 오직 명한 기분만이 내 머릿속을 헝클어뜨렸다. 낯선 냉기가 주저앉은 바닥으로부터 올라왔다.

*

어느새 소문을 듣고 온 운변인물(雲邊人物)들인 좌의정 강노와 우의정 한계원의 격노와 울분의 실토가 쏟아져 나왔다. 성가실 뿐이다. 이들의 충정이 이토록 무기력해 보이다니. 그러나 이것은 현실이다. 그들이 내게 해줄 수 있는 건 이렇게 한데 모여 탁상공론이나 반복하는 것이 고작일 뿐이다.

"어쩌실 작정입니까, 대감!"

"무엇을 말이오."

"설마 동부승지 최익현이 올린 무엄한 상소를 모른다고 하진 않으시겠죠."

"들었소."

"그럼 상감께서 그 추잡한 잡소리를 가납하신다는 비답을 내리신 것도 알고 계십니까?"

"그렇다는군."

순간 지독한 허탈감에 사로잡힌 저들의 표정이 우스웠다. 저들의 표정이 지금 나의 주변을 대변하는 참혹한 실제인 것이다. 이럴수록 나의 뒤는 서늘해지고 있다. 회피할 수 없는 실제가 내 앞에 눈을 뜨고 있는 것이다. 어쩌면 인정하고 싶지 않았는지도 모른다. 10년이란 시간 동안 나는 미친 듯 개혁이란 목표를 향해 내달렸다.

오직 한 곳만을 바라보던 나는 애써 주변을 살피지 않으려 했다. 그것이 화근이라면 화근일 것이다. 그러나 나의 10년은 그럴 수밖에 없는 필연의 10년이었다.

화무십일홍이라 했던가. 그러한 무상한 권력도 30년은 지탱되는 것이 이 나라의 빌어먹을 전통이었는데, 이러한 불길한 급변의 정세를 나는 한사코 나의 현실에서 전력을 다해 게워내고 싶었다.

더욱 참혹한 것은 이 가혹한 불길의 혼란에 에워싸진 정세의 중심에 이제 막 스물한 살의 왕을 자신의 흡반(吸盤) 속에 끌어당긴 계집이 있다는 사실이다. 계집의 만만치 않은 투지가 느껴진다. 모험심으로 가득한 젊은 왕의 용단을 이끌어 낸 게 중전이란 위치를 거머쥔 계집의 머릿속에서 나온 계략이 분명하다면 말이다. 그러나 문제가 있다. 그러한 투지는 결국 왕실 전체를 공멸의 파국으로 몰아갈 수 있음을 계집이 너무나 쉽고도 간단하게, 성가신 것으로 치부하고 있다는 것이다. 차라리 단순한 충심에 사로잡힌 나의 주변인물들이 중전의 자리에 앉았어야만 했다. 그들은 나의 고뇌에 찬 물음에 상투적 답변만 반복할 뿐이었다. 미칠 것 같은 답답함이 내 심장을 옥죄었다.

"그렇다면 말이오."

"……."

"대감들은 앞으로 내가 어떻게 했으면 좋겠는지 말해 보시오."

"저하."

"내가 직접 나서서 한갓 동부승지에 지나지 않은 놈과 상대하는 꼴을 보여야만 직성이 풀리겠단 말이오?"

좌의정 강노가 꾸물거리며 한마디 대꾸했다.

"최익현의 상소보다도 상감께서 내리신 비답이 더 큰 문제로 보입니다."

"답답한 소리만 되풀이하는군."

"저하."

"비답이야 상감이 잘못 인지하고 그릇된 결론을 내릴 수도 있는 법이잖소. 그럴수록 사리를 바르게 판단하도록 하고 소에 대한 그릇된 비답을 철폐하도록 해야 할 임무가 대감들에게 있다는 걸 어찌 모르시오. 내가 대체 무슨 이유로 대감들을 그 자리에 앉혔는지 정녕 잊었단 말이오!"

*

그들이 물러간 직후 운현궁의 처마 밑으로 날카로운 빗소리가 작렬하기 시작했다. 매서운 빗줄기를 도무지 피할 길 없던 하늘

역시 특유의 푸른빛을 순식간에 상실해 버리고 먹구름 떼의 돌입을 무력하게 용인하고 있었다. 이 짙은 먹구름의 돌입은 이렇듯 자연현상에서조차 가혹할 정도로 맹폭의 속도를 과시하고 있다. 이 속도와 함께 점증되는 불길한 기운을 어떻게 추스를 수 있단 말인가.

*

며칠 후 좌의정 강노와 우의정 한계원이 벌집을 쑤셔 놓은 듯한 연대 상소를 발흥시켰다. 사간원, 사헌부, 성균관 유생들을 죄다 동원한 일종의 정치적 승부수로 볼 수 있는 행위였다. 그러나 돌아오는 젊은 왕의 반응은 냉담하다 못해 기괴했다.

과인은 호조참판 최익현의 상소가 진정한 충심에서 우러나왔음을 추호도 의심하지 않는다. 과인은 오직 과인이 생각한 바를 실천할 것임을 만천하에 천명하는 바이다.

오직 과인이 생각한 바? 과연 그것이 명복. 순전한 너의 결단이고, 너의 의지란 말인가.

믿을 수 없다. 명복. 너를 직접 보아야만 하겠다. 너를 만나야 하겠다. 왕과 왕의 아버지란 지위 문제를 떠나 아버지와 아들, 인간 대 인간으로 너를 만나 이 말 한마디만 묻고 싶다. 너의 그 말이 정말 왕실의 대통을 이은 명복, 너의 본성에서 비롯된 기개와 소신인지 아님 제대로 된 왕 노릇 운운하며 자신의 유약한 천성의 약점을 파고드는 민비란 계집의 간교한 말장난인지 묻고 싶은 것이다.

금지된 입궐

모를 일이다. 정말 모를 일이다. 이 순간 어째서 추선의 몸이 떠오르는 걸까. 음침하지만 마냥 아늑한 동굴을 닮아 있는 그녀의 하체가 너무나 선명하게 떠올라 눈을 의심할 지경이다. 하지만 이 순간 모든 것이 실제다. 상황의 극렬한 기막힘만큼이나 명료한 것이다.

*

잿빛의 하늘. 통용문은 굳게 닫혀 있었다. 국태공의 행차라는 별배의 호기 넘치는 기함 소리에도 불구하고 통용문을 지키고 선 네 명이 수문장들은 미동조차 하지 않았다.

"못 엽니다!"

문을 열지 못한다. 이 문이 어떤 문인가. 국태공의 위치에 있는 나, 대원군의 입궐을 보장하는 전용문이다. 그런데 이 문이 열리지 않는다. 이곳이 열리지 않는다면 그 어디서 나의 왕을 만날 수 있단 말인가. 구종 별배들이 일제히 수문장을 에워싸며 으르렁거렸다.

"뭐라고? 문을 못 열어! 이것들이 미쳤나?"

"네 이놈, 이 무슨 무엄한 소리냐? 어서 문을 열어라!"

수문장의 대답은 한결같았다.

"열 수 없습니다."

"이런 미친놈을 봤나? 눈을 제대로 달고 말하는 거냐? 바로 국태공 저하의 입궐이다. 어서 문을 열어!"

순간 수문장의 입에서 벼락을 닮은 둔중하고도 난폭한 한마디가 천형의 압력으로 무너져 내렸다.

"어명이오!"

"뭐야?"

"어명이란 말이오."

평교자에서 스스로 내려앉았다. 붉디붉은 저녁놀을 머금은 하늘을 올려다보았다.

왕이 나와의 만남을 기부하는 근원을 차분히 헤집어 보았다. 저간의 진행상황은 참담할 만큼 신속하게 전개되었다.

중전의 인척인 민승호의 농간으로 인해 성균관에선 전혀 합의점도, 의견의 조율도 보지 않은 신출내기 유생 이세우의 단독 상소문이 올려졌고 이에 대한 왕의 비답으로 인해 정세는 온전히 계집의 치마폭으로 무게중심이 옮겨갔음을 통감해야 했다.

대원군을 높여 대로(大老) 칭호를 내리시옵소서.

이번 성균관 유생의 상소는 지극히 타당하다. 과인이 심사숙고
할 내용인 것이다.

방심은 금물이라 했던가. 무연무척, 사고무친인 외로운 여자 그
이상도 이하도 아닐 줄 알았던 아들의 여자가 이처럼 탐욕스럽게
권력의 주변을 철저하게 포섭했다는 이 현실이 도무지 믿기지 않
았다. 그러나 이 모든 상황의 배후에 민씨가 똬리를 틀고 있음을
부정할 수 없는 순간, 결정적으로 계집의 농간, 그 중심에 선 최
익현이 쏟아낸 두 번째 상소문은 숨도 쉬지 않고 밀어붙인 나의
십 년, 조선의 십 년을 깡그리 무너뜨리는 참람한 파괴력으로 나
타나고 말았다.

오직 상(上)의 어버이의 열(列)에 있는 분은 마땅히 그 지위를 드높
이고 녹을 후하게 사례하여 국정엔 일체 간섭치 못하도록 하소서.

지금 나의 젊은 왕은 문을 열어 주지 않는다. 국왕이 나를 저버
린 것이다.
아니다. 더 정확히 말해 국왕의 골수(骨髓)를 한 방울의 액(液)
도 남기지 않고 빨아먹은 영악한 야심만으로 존재하는 며느리의
존재가 지금 문의 닫힘으로 존재하고 있다. 부드러움도, 융통성

도, 최소한의 도리도 파기된 냉엄한 위엄과 명분만으로 세워진 국왕의 만기친재(萬機親裁)의 윤음이 지금껏 내 자신이 쌓아 올린, 조선의 진실이 쌓아 올리고자 했던 미약하지만 분명한 혁명의 역사를 송두리째 파묻어 버린 것이다. 무간의 혼돈 속으로 말이다.

*

　분노도, 오열도 없다. 허탈할 뿐이다. 지겨운 공허다. 대상을 알수 없는 억울함이, 서늘한 오한이 몸속 구석구석 파고든다. 누구에게 소리쳐야 하는가. 누구를 붙잡고 이 난삽한 하소연을 늘어놓아야 한단 말인가.

　주위를 둘러본다. 차갑고 옹졸한 울분이 교차하는 시선만이 전부다. 돌아서서 다시 평교자에 올랐다. 입궐은 그렇게 좌절되었다. 나는 그렇게 어디론가 떠나야 했다. 퇴로가 있는지 묻지도 못한 채 불의의 일격을 당한 패장처럼 그렇게 사라져 가야만 했다.

불타는 궁전

　황모 대필에다 새까만 먹물을 깊이 담근다. 끈적거리는 먹물 덩어리가 유난히 번들거린다. 그에 반해 두루마리로 된 화선지는 너무나 곱다. 유약하고 무방비한 흰색이다. 그 무엇이 자신의 속살을 더럽힌다 해도 용인할 만큼 허약한 순결함이다.

　나는 이제껏 이 순백의 느낌을 믿어 왔다. 손에 쥐어진 붓끝, 먹물을 잔뜩 묻힌 그 무엇인가가 새겨지는 것이 중요한 것이 아니었다. 한 획, 한 획. 거침없이 꿈틀거리며 그 무엇인가가 일필휘지로 휘갈겨진다 해서, 그래서 난초 몇 개 완성된다 해도 그 형상이 나의 충족감을 대신해 주진 못한다. 나를 만족시켰던 건 순백의 무연함이었다.

　순백의 상징이 되고 싶었다. 지독하게 엉키고 더럽혀진 판을 뒤집어엎고 새로운 판을 욕망했다. 모든 것이 새롭게 구현될 수 있는 미지의 가능성으로 충만한 그런 판을 욕망했던 것이다.

　그러나 지금의 나는 좌절하고 있다. 끝을 알 수 없는 추락이요, 지독함에 뒤엉켜 버린 정신의 퇴락이다. 새로운 판, 새로운 왕을 희망했다. 김씨들의, 세도가들의 추악한 영욕으로부터 자유로운 존재를 조선 오백 년 역사의 중심에 새롭게 제시하고 싶었다. 단지 그뿐이었다. 고고한 조선의 역사를 강렬히 욕망했던 것이, 그래서 그 욕망의 실현체로서 형해만 남아 버린 왕실, 경복궁의 중건을 욕망했던 것이 죄라면 죄였을까.

*

나의 새로운 판이, 언제나 변함없을 것 같던 불변의 항로가 제멋대로의 탈선을 단행한 직후였다.

나의 은신처 역시 돌변해 버렸다. 누구의 의지라고 할 것도 없었다. 결코 자발적 선택이랄 수 없는 폐허의 심정으로 양주 곧은골 산장에 비루한 여장을 풀었다.

숨기로 했다. 내 자신의 수치와 굴욕으로부터 잠시 거리를 두고 싶었다. 급변한 정세에 대해 나는 아무것도 믿고 싶지 않았고 어떤 것도 해석하고 싶지 않았다. 단지 사태의 참람함을 긍정하는 일이 필요했다. 철저한 몰락의 긍정만이 사태를 보다 분명히 볼 수 있게 해주기 때문이다. 이제껏 그래 왔듯이.

*

그러나 새로운 판을 무자비하게 더럽힌 계집의 발작은, 부디 닮지 말았어야 할 나의 아둔한 방심과 무엇 하나 다를 바 없이 추태로 일관했다. 순백의 화선지가, 이 새로운 판이 이토록 허망하게 짓뭉겨져야 옳단 말인가. 두 번째 펼쳐진 화선지 위에 또 다른 검은 직선을 그려 본다. 난을 그려내면서 질끈 입술을 깨물었다. 피맛을 보고 싶었다. 이렇게라도 하지 않으면, 내 정신의 살기(殺氣)가 급기야 모든 것을 앗아갈 것 같았기 때문이다.

＊

새벽녘 어스름한 기운이 깊게 잦아들 무렵 찾아온 이상지의 표정이 지금도 뇌리에서 지워지지 않는다. 이상지는 지독한 추위에도 아랑곳 않고 마루 밖 마당에 그대로 무릎을 꿇고 앉았다. 그러곤 비교적 담담한 목소리로 경복궁에서 발발한 화재 사건을 보고했다.

"대감마님."

"말해라. 무슨 일이냐?"

"경복궁에 화재가 났다 합니다."

"화재……?"

필생을 두고 벌여 온 왕손의 마지막 남은 자존심이었다. 결코 알량한 공명심이나 일개 가문의 영달을 위해 벌일 수 있는 차원의 것이 아니었다. 나의 자존심은 곧 조선의 새로운 역사요, 새로운 개혁의 상징이었다. 그 새로움을 세우기 위해 얼마나 모진 시간을 견뎌 왔던가. 그런데, 화재라니.

참혹함은 걷잡을 수 없는 화마가 되어 내 의식을 육중한 무게로 내리눌렀다. 이상지의 표정이 더욱 끔찍하게 어그러져 갔다.

"금번에 새로 지어진 자경전, 자미당, 순희당 모두 순식간에 불타 버리고 말았습니다."

"상감은 무사하신가."

"그렇습니다."

"중전은?"

"멀쩡합니다. 하오나 대감……."

"계속하라."

"경복궁 화재의 배후로 대감을 지목하는 분위기입니다."

치가 떨린다. 나도 모르게 들고 있던 장죽을 내동댕이칠 만큼 노기가 쉽게 가라앉지 않았다. 이상지는 내게 그간 벌어진 내막을 빠짐없이 들려주길 원했다. 그만큼 그도 원한을 가라앉히지 못하고 있다.

더 이상 듣기를 원치 않았다. 이상지로 하여금 대궐로 돌아가도록 지시한 뒤 새로운 담배에 불을 붙였다. 김응원이 앞마당을 청소하는 중이었다. 지독한 한기가 이른 아침 찬 공기와 함께 덮쳐들었다.

이상지의 보고가 아니라도 사태의 추악함은 두 귀가 달린 이상듣지 않을 수 없었다.

며칠 전 서자(庶子) 재선이 찾아온 것을 나는 기억한다. 차라리 보는 눈과 듣는 귀가 없었으면 하는 순간의 연속이었다. 금상의 형이지만 서출의 신분 탓에 벼슬길에 오르지 못한 재선. 누구보다 충직한 마음가짐을 갖고 있는 그는, 노골적으로 변절의 개가 되기로 자임한 맏아들 재면과는 다르게 여전한 우직함으로 내 곁에 남아 있던 몇 안 되는 인물이었다.

재선이 들려주는 말들은 가히 상상을 불허했다. 귀를 잘라내고 싶을 정도로 듣고 싶지 않았다. 철저히 더럽혀진 화선지 위 먹물과 진배없는 내용들 일색이었다.

*

왕은 이제 균형 감각을 상실한 탈선의 화신이 되었다. 재선으로부터 왕이 전국 곳곳에 암행어사를 밀파했다는 소식을 들었을 때였다. 그 목적이 불순하다는 사실을, 나의 운변인물들의 죄과를 억지스럽게 들춰내어 정적의 씨를 말리겠다는 사악한 권력 행사의 의지를 전해 들었을 때, 나는 왕의 계집을 떠올렸다.

사실상 왕의 행사와 발언은 표독스런 계집의 권한이요, 생각으로 집약되고 말았다. 무소불위의 권력을 행사할 수 있는 토대가 펼쳐지고 있었다는 것이다.

표독스런 계집의 이성을 상실한 행동들이 기어이 끔찍한 어리석음을 자행하고 말았다. 왕을 이용해 자신의 정적인 나의 측근들의 숨통을 끊어내는 것도 모자라, 자신이 잉태한 원자의 유약함을 누군가의 저주쯤으로 비난의 화살을 돌린 채, 대궐 안에서 하루도 거르지 않고 굿판을 벌인다는 일련의 행동들이 오히려 나를 불안하게 했다.

한갓 소부(小婦)에 지나지 않은 여인의 행위를 탓할 생각은 없다. 불안과 미신은 본래 사회적 신분과 축재의 폭이 깊으면 깊을수록 맹위를 떨치기 마련이니까. 그러나 그 소부의 어리석은 행위가 조정의 법도가 되고 왕실의 방향, 더 나아가 풍전등화와 같은 조선의 미래를 쥐락펴락할지도 모른다는 우려가 나를 미치게 만들었다.

*

불안스런 포악이 위세를 더해 갈수록 이 땅은 광기로 물들 것이다. 그 광기의 잿더미, 파괴의 파편을 감당해야 할 존재들이 과연 누구인가. 권력의 영욕에 눈먼 왕실의 개들인가. 그들의 떡고물을 받아먹는 권력의 주구들인가.

그들이 아니다. 그들은 도망칠 구석, 차라리 명예롭게 숨통이 끊어질 최소한의 버팀목은 갖고 있다. 광기의 진창 속으로 무기력하게 떠밀리는 이들은 그들이 아닌 이 땅의 민초들이다. 이토록 허약한 왕실의 권위를 여전히 정의와 공분의 표상으로 추앙하길 원하는 그들을 두려워하지 않는다면 대체 그 무엇을 두려워해야 한단 말인가. 그 두려움이 나를 미치게 한다. 불안의 파도가 심대한 진폭으로 일렁이고 있다. 내 정신의 그믐이 되어.

죄어드는 굴레

신철균(초명은 신효철(申孝哲)로 병인양요 당시 영종첨사로 있었던 인물)이 내가 머무는 곳, 양주 곧은골을 찾은 적이 있다. 그를 기억하는 건 이젠 끔찍한 일이었다.

그에겐 무부(武夫)의 충직함이 천성적 기개로 아로새겨져 있다. 그러나 이 땅은 솔직한 피의 울음과 말발굽 소리의 야성이 지배하는 땅이 아니다. 그렇다고 천박으로 곤두박질친 문예의 얄팍함에 기댄 문관들의 땅도 아니다. 이 땅은 오직 권력의 야만이 지배하는 곳이다. 권력의 줄서기에 따라 흥왕과 몰락이 결정되는 곳. 명분도, 철학도, 한 줌의 정의조차 거세된 작금의 상황을 이 순박한 무부는 정녕 제대로 인식하고 있을까. 충정과 기대가 뒤섞인 그의 말을 들으며 나지막한 탄식을 토할 수밖에 없었다.

"저하."

"말해 보게."

"부사과(副司果) 이휘림(유학파의 인물. 교리(校理) 역임)이 대감을 다시 조정으로 모셔 들이라는 상소를 올렸다는 기별을 들었습니다.”

“그래서?”

“그래서라뇨. 유림 중에서도 그런 종류의 상소가 나왔으니 이제 도성으로 환차하실 때가 된 것 아닙니까?”

강골의 인상에서 풍겨 나오는 우직한 육성은 차라리 내게 비탄의 감정만 안겨 줄 뿐이었다.

왕과의 만남조차 성사시키지 못하고 문 앞에서 박대를 당한 처지다. 걸레처럼 내버려진 지금의 수치는 단순히 정리(情理)의 문제가 아닌 정략(政略)의 문제다. 이 정략의 굴욕을 복권시키는 길은 그에 걸맞은 왕의 처우에 있다. 빌어먹을 정치적 명분. 그것이 요청되지 않은 상태에서 환차를 감행하는 것만큼 우스꽝스런 굴욕은 없을 것이다.

왕의 계집이 뿌려 놓은 요식 행위에 불과한 미끼를 무는 순간, 그렇게 운현궁에 다시 들어서는 순간, 그때는 저들 말대로 억지로 드높여진 왕의 아비가 될 뿐이다. 스스로 명분뿐인 명예의 망루에 유폐되어 숨조차 제대로 쉬지 못하는 유령이 되어 버리는 것이다. 나는 그 허수아비 놀음을 단칼에 베어 낼 수밖에 없다.

가슴이 아팠다. 찢어질 듯 아팠다. 신철균. 지금 이 무부와 같이 여전히 우직하게 나를 따르는 측근들의 최후가 선연히 눈앞에 드리워져 견딜 수가 없었다. 그에게 다음과 같은 말밖에 해줄 수 없는 스스로를 저주해야 했다.

“자네.”

"하문하십시오, 저하."

"다신 나를 찾지 말게."

"저하…… 무슨 말씀이십니까?"

"민승호에게 가게. 지금도 늦지 않았어."

경악하는 신철균의 표정엔 진심이 깊이 배어 있었다. 그러나 문제를 해결할 수 없는 진실은 성가실 뿐만 아니라 위험하기까지 하다.

"저하."

"돌아가라니까. 진심이네."

"저하, 그러지 말고 분부를 내려 주십시오."

"무슨 분부?"

"저하."

"여긴 운현궁이 아니야. 그걸 잊었나."

결국 신철균은 그 한마디에 물러나야 했다.

몇 달 후, 나의 실낱같던 기대는 깡그리 무너져 내렸다.

신철균과 안동준, 이학수, 유도수 등등. 나의 수족 노릇을 하던 이들에게 최소한의 구면이 이루어질 거라 기대했던 나의 바람은 터무니없는 낭만적 인정 호소에 지나지 않았다.

계집은 영의정 이최응의 집에서 일어난 원인 불명 화약 사고의 배후로 신철균을 지목했다. 왕의 계집은 누구라도, 어떤 사건이라도 상관없다는 식으로 신철균을 매섭게 몰아붙였다. 의금부로 끌고 가 단박에 살점이 뜯겨져 나갈 정도의 끔찍한 태형을 감행했다. 죽지 않을 만큼만 남겨둔 신철균의 실낱같은 의식의 끝자락에 대고 계집은 속삭였다. 생존과 가문의 존속을 담보로 한 사악한 거래를 악마의 밀어처럼 건넸다고 했다.

"이실직고하면 목숨은 남겨 주겠어."

"……"

"살려주는 것만이 아니다. 널 무죄로 방면할 것이고 떠돌이 신분도 상승시켜 주겠어."

"무엇을…… 이실직고하란 말이오?"

"민승호의 폭살 사건…… 그리고 이최응의 집 방화 사건을 저지른 건 네 놈 소행이 아니냐."

"……"

"일은 네 놈이 저질렀지만 청부를 받은 거야. 그렇지?"

"내가 누구의 청부를 받았단 말이오?"

"대원군."

"……"

"그렇지?"

"아니오."

"대원군이 청부한 일이라 말만 한다면 넌 무죄다."

"……"

"이제 말해라."

"아니오."

"……"

"대원군은 아니오."

'아니오.' 그 간략한 한마디 부정에 신철균과 그의 가문은 몰락했다.

재앙의 화마에 휘말린 인물이 비단 신철균만은 아니었다. 동래 유배지로 귀양을 떠났던 안동준은 효수되었고 나의 핏줄이던 이 재선(흥선대원군의 서자이자, 흥친왕 이재면의 이복동생, 고종의 이복형. 1881년 이재선 추대 음모 사건에 연루되어 사형당함)마저 역모라는 끔찍한 죄악의 굴레를 눌러쓴 채 죽음을 맞이했다.

*

재선의 어수룩한 표정이 종시 잊히지가 않는다. 어설피 윗목에 꿇어앉아 핏기 가신 얼굴로 나를 올려다보던 그의 얼굴이 뇌리에서 좀처럼 떠나지 않는 것이다.

그것은 살아 있는 환영이요 비극의 엄존이었다. 역모의 폭풍 속에서 그 어떤 힘도 쓸 수 없는 늙은이가 되어 버린 아비를 올려다보는 그의 얼굴에,서글픈 경악을 선사해 주는 것 외에 다른 도리를 찾지 못했다. 교교한 달빛을 머금은 은장식의 칼집 안에 담긴 군도(軍刀)를 쥐어 주는 것 외에 아무 방도도, 길도 찾지 못했던 것이다.

끔찍한 무력감 속에서 재선은 절규했다. 숨죽여 오열했다. 남인 계통의 안기영과 강화 선비 이철구, 관리 출신인 이종학 등이 재

선을 왕으로 추대할 것이라는 음모가 섣부른 풍문으로 번져 일파
만파가 되자, 그 모든 책임이 재선에게로 집중되는 가혹한 칼바람
앞에 나는 침묵 외에 다른 조치를 취할 수 없었다.

*

　무릎을 꿇은 재선으로부터 야멸차게 등을 돌린 나는 망설였다.
지금 다시 그를 돌아본다면, 그래서 재선을 품에 안는다면 왕의
계집은 쾌재를 부를 것이다. 그땐 걷잡을 수 없는 몰락의 사막 위
를 걷는 일만이 남은 생의 전부가 될지도 모르기 때문이다.
　나는 그럴 수 없었다. 살려 달라고 읍소하는 아들을 코앞에 두
고도 내 핏덩이를 돌아보지 않았다. 아직은 그럴 수 없기 때문이
다. 왕의 계집이 대외적으로 벌이는 불합리한 폭정이 가져올 조선
의 암운을 목도한 이상 이대로 주저앉을 순 없다는 마음속 결의
가 피붙이를 향한 연민을 압도했기 때문이다.
　기형적인 불평등으로 점철된 병자수호조약을 일본과 체결하는
데 앞장선 계집의 무모함으로 인해, 10년을 견뎌온 조선의 견고한
수국(修國)의 방죽이 일거에 짓이겨지고 말았다. 조선과 일본의
힘의 균형이 이토록 기울었는지, 아님 치리의 권좌를 차지한 함량
미달의 무뇌아들이 사태를 그 지경으로 몰고 간 것인지 그 진위
를 파악할 길 묘연했다. 그럴지라도 결국 그 모든 뼈아픈 실정(失
政)에 대한 몫은 나의 왕, 명복의 부덕으로 돌려지고 말 것이다.

중전은 그것을 간과하고 있다. 차라리 그녀가 명복이라면 이처럼 마음이 무겁진 않을 것이다. 일국의 왕으로서 찬란한 권력의 불꽃을 태워 보리라는 불꽃을 태웠노라는 최소한의 명분은 붙잡을 수 있을 테니 말이다. 그러나 그녀는 조선의 국왕이 아니다. 언젠가는 내버려질 걸출한 담력을 지닌 여인네일 뿐이다. 그것이 못내 두렵고 한스럽다.

독주에 젖다

악몽을 꾼다. 믿을 수 없을 만큼 현실적이고 그만큼 더 혼미하다. 혼미한 의식 한구석에 똬리를 틀고 앉은 고통을 체감한다. 무언가 날카로운 것이 사지를 마구 할퀴어대는 듯한 실감. 기가 막힌 것은 나를 이토록 고통스럽게 하는 적의 모습이 희미해졌다는 사실이다. 명백한 증오가, 또렷한 적의 형체가 급격한 속도로 사라져갔다.

적이 사라진 후에도 계속되는 고통이다. 나의 정신이 고스란히 그것을 감당하고 있다. 토악질을 해댈, 일갈을 쏟아 부을 대상이 몰락하는 것만큼 황망한 것은 없다. 내게 고통과 모욕을 가하는 그 누군가를 잃어버리는 것이 더 끔찍한 데는 이유가 있다. 궁극적으로 고통의 가해자가 내 자신일지도 모른다는 가능성 때문이다.

가해자는 누구인가. 권력의 뒷맛을 본 며느리를 앞세운 민씨 일파들인가. 나의 10년 개혁을 폭정으로 규정짓고 차갑게 등을 돌린 조성하인가. 아님, 호시탐탐 전복의 기회만을 엿보던 조정 대신들인가.

악몽에서 깨어나는 순간 본능적으로 추선을 끌어안았다. 안식을 찾아 추선의 방, 추선의 다리 사이를 찾아 밀고 들어온 이 순간은 분명 엄존하는 현실이었다.

그녀는 그렇게 내게 끔찍한 안식으로, 서러운 낭만으로 각인되었다.

비극이다. 그녀의 부드러운 손길이 내 험한 몰골을 어루만지는 순간 모든 적의가 달아나 버리는 현실을 지켜보는 건 끔찍하다. 이 끔찍함이 나의 본연의 모습인가.

그랬다. 본래 나는 아무것도 원하지 않았다.

나의 알량한 지위란 것이 그러했다. 대원군이란 조선 역사에 존재하지도 않았던 전무후무한 지위가 나로 하여금 지독한 없음(無)을 강요했다.

없음의 중심에서 개혁을 욕망했다. 아무것도 가질 수 없는 자만이 개혁을 부르짖을 수 있기 때문이다. 그러나 그 없음으로 인해 모든 것이 붕괴되는 순간을 지켜볼 수밖에 없다. 그것이 서글픈 것이다.

"이게 뭔가?"

"제호탕이에요. 과음하신 것 같아서요."

추선이 가져온 탕제를 억지로 한 모금 들이켠다. 사약을 받는 기분이다. 쓰디쓴 그것이 몸 안을 밀고 들어오자 만성으로 쌓여 있던 취기가 일순간 소거되는 실감이 들었다.

탕제를 담은 그릇을 내던지듯 내려놓은 나는 가까스로 몸을 일으켰다. 벽에 등을 기대고 누워 허공을 응시했다. 캄캄했다. 불빛이 사위를 환히 밝히고 있었지만 여전히 모든 것이 막막했다. 애써 막고 있던 커다란 방죽에서 불가항력적인 균열이 목도되는 순간이다.

"내가 어떻게 왔는가?"

"이곳에 오실 때부터 이미 취해 계셨어요."

이곳이 어디인가. 계동 추선의 거처가 아닌가. 어디까지 기억하고 있는가. 운현궁에 주검처럼 틀어박혀 홀로 독주를 들이붓던 순간까지가 내 기억의 전부다. 그 이후는 아무것도 생각나지 않는다.

그럼에도 모든 기억은 또렷하다. 극치의 모순에서 추선의 보드라운 손길이 다가왔다. 내 머리칼을 어루만지고 턱수염을 매만졌다. 조심스럽지만 섬세한 손길이다.

뜨거웠다. 가슴의 눈물이, 먹먹한 연모의 정이 범접할 수 없는 뜨거움으로 그녀의 손길을 통해 발화되었다.

추선은 울고 있었다. 울음의 의미를 부러 묻고 싶지 않았다. 끝장난 권력이 두려운 것이 아니다. 조선의 권력은 이제 온몸이 처참하게 찢겨 나간 난마의 총체다.

왕도, 왕의 여자도, 그 하수인들도, 권력의 주구들도 이제는 수습하기 어려운 탈선의 행로 위를 걷게 되었다. 가해자도, 피해자도 이제는 막을 수 없을 것이다. 엄청난 붕괴, 그 중심에 여전히 아무것도 아닌 '아(我)'가 존재한다. 더 이상 저들을 향해 동정도 증오도 갖지 못하는 괴물이 되어 버린 '아'가 살아 있는 주검이 되어 부활하는 것이다.

추선의 연모와 열정이 부담스럽다. 내 얼굴을 자신의 젖무덤 속으로 끌어당기는 그녀의 모성이 두렵기만 하다. 그러나 외면하고 싶지 않았다. 뿌리칠 수도 없다. 이렇게라도 하지 않으면 아무것도 아닌 내가 어떻게 견딜 수 있단 말인가. 내 자신에게 한없이 관대해지고 싶었다. 곧 들이닥칠 전야의 살벌함이 한겨울 냉기마냥 지독했기 때문이다.

나를 끌어안은 추선에게 말을 건넸다. 어떤 말이라도 상관없다. 마냥 토해내고 쏟아 붓고 싶었다. 그뿐이다.

군란 1882

세 명의 사내가 찐득한 땀내를 풍기고 있다. 어렴풋이 비린내도 배어 나온다. 난생처음 맡아 보는 냄새, 거리의 냄새, 피냄새다. 피와 땀이 뒤섞여 있는 비린내는 끔찍한 악취를 풍긴다 해도, 필연적으로 회피할 수 없는 도발의 기운을 품고 있다. 그것은 이미 파열 직전에 다다른 강렬한 수위를 넘나들고 있다.

내 앞에 무릎을 꿇고 앉아 있는 김장손(조선 말기 임오군란의 주모자. 군란의 주동자로 몰려 모반대역부도의 죄로 능지처사됨)이란 군졸의 굳게 움켜쥔 주먹을 무심히 내려다보았다. 오랜 시간 씻지 않은 남루한 체액과 흥분과 분노 등으로, 서글프게 뒤엉켜 버린 푸른 정맥들이 맥동 친다. 고통스럽게 꿈틀거리는 두 주먹의 생동감은 보는 이로 하여금 절제하기 어려운 좌절을 안겨다 준다. 누가 저 주먹을 움켜쥐게 했는가.

비루하고 퀭한 눈빛, 촌부에 지나지 않는 악만 남은 군졸의 두 눈을 광기의 정염으로 메워 버렸는가. 김장손의 옆에 앉은 홍만복이란 사내의 험하게 부르튼 입술, 그 입가를 붉게 물든 욕창을 목도하는 순간 피가 역류한다. 뒤틀림의 심사가 정도 이상의 비감이 되어 가슴팍을 휩쓸고 지나갔다.

때가 이른 것이 아닐까 싶을 정도로 그들의 흥분은 제어하기 힘든 열기를 끌어안거나 토해내려 하고 있다. 이미 토악질의 초입에 들어섰을 수도 있다. 그것을 외부의 고고한 무리들은 애써 인정하지 않으려 하고 있다. 그뿐이다.

*

굳이 홍만복의 입을 통해 듣지 않아도 저들이 소위 말하는, 구식 군인들의 궐기의 동기는 지독할 만큼 단순하고 명확했다. 분노의 원인이 명료한 만큼 더욱 그 수위를 격렬하게 고조시키기에 충분했다. 13개월치 급료 대신 지급한 쌀 한 포대기. 선혜청(조선시대 대동미(大同米)·대동포(大同布)·대동전(大同錢)의 출납을 관장한 관청) 담장 뒤편, 도봉소에서 구걸하는 걸인들에게 적선하듯 집어던진 포대기의 실체를 확인하는 순간, 군인들의 비루한 가난과 허기는 이내 걷잡을 수 없는 분노의 화마로 돌변해 버리고 말았다.

용맹스런 포수 출신 김장손의 주먹이 움켜쥔 한 더미의 쌀알. 도저히 사람이 먹을 수 있는 것이라고는 볼 수 없는 끔찍한 황망함이 김장손과 모여든 구식 군인들의 눈앞에 펼쳐졌다. 황달기마저 머금은 태양빛에 반짝이는 모래알과 함께 뒤섞인 쌀 한 포대기. 그것이 조선의 비참한 미래와 생존을 위해 버텨온 이들에게

13개월 만에 돌아온 대가였다.

*

　임오년인 1882년. 왕은 지옥을 경험할 수가 없다. 왕이 앉아 있는 그 자리…… 연일 독주의 야릇한 향취가 풍겨 나오고, 역겨운 비곗덩어리들이 사정없이 잘려 나가는 수라상 고기 냄새가 그나마 남아 있던 왕의 온전한 정신마저 후벼 파내던 그 시점, 역사의 후미에선 무간지옥이 그 아가리를 벌리기 시작했다.

　물론 지옥이 제 스스로 비의에 가까운 추악의 입을 벌리진 않았을 것이다. 회피할 수 없는 명확한 실마리를 던졌을 것이 분명한데, 문제는 그 명확함의 농도가 너무나 천박하다는 것이다.

　왕의 계집, 중전은 김씨들의 악습을 그대로 계승했다. 나이 아홉의 세자에 대한 세자빈 간택에 있어서도, 그녀는 한 치의 오차 없이 폐단을 반복했다.

　그녀, 민비의 친징조카로 알려진 민영익의 누이동생 민태호의 딸을 장래의 왕비로 받아들인 것. 김씨들이 모든 직책을 나눠 가지며 조정을 무법의 진창 속으로 밀어 넣었던 폐단을 그대로 답습, 민씨들의 세상을 노골적으로 욕망한 것이다. 거기에 덧붙여지는 주술의 집착, 정진과 수도의 장(場)이 본래의 종착지임을 철저히 망각해 버린 중전의 일그러진 불교 열정은 자연 필요 이상의 국고 낭비로 귀결되었다. 재정 보충을 감투의 밀거래로 대신하고

자 하는 부패가 범람했다. 그렇게 퇴적된 분노의 첨단으로 몰린 불의의 희생양들이 군인이었다.

일본의 문물을 선진적인 것으로 받아들이고 군대의 충위조차 노골적인 편중과 밀실 야합, 근거 없는 무게중심의 이동으로 인해 신식과 구식으로 구별되었다. 이런 불합리 속에 신식으로 대표되는 별기군(別技軍, 1881년(고종 18)에 설치된 근대식 신식 군대)의 위세와 등쌀에 밀린 구식 군인들의 열등감은 급료의 무기한 유예까지 겹쳐져 생존 문제로까지 그 사태를 악화시켰다.

*

무려 13개월 동안 지급되지 않은 급료, 그 지독한 세월 동안 쌀 한 줌 제대로 배급받지 못한 군인들, 그들조차 성가신 것으로 치부하고 훈련, 용호, 금위, 어영, 총융의 오영 군문을 폐지하고 무위, 장어라는 두 영으로 축소하여 수많은 군인들을 거리로 내몰았다. 조정을 향한 이들의 분노는 파열되지 않을 수 없는 뇌관이었다.

그 뇌관을 이런 식으로밖엔 방치할 수 없었단 말인가. 이들의 분노를 서늘한 어둠과 제의의 암담함만이 가득한 무상의 잿더미로 몰고 갈 정도로 허약했단 말인가. 나는 차라리 계집이 최소한의 지략을 갖고 있음을 믿고 싶었다.

힘은 견제와 균형이 절대적이다. 견제와 균형, 그 무게중심이 어느 한 방향으로 치우치게 될 경우 도래하게 될 비극은 공멸이다. 편파의 폭정은 그것이 완벽한 지배의 위엄으로 비약하지 않는 한 결코 존속될 수 없는 치명적 한계를 안고 있음을 정녕 잊었단 말인가. 아님 애써 부정하려 했단 말인가.

*

이후의 사태가 가져온 파탄의 정서는 굳이 이상지의 귀띔을 전해 듣지 않아도, 굳게 감긴 두 눈 속에 들불처럼 번져 올랐다.

너무나 선연히 체감할 수 있다. 김장손의 손에서 흘러내리는 검은 모래와 뒤섞인 쌀알들을 무심히 떠올리는 것만으로도 충분히 예측 가능했다.

조선에서, 동서고금을 막론하고 어느 하늘, 어느 제국에서도 가장 두려운 건 바로 밑바닥 민심이다. 민심은 진리와 보편을 넘어서는 실제를 대변하는 가장 적나라한 증거요, 농염한 창부의 속살이다. 아무것도 숨기지 않고 일말의 위선조차 품을 여유 없는 창부의 음부. 바로 지금 저 밑바닥 진심이 드러난 것이다.

저들이 구식 군인이라 해서, 저들의 열등의식이 심각한 패배의 진창 속으로 함몰되었다 해서, 분노의 진정성마저 사소한 것으로 치부될 거란 믿음은 너무나 순진하고 안일한 기대일 것이다.

무위대장 이경하가 내게 보고해 온 밑바닥 패배자들의 궐기의 위세는 상상을 초월했다. 성난 군인들이 쏟아내는 공분의 연대를 오합지졸의 산발적 소요로만 파악했던 세도가 재상 민겸호(조선 후기 척신. 민씨 세도의 일원으로 형조·병조·예조판서 등을 지냈다. 임오군란을 강압적으로 진압하려다 살해됨)의 현실 인식은 터무니 없을 정도로 낭만적이었다.

저 오합지졸들은 그저 한번 들고 일어나고 말 일군의 무리들이 아니었다. 저들 모두가 생존의 위협 앞에 치를 떠는 오합지졸들이 었던 것이다. 그 오합지졸들이 하나의 목표 아래 모여들었다. 검은 모래알과 뒤섞인 쌀알들을 보며 품었던 공분 하나로 모여든 것이다. 저들의 아우성과 외침이 야만의 철갑을 두른 순간 광기의 들불과 극렬한 군중 심리의 비이성적 조탁이 가능해지고 말았다. 창고지기를 급습한 성난 군중들이 웅장한 민겸호의 저택, 그 드높은 대문을 열어젖혔다. 흉악할 정도의 부유 가득한 식료 창고 속 양지머리와 쌀밥의 향연을 보는 순간 그들은 끝내 이성을 잃고 말았다.

이성을 겁탈당한 군중의 분노는 말 그대로 분노다. 피와 공포의 전운만을 불러일으키는 분노. 그것을 제어할 수 있는 흐름은 사실상 없다. 오직 그 분노의 연대와 위세가 진압 가능한가, 아닌가를 판단하는 것만이 유일한 기준이 될 뿐이다.

*

지금 그 거대한 오합지졸들이 내 앞에서 기준의 합리 유무를 추궁하고 있다. 길길이 날뛰는 광마(狂馬)와도 같은 수백 명의 군인들이 순식간에 운현궁 앞까지 진을 치고 모여든 것이다. 수많은 미치광이들은 결코 빈손이 아니었다. 동별영(조선시대 수도(首都)의 경비와 군사 훈련을 담당하던 관청인 훈련도감의 본영)의 무기고를 강탈한 흥분의 여진이 채 가시지 않은 저들의 손엔 총, 칼, 창과 같은 구식과 신식의 구별이 무용한 무기들이 쥐어져 있었다.

*

저들은 분명 폭도다. 명분과 일국의 법도 운운했다면 틀림없이 참수형을 명하여 목을 잘라 광장에 내걸어야 직성이 풀리는 폭도들인 것이다.

그러나 저들의 내면을 들여다보면 나는 저들의 손을 들어줄 수밖에 없음을 자인해야 했다. 저들의 황폐한 내면, 생존의 악다구니는 그 모양새와 처지만 다를 뿐 중심은 나와 동일했기 때문이다.

왕으로부터 철저히 버림받아 죽은 것도, 살아 있는 것도 아닌, 독기 품은 두 눈을 부릅뜬 채 박제돼 버린 맹수 꼴의 나와 저들이 대체 무엇이 다르단 말인가.

이 순간 선택해야만 한다. 저들의 내면을 인정할 것인가. 아님 거부할 것인가.

필연적 선택의 기로에서 폭도 지도자들 중 한 명인 유춘만의 비장한 눈빛이 처참한 탄식을 담은 채, 번들거리며 나의 선택을 간절히 기다리고 있다.

오랜 침묵을 깨고 기어이 김장손이 말문을 열었다. 가장 연장자로 보인다. 아재당 대청마루. 장죽의 끝에서 피우다 만 검은 담배 연기가 가느다란 실핏줄과 같이 끊어지지 않고 타올랐다.

"대원위 대감마님."

그의 낯빛은 공포의 기운으로 가득했다. 너무나 유약해 금방이라도 무너져 내릴 듯한 썩은 고목을 닮아 있었다. 어떻게 저런 기백으로 버틸 수 있는가. 운현궁 대문 밖을 가득 메운 폭도들의 남루한 행색이 다시금 눈에 들어왔다. 저런 초라함과 궁색함으로 여기까지 왔단 말인가. 도대체 무슨 작심인가.

오히려 그들의 겁에 질린 침묵을 보며 나는 밑바닥 민초들의 분노에 등골이 서늘해졌다. 급작스런 한기가 회리바람처럼 몰아닥쳤다. 저들의 유약함을 일거에 휘덮어 버린 생존 문제와 지도자들의 부패를 향해 터져 나온 분노가 압도적이었다. 말하지 않을 수 없었고 긍정하지 않을 수 없었다. 이 절대의 분노를 말이다.

"너희들이 저 무뢰배들의 우두머리들인가."

"대감마님."

안타까운 탄식을 담은 육성이다. 흔들려선 안 된다. 나는 좀 더 잔인하고 간악하게 저들의 분노의 뇌관을 자극해야 했다. 이 가혹한 몰아붙임에 있어선 한 줌의 후회도 없어야 한다. 이 정도로는 안 된다. 눈이 멀고 귀가 닫혀 버린 나의 왕의 죽은 정신을 일깨울 수 없는 것이다. 사시나무 떨듯 온몸을 떨며 나와 눈조차 마주하지 못하는 폭도들의 야성의 심장에 불을 지르고 싶었다.

"내게로부터 무슨 답을 듣기 원하는가."

"어떤 답이든 좋습니다. 대원위 대감."

김장손의 발언이다. 초점이 그에게로 집중되었다. 나는 그를 바라보며 대응했다. 이제 그 역시 내 눈을 제대로 응시하기 시작했다. 야만의 기백이 되살아나는 순간이다. 그가 나로부터 받아들이는 긍정의 반응이 강하게 전달되었다.

"어떤 답이든 괜찮다고 했다."

"그렇습니다."

"그럼 내가 지금 너희들을 국법을 어긴, 무엄한 짓을 일삼은 대역 죄인들이라고 단죄한다면 어찌할 테냐?"

"……"

"저 종로 바닥에 네 놈의 모가지를 베어 모두가 볼 수 있도록 매달아 놓으라고 민겸호에게 권면이라도 한다면 어찌할 거냐고 물었다."

"대감."

"솔직하게 말하라. 아님 행동으로 보여 주든지."

"……"

"보다시피 난 빈손이고 너희들은 총과 칼로 무장했다. 이런 반응이 맘에 들지 않는다면 내 심장에 칼을 꽂고 지나가라. 못할 것도 없지 않느냐. 무기고까지 털고 방화와 약탈을 일삼은 폭도들이 설마 그 정도도 못하느냐."

"목이 잘리겠습니다."

"뭐야?"

"대원위 대감은 우리의 마지막 희망이셨습니다. 정의였습니다. 대감의 처분 하나 믿고 여기까지 왔습니다. 헌데, 그 정의가 우릴 저버린다면 저희는 더 이상 나아갈 곳이 없습니다. 심장을 잃어버린 것입니다. 그런데 숨통 하나 끊어지는 것이 무에 그리 대수겠습니까."

"그 말은 내가 지금 너의 모가지를 베어 버린다면 나의 정의도 한갓 거짓에 지나지 않았다는 말을 하고 싶은 게냐?"

"모든 처분이 대원위 대감의 분부 한 마디에 달려 있다는 말씀입니다."

분명 김장손의 입술은 심하게 경련하고 있었다. 온몸 전체가 격통(激痛)에 시달리듯 진동했다.

그러나 그의 말은 너무나 투명했다. 끔찍할 정도의 투명함이 도리어 현실을 낯설게 만들었다. 그 지독한 낯섦에 눈을 감았다. 결코 열지 않았다. 저들을 바라보는 것이 두려워진 것이다. 다만 나지막이 속삭이듯 들려줄 뿐이었다. 나의 의중을. 저들의 정의인 공분의 불길, 그 중심으로 내몰린 나의 진심이 토해져 나온 것이다.

"나라에 국법이 엄존한다. 누구도 국법을 어기는 부덕한 짓은 삼가야만 한다."

"대감."

"총기를 잃어버린 나약한 상감 곁에 교활한 간신들이 거머리처럼 붙어 있다. 그게 걱정이다."

"……."

"너희들은 조선의 간성(干城)이다. 그걸 잊지 않았을 것이다."

"……."

"항시 파사현정(破邪顯正, 그릇된 것을 깨고 바른 것을 드러냄)하는 정도(正道)를 잊지 말아라. 내가 해줄 말은 그것뿐이다."

또 한 번 지루한 침묵이 이어졌다. 그 침묵의 뒤편으로 말없이 폭도들의 퇴장이 이어졌다. 저들은 아무런 반응도 보이지 않았다. 별다른 인사도 없었다. 그저 물러날 뿐이었다.

그러나 이후 그들은 나의 진언에 대한 자신들의 확신을 견고한 행동으로 구현해 주었다. 물러서지도 않았다. 타협하지도 않았다. 그들은 더욱 악에 받친 난군으로 진화하여 포도청과 의금부를 가리지 않고 몰려들었다. 야유를 퍼부으며, 이성을 잃어버린 광기의 칼춤이 한성 곳곳에서 참극을 불러일으켰다. 저들은 끝내 분노의 근원지인 별기군이 있는 하도감과 천연정의 일본공사관으로 달려들었다.

*

무자비한 공분의 탄식, 의미를 겁탈당한 살육의 제의가 거행되는 내내 장대비가 내렸다. 필시 저들은 무심하게 쏟아지는 소나기를 자신들의 의거에 대한 하늘의 마땅한 응대라고 확신할 것이다. 무엇이, 어떻게 해석되든 상관없다. 이로 인해 궁궐은 한 줌의 재가 될 것이다.

누가 나를 거역하는가

솔가리 타는 냄새가 운현궁 앞마당에 가득하다. 새벽놀이 점점 더 뜨거워지고 있다. 붉은 빛이 타들어가는 고통의 감각에 휘말린 뱀의 꼬리마냥 안쓰럽게 꿈틀거리고 있다.

이 모든 과정을 지켜보는 내내 가슴을 휩쓸고 지나가는 상념의 실체를 목도하고 싶었다. 아무 상념도 일어나지 않는다. 아무런 기분도, 의욕도 치솟지 않는다. 그저 모든 것이 막막할 뿐이다. 앞이 보이지 않는다.

감정도 거세되었다. 아들인 왕을 향한 측은함도, 왕의 계집과 그들 민씨 패거리들의 방자함에 대한 증오도 휘발되고 지워져 버린 지 오래다. 무엇이 지금의 나를 지탱하고 있는가. 이제 나는 무엇으로 견뎌내야 한단 말인가.

오직 운현궁만이 침울한 정적, 고요를 견뎌낼 뿐이다. 창덕궁과 돈화문 근처는 이미 범궐해 버린 난군들의 놀이터가 되어 버렸다. 이성을 잃어버린 짐승들이 왕궁 곳곳에 불을 질렀다는 전갈을 전해 듣는 순간이었다. 10년 동안 쉬지 않고 고동치던 영혼의 심장이 멎어 버린 것만 같았다.

나는 저 짐승들에게 면죄부를 주었다. 그것만이 아니다. 저들의
저항에 절대의 명분이란 당위의 날개마저 얹어 주었다. 그런 저들
이 분노를 퍼부었다. 10년의 시간, 혁정의 의지로 들끓는 조선의
위엄, 장엄한 천상의 전(殿)을 분노와 광기의 전, 불의 잿더미로
몰락시킨 것이다.

*

웃지 않았다. 울지도 못했다. 그저 두 눈 부릅뜬 채 성난 군중
들의 아우성과 흥분으로 도색된 외침의 주인, 저들의 우상이 되
어 평교자에 올랐다. 회정전이 아닌 별전으로 향했다. 그들의 외
침과 함께.

미치광이가 된 난군들이 낡은 남색 군복 차림으로 광란의 무도
(舞蹈)를 추어댔다. 더없이 순박하고 평온한 얼굴을 한 채, 한 손
엔 칼을, 다른 한 손엔 횃불을 들고 진흙발로 금각옥루(金閣玉樓)
를 마음껏 짓밟고 있었다. 무엇을 해도, 어떤 짓을 해도 용서받을
수 있는 유일무이의 시간을 태연자약하게 즐기고 있었다.

그 중심으로 더욱 깊이 들어섰다. 곳곳에서 "민비년 어디 있느
냐!"를 외치며 중전의 이름을 상스럽게 지껄이는 군사들의 욕설
이, 짐승 같은 괴성을 질러대는 궁녀들의 탄식이 무질서하게 쏟아
져 나왔다. 여기저기에 피투성이가 된 시체들이 눈에 들어왔다.

화려한 비단 옷, 근엄한 관복 차림의 옷도 피범벅이 된 채 궁궐 곳곳에 나뒹굴었다.

*

이 아비규환의 궁이 바로 조선의 심장이다. 조선의 하늘이라는 왕이 살아 숨 쉬는 곳이란 말이다.

경복궁이 또다시 화마에 휩싸이고 말았다. 전각들이, 용마루가 화냥질을 닮은 미친 폭도들의 천박한 횃불 놀음에 의해 타들어가고 있다. 한순간에 왕실의 위엄도, 조선의 역사도 깡그리 무너져 내린 것이다. 잿더미가 되어 타들어가는 폐허의 전각처럼.

그러나 기이하다. 아무 느낌도, 생각도 떠오르지 않는다.

분노도, 증오도, 흥분됨도, 열정도 아무것도 없다. 텅 비어 있을 뿐이다. 별전으로 들어가는 순간 평교자에서 내린 나는 잠시 멈춰 서서 지그시 왼쪽 가슴을 눌러보았다.

내 심상은 뛰고 있는가. 혹 멈춰 있지는 않은가. 정녕 뛰고 있는가.

뛰고 있었다. 또렷하고 규칙적으로 그 떨림의 감각을 전달해 주었다. 나는 살아 있는 것이다. 살아 있는데, 살아 있음이 분명한데 어찌 이럴 수 있단 말인가.

*

별전의 문이 열렸다.

도둑고양이처럼 숨어 있는 왕과 마주했다. 왕은 허망하리만치 태연했다. 그런 나의 왕, 명복은 한동안 나를 올려다보기만 했다. 표정에는 일말의 동요도 없었다.

그 잠시 동안 넋을 잃어버린 명복의 눈망울을 내려다보았다. 심장이 다시금 거칠게 고동치기 시작했다.

미칠 것 같았다. 일순간 내 사지의 모든 살점이 잘려 나가는 처절한 고통이 파도처럼 밀려들었다. 숨을 쉴 수가 없었다. 호흡을 인식하는 게 사치스러울 정도다.

한걸음에 주저앉은 명복에게 다가갔다. 그를 내려다보았다. 매섭게 노려보았다. 원망과 증오가 아니다. 그저 이 가혹한 현실로 인해 내 아들의 눈과 귀가 예전으로 돌아오기만을 간절히 바라는 염원을 담았다. 그 염원으로 내 아들, 한없이 초라해진 왕의 마비된 정신을 질책하고 또 질책했다.

*

명복의 눈에서 맑은 눈물 한 방울이 떨어졌다. 믿을 수 없는 현실, 극한의 공포에 사로잡힌 눈에서 흘러나오는 왕의 눈물은 더없이 맑고 투명했다. 명복의 입술이 파르르 떨렸다. 무슨 말이 필요한가. 아니, 무슨 말을 할 수 있겠는가.

그저 말없이 나의 왕을 내려다보았다. 광기에 사로잡힌 폭도들을 피해 별전으로 숨어든 왕을 내려다보는 것 외에 내가 명복에게, 조선의 미래에게 해줄 수 있는 것은 아무것도 없었다. 그야말로 아무것도 없기에, 그 어떤 것도 기대할 수 없고 붙잡을 수 없기에 이제 나는 명복을 대신할 수 있을 것이다. 처음부터 다시 시작하게 될 것이다. 처참하게 난도질당한 왕의 눈과 귀가 되어 줄 수밖에 없을 것이다. 그것이 왕손의 운명이다. 감히 거역할 수 없는 운명. 끔찍하지 않은가.

그림자 국상

　교태전(경복궁 안에 있는 왕비의 침전으로 중궁전이라고도 함)을 휘덮은 것은 정예의 군사들이 아니었다. 왕실의 위엄을 지탱해 줄 수 있는 군대도 없다. 상징으로나마 존립하던 위엄조차 휘발된 상태다. 지금 이곳을 지배하는 것은 야만의 세계뿐이다. 성미 급한 난군들의 아우성과 곳곳을 수놓은 불의 흔적만이 이곳의 참혹함을 말해 주고 있다.

　난동의 주모자 김장손의 불안은 그들의 두려움을 단적으로 보여 주는 것이었다.

　"대감마님."

　"말하라."

　"저희를 죽여 주셔야만 하겠습니다."

　엄포인가. 협박인가. 김장손을 중심으로 모여든 유복만과 홍만복의 시선도 흘깃 살폈다. 어느새인가 그들의 기개는 시들은 난초가 되어 버렸다. 그것은 파락호 시절 비루한 생계를 잇기 위해 화선지 위를 수놓던 수묵화 속의 서글픔처럼 쓸쓸해 보였다. 김장손이 말을 이었다.

"중전이 보이지 않습니다."

"무슨 말이냐."

"아마도 도망친 것 같습니다."

"중전이 보이지 않는다는 게 네 놈들을 죽여야 하는 이유라도 되는 거냐."

"대원위 대감께선 이미 알고 계시지 않습니까."

"무엇을 말이냐."

"중전이 살아 있는 한 우리들은 반드시 죽는다는 사실을 말입니다."

"……."

"언젠가는 말입니다."

고개를 숙이지 않았다. 김장손은 나를 정면에서 노려보았다. 절박한 눈빛이었다. 그 노려봄은 무례하지 않았다. 결의가 느껴졌다.

무엇을 위한 결의인가. 나는 저들의 부채 의식을 해결해 줄 영웅이 아니다. 저들의 광란의 잔치는 살육이었다. 피를 담보로 한 것이다. 피를 담보로 한 군란의 끝은 또 다른 비극의 시작이다. 그 악순환의 고리를 김장손은 학습하지 않는 본능으로 체득했을 것이다. 중전이 살아 있다면 언젠가 다시 궁궐을 차지할 것이고 그 후 가장 먼저 본보기를 보일 심판의 대상으로 자신들을 지목할 거란 사실을 저들은 너무나 잘 아는 것이다.

*

허옥을 바라봤다. 내 눈치를 살피고 있다. 석연찮은, 마무리되지 않은 미완의 씁쓸함이 강하게 스며든 눈빛이다. 그러므로 나는 그의 답이 어떤 종류인지를 예감할 수 있다. 그래도 물었다. 물으며 스스로에게 궁리했다. 저들이 중전이라고 부르는 나의 며느리. 사내로 태어났으면 좋았을 여자. 할 수만 있으면 왕이 되고 싶었던 그 계집을 어떻게 떠나보내야 하는지 결단하고자 하는 것이다.

"중전은 어찌되었느냐."

"대감마님."

"추문하려는 것이 아니다. 이 지경에 누굴 탓하겠느냐."

"행방이 묘연합니다."

"그 와중에 도망친 것이냐."

"그 어떤 것도 정확하진 않습니다. 다만……."

"다만 무엇이냐."

"중전마마가 타셨다는 가마, 사린교만 박살난 채 발견되었다고 합니다."

"그렇군."

명복의 얼굴이 떠올랐다. 별전에 몸을 숨긴 채 풀려날 길 없는 두려움의 노예가 되어 있던, 아들의 얼굴이 지워지지 않는다. 지울 수 없을 것이다.

조선의 왕 명복은 그 두려움을 그대로 담은 사과문을 발표할 것이다. 왕은 한탄할 것이다. 과인의 부덕과 허물 운운하며 자책과 치졸함으로 점철된 졸문을 쏟아낼 것이다. 그것을 만백성 앞에서 조선의 이름으로 선언할 것이다.

아들의 잘못은 무엇인가. 무엇을 그리 잘못했단 말인가. 대체 무슨 죄를 지었기에 그 어린 나이의 등에 태산 같은 죄과를 짊어져야 한단 말인가. 분노가 끓어올랐다. 명복에게 죄가 있다면 부인의 욕망을 다스리지 못한 것이다.

아니다. 그것도 아니다. 권력의 욕망은 필연일 수 있다. 단지 욕망으로부터 비롯된 마땅한 위엄을 버거워한 것. 그것을 짊어지기에 합당한 강경한 성정을 기르지 못한 것뿐이다. 그것을 갖지 못한 왕손이기에 역사와 백성 앞에 대역 죄인이 될 수밖에 없단 말인가. 그 무능이 지금 피 묻은 신발로 궁전 곳곳을 미친개처럼 날뛰어대는 난군의 살기를 촉발했단 말인가.

*

난군의 기세는 좀처럼 가라앉지 않았다. 저들의 외침은 한결같았다. 조정의 무능을 질타하는 건 번외의 문제가 되어 버렸다. 저들에겐 공공의 적이 필요했다. 저들은 사냥감을 원하는 피에 굶주린 이리 떼가 되는 것을 주저하지 않았다. 날것의 외침이 들려왔다. 중전을 없애라고. 중전의 시체를 궁전 마당에 전시하지 않는다면 결코 궁전에서 떠나지 않을 거라고 으름장을 놓았다.

결단의 순간을 더 이상 망설일 수 없었다. 나는 분노와 노기의 노예가 된 난군들에게 단 하나의 교지를 쏟아내었다. 무력과 두려움에 치를 떠는 나의 아들에게, 그 아들을 권력의 발판 삼아 알량한 호사의 노예 되기를 자처한 조정 신료들에게 쏟아낸 것이다.

왕비는 금일 오후, 난군 사태 중 불의의 사고로 승하하셨다. 하나 사태의 긴박함으로 인해 그 체백을 망실했으니 그리 알고 모인 군중들은 이만 해산하도록 하여라.

불구덩이 역사

대조전(창덕궁 안에 있는 중궁(中宮)으로 내전(內殿)을 겸한 침전)
깊은 밤. 달빛조차 보이지 않는 암흑이다. 깊은 어둠 속에서 나와
명복은 서로를 마주하고 앉았다.

왕의 서글픔을 더 이상 묵과할 수 없었다. 결단의 주사위는 던
져졌다. 증험되지 못한 교지의 덕으로 난군은 해산하였다. 그로
인해 궁전은 일시적인 고요를 되찾았다. 이 고요가 언제까지 지속
될 수 있을까. 이 정적은 과연 정당한 것인가.

*

"난은 이것으로 한고비 넘긴 것 같소."

아들은 얼굴을 들지 못했다. 수치심 때문인가. 견딜 수 없는 치
욕과 분노 때문인가. 알 도리가 없다. 한층 너그럽게 말을 이었다.
이 순간 불행인지 다행인지 명복은 내게 왕이 아니었다.

"상감의 심약함에 대해 추궁하고 싶은 마음은 없소."

"면목이 없습니다."

"경로와 이유를 따져 묻는다 해도, 해결될 수 없는 문제가 있소."

"……."

"중전의 저지른 실덕이 그것이오."

"실덕이라 하셨습니까."

여전히 명복은 고개를 들지 않았다. 그 되물음 속에 스며든 본능적인 저항 역시 예봉이 꺾인 패장의 비애에 의해 유린당하고 있었다.

단호해질 필요가 있다. 망설일 것도, 다르게 생각할 여지도, 여유도 없다. 조정은 처음부터 내게 그런 곳이었다. 이러한 종류의 비장을 요구한 곳이 바로 이곳. 조정이다.

형해만 남은 명분으로 겨우내 그 가증스런 허울의 호사 속에서 신음하는, 썩고 썩어 더 도려낼 곳 없는 부패의 오물통이 있다. 그것이 나에게 단호한 일방통행을 채근하고 있다. 그 부패의 불씨로 스스로 제 몸과 피의 궁전을 불태워 버렸지 않았는가.

"조정에서 속히 민씨의 흔적을 몰아내야 하오. 그 척족들을 말이오."

"아바마마."

"상감이 못한다면 내가 할 것이오."

"……."

"또한 말하겠소."

"……."

"중전은 아마도 승하한 것 같소."

명복의 입술이 가늘게 떨렸다. 말하고 싶었을 것이다. 죽은 게 아니라고. 시체도, 그 무엇도 찾지 못하지 않았느냐고. 맞는 말이다. 왕실을 벗어난 며느리를 죽음이란 말로 규정할 수 없는 진실이 싱싱하게 살아 있는 게 현실이다.

그러나 중전은 죽었다. 그녀는 살아 있어도 죽은 것이다. 아들의 심약한 성정을 악용한 며느리는 살아서 조선 곳곳을 활보하고 다닐 순 있을 것이다. 그렇지만 중전으로서의 그녀는 이제 죽은 것이다. 아니 죽어 있어야만 한다.

왕실의 질서를 어지럽히고 부패의 환부를 확장하는 것에만 광분하던 이들과 한통속이 되어 놀아난 그녀는 이미 죽은 것이다. 죽지 않았다면 죽여야 한다. 나의 선포 속, 개혁의 불구덩이 속으로 던져져야만 하는 것이다.

*

"승하하지 않았다면 폐비시켰어야 했던 사람이오."

"지금 폐비라고 하셨습니까."

"물론이오."

명복의 말문이 닫혀 버린다. 나의 결의는 멈추지 않는다. 중전의 죽음은 비틀린 이 땅의 지형을 바로잡는 결정적 상징물이기 때문이다.

"중전의 가장 큰 실덕이 뭐라고 생각하시오."

명복의 답을 기다린 것이 아니다. 이건 나만의 결의다. 껍데기에 불과하지만 여전히 조선의 왕으로 존재하는 나의 아들에게 결재를 받아야만 직성이 풀리는 결의. 그런 것이다.

"조선에서 일본의 암운을 걷어내야 하오. 중전이 너무 일을 크게 벌였소."

"무슨 일 말입니까."

"수교란 것을 했지 않았소."

"그것이 그렇게 잘못된 것입니까."

"한 가지만 묻겠소."

"……."

"그것이 수교요? 오랑캐들과 무슨 수교를 한단 말이며, 그 억지와 부당함으로 뒤엉킨 불평등조약이 무슨 수교란 말이오?"

왕의 침묵이 나를 더욱 무겁게 한다. 그러나 여기서 주저하고 멈춰 서는 건 나의 결의, 더 나아가 분노한 민심에 대한 예의가 아니다. 난군들에게 예의를 운운한다 해서 노여워해선 안 된다. 저들의 피 묻은 신발이 궁전을 더럽힌 것은 저들의 잘못이 아니다. 저들의 신발에 피를 묻게 만든, 저들의 손이 쥐어든 칼이 오랑캐, 외세가 아닌 우리 조선의 심장을 향하게 만든 원흉은 바로 조정의 일그러짐에 있다. 그것이 왕의 쓸쓸한 침묵마저 짓밟고 넘어설 정도의 광기의 방출을 허락하고 있다.

"또한 중전은······."

"······."

"나라의 문을 함부로 열어 버렸소. 자고로 한 번 열린 문은 좀처럼 닫을 수 없는 법이오."

"······."

"합당한 이유도, 선명한 명분도 없이 부지불식간 이루어진 기구의 개방이 가져올 망국의 징후에 대해 중전은 아무런 대비책도 없었던 것이오."

"아바마마."

"상감."

"그만하세요."

"······."

"제발······."

*

처음으로 명복을 왕위에 앉힌 나의 선택에 깊은 회의가 들었다. 눈물이 맺힌 그의 눈을 보자 더 이상 말을 이을 수 없었다. 이대로 시간은 지날 것이다. 세월은 흐를 것이고 역사는 불구덩이가 되건 극락의 행진이 되건 여하튼 흐르고 말 것이다.

그렇지만 왕이 된 아들의 슬픔은 여기에 남을 것이다. 이것이 못내 한스럽다.

나의 피붙이를 벼랑 끝으로 내몬 이 탄식을 무슨 수로 게워낼
수 있단 말인가.

청국과 일국 사이

"청진(청나라 진영)에 무슨 일로 가시는 겁니까."

"자네가 어째서 그걸 알아야 하는가."

"무슨 연고인지 여쭈어야만 하겠습니다."

"무슨 연고라고 했느냐."

"대체 무슨 이유로 몸소 청진에 가시겠다는 건지……."

"나를 대신할 이가 있는가."

정현덕의 우려 섞인 질문은 그 대목에서 잠시 중단되었다. 안색은 더 한층 가라앉았다. 음울함으로 가득한 낯빛이다.

동래부사였던 정현덕만큼은 나의 이준을 헤아릴 것으로 판단했다. 물론 이해했을 것이다. 그 역시 민씨 일파의 가혹한 폭정에 의해 실각되기 전, 척왜(斥倭)의 중심에서 활동했던 인물이다. 왜를 견제하기 위한 나의 의지를 누구보다 잘 아는 인물이 바로 정현덕인 것이다.

왜는 협박의 효능에 세뇌되어 있었다. 무례함의 극한에 선 하나 부사(일본의 정치가·외교관. 한일 교역 교섭에 힘썼으며 1882년 제물포조약 체결에 앞장섬)는 방약무인하게도 한때 창덕궁까지 들이 닥쳐 국왕을 만나겠다고 설쳐댔다. 그 기억이 지금도 뇌리 속에 선명히 남아 있다. 유약한 왕의 면전에 두 눈 부릅뜨고 선 놈은 개항장의 일방적인 확대와 일본군의 상주를 용인하라는 뻔뻔한 요구를 서슴없이 해왔던 것으로 기억한다.

하나 혼란의 불도가니 속으로 빠져든 조정은 자력으로 왜를 견제할 능력을 망실당한 지 오래였다. 조정에 들어간 후 바라본 내부의 실상은 더욱 그러했다. 그건 이미 오래전부터 예견된 일이기도 했다. 군이 중전의 실정을 탓하지 않더라도 자정 능력으로부터의 무력감을 나 역시 오래전부터 겪어온 일이었기에 새삼스러울 것도 없다. 다만 한스러울 뿐이다.

*

탄식과 울분만으로 이 난맥상의 정국을 타개할 수 있다면 얼마나 좋겠는가. 그것은 한갓 이상이요, 낭만적 지표에 지나지 않는 법이다. 방자한 청국 대신 원세개(袁世凱. 위안스카이의 한국식 발음. 중국의 군인·정치가이며 총리교섭통상대신으로 조선에 부임. 국정을 간섭하고 일본, 러시아를 견제함. 신해혁명 때 청나라 조정의 실권을 잡고 임시 총통이 된 후 스스로를 황제라 칭함)의 호언이 내게 정치가 품고 있는 생물적 타협 의지를 고취시킨 건 결코 우연이 아닌 것이다.

금번 군란을 견뎌내시면서 태공의 진노가 막심할 것으로 알고 있습니다. 향후 자주 찾아뵈어 여러 일을 상의하도록 하시죠.

우리가 여기에 자리를 잡고 있는 이상 일국(日國)은 숨소리조차 내지 못하고 죽은 듯 엎드려 있을 것입니다.

만용인가. 대국의 기개인가. 치기 어린 젊은 피로 무장한 원세개의 발언은 필경 방자한 것임에 틀림없었다. 하지만 그들의 비호를 거부한다는 것 역시 최상의 대안은 될 수 없었다. 군복도 총기도 모두 신식으로 무장한 광동육사 제독 오장경(임오군란 때 군사를 이끌고 조선으로 원정 온 청나라 장군)이 이끄는 군대, 그 위압을 접하는 순간 치가 떨렸다. 오합지졸에 불과한 난군의 총칼에도 일국의 왕실이 무참히 짓밟혀지는 조선 군대와 비교한다는 것 자체가 수치로 느껴질 정도였다.

그러한 위엄의 후광에 매료되었던 시기에 청의 막료 마건충(청나라 말기의 양무파 관료. 임오군란 때 대원군을 청나라로 연행함)이 휘갈긴 섬약한 글씨 한 자락이 나의 의지를 격동하게 했다. 나로 하여금 행동을 억제할 수 없도록 만든 문장이었다.

군무와 관련된 사항에 대한 심도 깊은 상의를 청합니다. 금일 저녁 무렵 오흠사(吳欽使) 장중(帳中)에 왕림해 주신다면 막중한 영광으로 알겠습니다.

찾아보도록 하죠.

정현덕의 우려엔 청장들의 제안을 수락한 나의 의중에 대한 불안과 두려움이 켜켜이 쌓여 있었다. 잠시 생각할 짬을 가진 정현덕이 거듭 청진으로의 방문을 만류하는 의견을 피력했다.

"저하, 무엇인가 불길한 느낌으로 가득합니다."

"일을 크게 우려하는 것도 적절한 판단이 못 된다. 난 단지 저들의 인사에 대한 답례를 해주려는 것뿐이야."

"사례는 그렇다 하더라도 저들의 진위 중 그 어느 것도 분명하지 않습니다. 또한 굳이 오늘 저녁에 저하를 만나고자 하는 저의가 무엇인지도 의심스럽습니다."

"군무에 대한 상의라고 했다."

"군무요."

"그래."

"그렇다면 더욱 불순합니다. 군무에 대한 의논이라면 훈련대장을 찾으면 될 일이지 어째서 일국의 국태공이신 저하를 자기들 진중으로 오라 가라 할 수 있는 것입니까."

"그만하라."

"저하."

"더 이상 말하지 않겠다."

"……"

"자네, 지금 조정의 현실을 제대로 보고 하는 말인가. 그것이 과연 자네의 진정이라 할 수 있겠는가."

하고 싶지 않은 말이 있다. 그런 말은 차라리 가슴속에 담아둔 채 썩어 없어지는 시간의 풍화와 함께했으면 싶은 마음뿐이다. 그러나 그 말들은 야속하게도 하지 않으면 안 되는 필연의 굴레에 깊이 연루되어 있다.

지금이 그렇다. 나의 행보에 대한 만류의 예봉을 꺾어 버리는 데 주효한 일갈인 것은 분명하다. 하지만 이 참람함은 어떻게 해야 한단 말인가.

외세의 횡포를 막기 위해 또 다른 외세에 빌붙어야 하는 이 참혹한 현실을 어떻게 설명할 수 있단 말인가. 차갑게 가라앉은 정현덕의 침묵을 대하며 차라리 그에게 묻고 싶었다. 내가 가지 않으면, 일국의 국태공이 가지 않으면 다른 방법이 있느냐고. 도의를 넘는 무례한 협박을 일삼으면서도 안색 하나 변하지 않는 왜를 몰아내기 위한 다른 묘안이 있으면, 어디 한번 말해 보라고. 만약 지금의 행보보다 우월한 비책이 존재한다면 기꺼이 그 길을 따를 것이다.

운현궁을 나섰다. 하늘은 흐렸고 거리 또한 낯설게 느껴질 만큼 한산했다. 폐허의 광기에 사로잡힌 모습이 적나라하게 펼쳐진 심연 속으로 성큼 들어섰다.

사직의 명운

마건충은 나와 말을 섞지 않았다. 말이 사라진 곳에 붓이 있었고, 글씨가 남았다.

흔적으로서의 글씨는 동정의 기운을 처음부터 허용하지 않는다. 철갑을 두른 냉정함. 글씨는 그 문장 속의 발신자를 사물의 일부로 취급하는 힘을 갖고 있다. 마건충의 글씨 속에서 나란 존재는 사물이 되었고, 포로가 되었다.

- 이번 병란에 대해 여쭙고 싶은 것이 있소.

- 말하시오.

- 병란의 배후에 태공이 계셨으며 태공께서 직접 지휘했다는 소문이 있던데 진실인가요.

- 천만의 말씀, 무엇하러 내가 제 살 깎아 먹는 병란을 일으킨단

말이오.

　– 모든 정황이 태공의 혐의를 입증해 주고 있습니다.

　– 무슨 정황.

　– 태공께선 병란 후에 스스로 정권을 쥐락펴락하며 권세의 맛을 탐한 것이 아닌가요.

　– 내가 나선 것은 오직 국왕의 간곡한 뜻이 담긴 윤지에 의한 것이었소. 그것이 곧 백성들의 뜻이기도 했소.

　– 그렇지만은 않다고 하던데 그 또한 진실이 아닌가요.

　– 누가 그런 소릴 한 거요.

　– 글쎄요.

　– 정확히 밝히시오. 도대체 누가 그 따위 형편없는 망언을 흘리고 다닌단 말이오.

　마건충을 비롯한 막사에 모인 군사들은 아무 말도 하지 않았다. 총을 들고 무장한 그들의 기개는 무정함으로 충만했다. 마건충은 나의 의분 어린 되물음에 대한 즉답을 외면했다. 무시라고 하는 게 더 적합할 것이다.

순간 나의 머릿속에서 회백의 분진이 날리기 시작했다. 망각의 백색가루가 의식을 아득하게 만들었다. 동시에 단 한 사람의 표징만이 심장의 두근거림과 함께 떠오르기 시작했다. 앉지 말아야 할 자리를 욕망한 여자. 아들의 심장을 함부로 도굴해 간 여자. 그 여자의 치마폭에 기생해 한 자리를 갈망하는 무리들이 있다. 조선의 미래도, 민초들의 굶주림, 저들의 아우성도, 최소한의 법도도 찰나의 물질적 황홀 속에 매장해 버린 이들의 아귀처럼 벌린 입들이 나의 머릿속을 헤집고 조여 와 더는 견딜 수가 없었다.

잠시 뜸을 들인 후 마건충이 비열한 웃음을 흘렸다. 놈도 손끝의 떨림을 감추진 못했다. 그 위선적 웃음이 더욱 가증스럽게 다가온 것도 그 때문이다.

― 우리 황제의 생각은 태공의 뜻과 다르다는 것만이 중요할 뿐이오. 왕께선 우리 황제에 의해 책봉된 왕 아니오. 헌데 그런 자리를 태공께서 비겁하게 가로챘다는 괴소문이 들리니 우리 황제께서 대노하실 수밖에 없는 건 당연한 반응 아니겠소. 그렇기에 오늘 밤 저와 함께 남양만으로 가셔야겠습니다.

― 무슨 이유로.

– 저희 청으로 건너가셔야 하지 않겠습니까.

– 글쎄 무슨 이유로?

– 황제께 대죄를 아뢰고 사죄를 해야 하지 않느냐 이 말입니다.

"이놈! 지금 죄라고 했는가. 뚫린 입이라고 잘도 지껄이는구나!"
　더 이상의 필담(筆談)은 허용치 않았다. 갑작스럽게 찾아든 막막함도 개의치 않았다. 중요한 건 저들의 무례에 대한 나의 태도였다.
　나는 나를 지켜야 했다. 나는 저들의 정략에 의해 좌우되는 무력한 기회주의자가 결코 아니다. 저들의 개가 되기로 자처한 것이 조선의 뜻인가. 무슨 권리로 저들의 황제가 나의 아들을 왕으로 추대한단 말인가. 패륜에 가까운 말들이다. 전체를 걸고 저항하지 않으면 안 된다. 그렇지 않음 조선은 대체 무엇으로 존재할 수 있단 말인가.
　그러나 현실은 비정했다. 일국의 국태공이 포로가 되는 이것이 바로 조선의 현실이다. 이 현실은 내부의 적에 의해 물어뜯긴 비루한 폐허의 흔적이다.
　왕의 아내, 그 계집도 알고 있을 것이다. 그녀도 언젠가 그랬듯 오늘의 나와 같은 처지가 될 거란 불운을 직감하지 않을 수 없다.

계집의 육감이란 사내보다 훨씬 우월하다고 하지 않더냐.

한데 어째서, 이런 식의 붕괴를 획책한단 말인가. 내부의 문제는 내부에서 풀어내야 한다. 이건 한갓 집안싸움이 아닌 것이다. 일국의 명운이 걸린 문제다. 그런데…… 그런데 어째서 이래야 한단 말인가. 무슨 이유로.

*

비가 멈추지 않았다. 보교는 우렁차게 울려대는 밤비의 고성을 뚫으며 움직였다.

그렇게 나는 적진을 향해 한 걸음씩 나아갔다. 포로가 되었다. 저들의 논리에 의해 나의 동의 여부와는 상관없이 포로가 되는 것이다.

주위를 둘러봤다. 아무도 없다. 힘겨운 어둠뿐이다. 이 어둠을 뚫고 나가면 빛의 세상이 다시 눈을 뜰 것인가. 설령 빛이 다시 사위를 밝힌다 해도 나는 물을 것이다. 문고야 말 것이다. 그 빛은 누구의 것이냐고. 그에 대한 대답을 듣고야 말 것이다.

자의반 타의반

유의산천의고국(有意山川依故國)
무변강해시오가(無邊江海是吾家)

열이레의 달이 허공 높이 떠오를 시기다. 그러나 거센 빗줄기에 가려져 사방은 어둠이었다.

망망한 바다 위로 내던져졌다. 유례를 찾아볼 수 없는 막막한 유폐의 전운이 엄습했다.

*

남양만으로 끌려간 나는 저들의 군함에 강제로 태워졌다. 저들이 누구인가. 비열한 오랑캐 냄새만으로 가득한 외래 세력이 아닌가. 조선이 무너질 것인가. 이대로 무너지는가. 불안했다. 이런 식의 상상이 지나친 비약이 아닐까 하는 생각을 해보았다. 하지만 불안해 견딜 수 없는 심경 또한 사실이다.

이 치욕이 사사로운 개인의 문제에 머무른다면 차라리 달게 받을 것이다. 타국의 낯선 땅에서 원인 모를 누명을 쓰고 형장의 이슬로 사라진다 해도 기꺼이 감내할 자신이 있다. 그러나 이건 아니다.

저들은 나의 신분을 모르지 않는다. 일국의 국태공이다. 신분이 갖는 위치는 개인의 것이 아니다. 일국의 명운과 존립의 상징이다. 이 상징이 이토록 형편없이 유린당하고 있다. 막막한 바다 위를 표류하는 것이다.

이렇게 나는 청으로 끌려가고 말 것이다. 앞으로 치욕의 시간을 견뎌내야 할 것이다. 칠흑 같은 어둠뿐인 바다를 바라보며 나는 점점 죽어가고 있었다. 그러나 동시에 정반대의 현상도 생겨났다. 믿을 수 없을 정도의 강한 활력이 죽음의 시간과 한 도가니 속에서 들끓었다.

*

어떻게 하든 살아남을 것이다. 노기 가득한 중늙은이가 되어도 상관없다. 어떻게 해서든 생존해 일 년, 한 달, 아니 하루라도 더 끔찍한 죽음의 치욕을 전시할 것이다. 권력에 눈이 먼 조선의 개들에게, 명분도, 의리도, 백성을 향한 충심 어린 동정도, 최소한의 법도마저도 내동댕이친 시정잡배들의 저잣거리가 되어 버린 조정을 향해 토해 낼 것이다. 나의 죽어가는 모습, 조선의 죽음, 바로 이 생생하게 꿈틀거리는 비극을 끝까지 살아남아 보여 주고야 말 것이다.

망명인가, 유배인가

보정부에 유수할 것.

귀국이 허용되지 않을 것.

신변의 안전은 청국 관리로 하여금 호위케 할 것.

허락 없이 어느 누구와도 사사로운 접견은 금지할 것.

타국인과의 사통은 엄격히 금지할 것.

음식, 의복, 본국 왕래 서한 모두 봉함을 하지 못할 것.

호위무사의 엄격한 검수를 거친 후 수수가 허락될 것.

금전, 등속은 일절 소유하지 못할 것.

한 달 중 한 번의 외출이 허락될 것.

외출 시 반드시 호위무사의 감시를 허용할 것.

정한 양 이외의 음식은 일체 공급이 불가할 것.

질병 발생 시 호위무사의 주선으로 치료케 할 것.

*

이상이 보정부(중국 하북성 중부에 위치한 주도. 베이징에서 남쪽으로 15㎞에 위치한 지역으로 정치의 중심지였음)에서 시작된 나의 유수 생활 지침이었다. 시작도 끝도 보이지 않는 유폐의 시간. 청국에서 나는 유폐를 조종하고 있던 배후 인물들의 면면을 분명히 확인했다. 진주사 조영하와 김홍집(조선 후기의 정치가로서 1882년 임오군란 후 이유원과 함께 일본과 제물포조약을 맺음), 이조연이 그 주범들이었다.

한 가지 황망한 것은 중전의 환궁 소식이었다. 통사(通使) 이용숙이 찾아와 그 소식을 알렸다. 그에게서 정정에 대한 보고를 듣는 내내 오랜만에 나의 심장이 격동했다. 그 터무니없음에 대해 처절하게 반응한 것이다.

"본국은 화평해졌습니다."

"어떤 의미로 화평 운운하는가."

"폭도들은 모조리 포박되었습니다. 그리고……."

"계속 말해 보라."

"일본과 다시 새로운 조약을 맺었습니다."

"새로운 조약?"

"제물포조약이라고 부릅니다."

"누가 나섰느냐."

"전권대신으로 이유원, 부관으로 김홍집이 나섰다고 합니다."

기억한다. 일본공사 하나부사의 협박과 오만으로 얼룩진 불평등 항목들이 세세히 적힌 책자를 말이다. 소위 제물포조약이란 것 역시 저들의 오만이 더하면 더했지 결코 덜하지 않을 치욕의 조약이 분명할 것이다.

　나는 기다렸다. 이용숙의 다음 말을. 짐작하지 않을 수 없었다. 그 조약을 체결한 배후를 묻지 않을 수 없었던 것이다. 확인하고 싶었다. 결코 믿고 싶지 않은 그 아이의 신변에 대해서. 그러나 원망스럽게도 그 황망함이 곧 조선의 거듭되는 현실이었다. 이만큼 어리석고 무모하며, 또한 유약했단 말인가. 조선이 그런 땅이었단 말인가.

　"중전의 소식도 있사옵니다."

　"말해 보라."

　"중전께서……."

　"중전이 어쨌다고 이리 뜸을 들이느냐. 속히 말하라."

　"중전께선 생존해 계셨습니다."

　"살아 있든 죽었든 그 아이의 생사는 내 관심 밖이다. 그런데 네 놈이 지껄여대는 중전이란 단어 속에 담긴 의미가 심히 수상하구나."

　"……."

　"말해 보거라. 그 계집이 뭘 어쨌다는 거냐."

　"피난지에서 곧 환궁하신다는 소문이 들립니다."

　"환궁이라 했느냐."

　"그렇습니다."

　"국상을 반포했다. 국장도감(國葬都監)까지 설치되었단 말이다.

조정 대신들은 물론이고 온 백성이 상복을 입고 대성통곡했다. 그런데 환궁을 해? 또다시 내 아들의 머리를 휘어잡고 그 알량한 권력 행사를 하겠다고. 이게 말이 되는가. 말이 되는 것이냔 말이다. 조선의 왕실은 정녕 만백성의 웃음거리가 되기로 작심했단 말이냐."

"저하."

"날 잡아 묶기 위해 청군을 끌어들였겠지. 이 모든 게 계집의 머릿속에서 나온 발상이겠지. 그렇게 내 수족을 묶고 왜와 말도 안 되는 불평등조약을 맺었겠지. 이게 끝이 아닐 것이다. 또 뭐가 남았느냐. 아마 조만간 아라사의 양놈들과도 손을 잡을 것이다. 그렇게 겨우겨우 하루하루 난도질 당한 조선 반도를 인질 삼아 권력의 환락에 취하고 싶은 것이다. 그렇지 않느냐."

나의 앞엔 이용숙이 앉아 있는 것이 아니다. 서글픔에 취해 버린 내 자신이 앉아 있다. 나는 내게 말하고 있다. 오열하며 부르짖고 있다.

급기야 나의 단식은 야속함의 대상조차 잃어버렸다. 아들의 여자에 대한 미움과 증오는 이미 휘발되어 버린 지 오래다. 도리어 계집에게 강하게 서러움의 연대를 호소하고 싶을 지경이다. 그 아이도 언젠가는 나와 같은 지금의 참람함을 경험하게 될 것이다.

이 비극의 바탕엔 조선의 무력과 쇠퇴와 억센 불행이 깔려 있다. 그 근본을 뿌리째 뒤흔들지 못하는 이상 그 아이도, 나도 비극의 굴레로부터 자유롭지 못할 것이다.

비극의 연대에 눈을 뜨자 그 모든 말들로부터 벗어나고 싶었다. 이기적인 욕심일 수 있어도 이곳에서의 유폐가 내게 요구하는 의도에 충실해지고 싶었다. 그렇게 나를 버리고, 내 자신을 있는 그대로 들여다볼 수 있다면, 그것만으로도 나는 살아남을 수 있을 것이다. 그 일말의 기대를 품고 그들로부터, 그들의 말로부터 스스로 등을 돌렸다. 문을 닫아 버렸다.

독경에 기대어

《고왕경》(관세음보살의 이름을 부르는 내용으로 구성된 경전)을 읽었다. 낮과 밤을 가리지 않았다.

처음엔 내적인 기율에 따라 행동했다. 비록 포로의 몸으로 끌려오긴 했지만 나의 몸은 조선의 몸일 수밖에 없다. 그건 아들 명복이 자신의 왕됨을 거부하려 해도 할 수 없는 것과 같은 이치다.

하지만 시간이 흐를수록 내적인 기율에 대한 나의 의식은 점차 무뎌지기 시작했다. 그러나 의식의 모호함, '나'란 존재가 갖는 비중을 의식하는 태도로부터 멀어지는 것이, 행실의 방종으로 이어지진 않았다. 그것과는 무관한 흐름의 세계로 '나'는 빠져들었다.

세월의 흐름에 따르는 나의 태도는 더욱 단단해지고 견고해졌다.

왜인들의 눈에 나는 강골의 선비로 비쳐지고 읽혀지기에 손색이 없었다. 나는 저들의 눈에 의해 서서히 초인이 되어갔다. 하루하루 아무런 전망도, 미래도 읽을 수 없는 나란 존재로부터 나는 점점 멀어져 갔다. 그 멀어짐이 자유와 해방으로 귀결될 가능성은 애초부터 존재하지 않았다. 그것을 기대하지 않았을 때, 비로소 서서히 죽어가고 있음을 의식하는 것조차 잊게 되었다.

《고왕경》 독송이 가져다주는 효능에 대한 기대 역시 마찬가지였다. 처음 《고왕경》을 손에 집었을 때의 마음은 현실을 이겨내는 기적의 바람으로 가득했다. 《고왕경》을 열심히 독송하기만 하면 화를 모면하게 된다는 불설에 기대어, 전력을 다해 그것을 독송하지 않을 수 없었다.

그러나 거대하고 도도한 시간의 흐름은 결코 외면할 수 없는 심연의 씨앗이 되어 예전의 나와는 전혀 다른 '나'를 잉태했다. 그러곤 놓아 주지 않았다. 어느 누구도 이 생명의 탯줄을 잘라낼 엄두조차 내지 않았다. 나는 현실 한복판에서, 현실과 이상의 어느 한 지점에 매달려 있을 뿐이었다.

한 줌의 분노와 울분마저 남기지 않고 소멸되어 버린 그 한 곳. 모든 것을 수렴하고도 그 어느 것도 생산해 내지 않는 무력의 신비로 가득한 곳. 그 한 곳에서 나의 《고왕경》은 내 자신을 완전히 비우도록 만들었다. 그 비움을 발견하는 것이 삼백 일, 사백 일. 기약 없이 계속되는 유폐의 시간을 견뎌내는 나란 존재의 유일한 반응이었다.

나도 인간이다

육백 일, 칠백 일. 이 지독한 전망 없음의 미래 속에서 《고왕경》
은 이미 단어들의 의미를 잃어버린 지 오래였다.

화선지 위에 그려지는 난의 활기조차 아무 감흥 없이 무채색 제
단 위에 올라설 즈음, 나는 자리에 눕는 시간을 확장해 갔다.

의도한 것은 아니었다. 일국의 상징으로서의 가치가 퇴색되는
것을 객관적으로 지켜보는 순간이 필요했을 뿐이었다. 나는 충분
히 지쳤다. 거반 멈춰 버린 정신을 향한 본능에 가까운 위로가 필
요했다. 비루한 위로였다. 하지만 무엇이든 관계없다. 지금 내게는
값싼 위로마저 질실하고 긴절했다. 그 간절함의 마지막엔 언제나
그렇듯 그녀, 추선이 있었다.

＊

그녀로부터 전갈이 날아들었다. 김응원이 자리에 누운 나의 머
리맡에 추선이 보내온 정표를 조심스럽게 내려놓았다.

궁금했다. 생각과 의지의 모든 것이 가혹하게 불어 닥치는 초겨울, 보정부의 찬바람에 의해 휩쓸려 버린 이 혹독한 무의 지평에서 나를 죽음으로까진 몰지 않는 동력의 초라함을 발견한다는 게 의아할 따름이었다.

이건 온전히 사인의 감정이 아니던가. 가혹히 말해 정실도, 첩도 아닌 그저 기생의 몸에 불과한 계집의 젖을 탐하는 잡배의 습관이 아니더냐. 그녀도 많이 늙었을 것이다. 바싹 마른 고목처럼 늙었을 것이다. 온몸이 쭈글쭈글해지고 얼굴엔 한가득 검버섯이 피었겠지. 그래도 그녀를 잊을 수가 없다. 거대한 분노와 환멸의 구렁을 벗어나자 도리어 남는 건 사인으로서의 정염이 전부다.

한동안, 근 반나절 동안 오직 누워만 있었다. 추선이 보내온 것임을 두 귀로 들었음에도 나는 자리에 누운 채 미동도 하지 않았다. 감은 눈도 열지 않았다. 그녀의 냄새가 났기 때문이다. 감히 눈을 뜨고 함부로 헤집고 싶지 않았다. 눈을 감고 옅은 숨만을 내쉬며 후각을 열어 그녀의 흔적들이 담아온 체취를 흠향하고 싶었다.

그렇게 반나절을 보낸 후, 기어이 나를 향한 그녀의 마음을 확인하고자 하는 조급함의 노예가 되고 말았다.

자리에서 일어나 그것들을 펼쳐 보았다. 부적과 향료, 육포와 어포 같은 것들이 담겨 있었다. 그와 함께 색다른 물건이 나의 손에 잡혔다. 관세음보살 목상이었다. 그것을 한 손에 잡자, 누군가의 떨림이 여실히 전달되었다. 그녀가 직접 깎은 것이다. 호신상의 용도로 그것을 깎고 또 깎았을 것이다. 미련한 여자다. 이 지상에서 가장 어리석은 여자가 아니면 또 뭐란 말인가.

목상을 손에 쥔 채 미동도 않는 내게 문 밖에서 한 음성이 들려왔다. 김응원의 목소리가 틀림없는데, 굵고 투박한 특유의 음성은 좀처럼 실감되지 않았다. 도리어 그가 전하는 전갈 속에 담긴 추선의 목소리가 들려온 것이다. 유난히 섬세하고 가느다란 목소리로 흐느끼듯…… 그러나 한 마디 한 마디 또렷하고 분명하게 연결되는 그녀의 육성.

"이 말을 꼭 전해 달라고 하셨습니다."

"……."

"돌아오시기 전엔 죽지도 못한다고."

"……."

"죽음조차 허영이라는 말을 꼭 전해 달라고 했습니다."

"……."

"그렇게 말씀하셨습니다."

미쳐 버릴 것 같은 원색의 뜨거움이 순식간에 가슴속을 헤집어놓았다. 그녀를 움켜쥐고 싶다. 그녀의 목소리, 그녀가 남긴 말들, 낱말 하나라도 놓치지 않고 죄다 움켜쥐고 싶다. 망설임 없이 물어뜯고 싶다. 그녀의 말, 그녀의 흔적을.

이곳에서 난 한 인간으로 돌아오고 말았다. 이것이 나의 모습이 아닌가. 나의 전부가 아닌가. 이런 모습을 저들이 원하고 있던 게 아닌가. 치욕스럽게 외로움에 지친 개가 되어 죽음만을 기다리는 늙은이가 되길 고대하고 있던 게 아니던가.

너희들의 소원대로 난 고독에 치를 떠는 개가 되었다. 모든 것이 너희들이 원하는 자멸의 진창 속으로 추락해 버렸으니. 이제 그만하라. 그만 나를 놓아 주어라.

나는 어느새 그녀를 향해 기어가고 있다. 나를 확인하기 위해, 이 치욕스런 고독을 잠시나마 잊기 위해 나의 영혼은 어느새 바싹 말라 버린 주름진 젖가슴, 탄력을 잃은 항문, 메마른 음부를 빨고, 핥고, 물어뜯고 있는 것이다.

*

누가 나를 비난할 것인가. 나는 국태공이다. 왕의 아버지다. 한때 권력의 노예였으며, 권력의 파괴자였으며, 새로운 권력의 창조자였다.

또한 나는 인간이다. 남자다. 외로움에 목놓아 울 수 있는, 울어야만 하는 사내다.

분노를 불사르고

일천여 일의 침묵과 고독이 내게 안겨다 준 것은 분노의 소멸이었다. 그것은 다르게 설명해 볼 수 없는 현상이었다. 기쁨도, 슬픔도, 노여움도, 환희도 결여된 상태로의 몰입. 나는 살아 있으나 죽은 것이었다.

내 앞에 머리를 조아린 한 사내. 주복(周馥, 북양대신 이홍장의 측근. 조선 문의관 어윤중과 여러 차례 필담을 거쳐 조선과 청과의 통상 논의의 초고를 마련한 인물)을 맞이했다. 그의 방문 목적을, 태도의 별다름을 통해 어렵지 않게 가늠할 수 있었다. 평소와 다른 과잉에 가까운 극진함이 눈에 거슬렸다. 그 거슬림에는 그만한 이유가 내재되어 있다. 분명 예전과 다른 목적으로 나란 존재를 대하려 하는 것이다. 새삼스러울 것도 없지만 나름 의지를 자극하기에 충분한 질료를 가진 순간이다.

"무슨 일로 오셨소."

"북양대신의 뜻을 받들고 왔습니다."

이홍장(청나라 말의 정치가. 적을 이용해 다른 적을 제어하는 방법으로 열강들을 견제하면서, 양보·타협 정책을 취한 인물)의 뜻? 그가 무슨 뜻을 가질 수 있단 말인가. 그 역시 윗사람들의 충실한 충복 노릇에만 혈안이 된 인물 아닌가. 뻔뻔한 기회주의자들의 입에 침이라도 뱉어 주고 싶었다. 하지만 별도리가 없다. 그로부터 이홍장의 '뜻'이란 걸 전해 듣기로 마음먹을 수밖에 없었다. 이런 나의 심중을 읽은 걸까. 주복의 말이 활기를 띠고 이어졌다.

"이홍장께선 국사의 막중함에 항상 바쁘셨습니다. 해서 대감을 찾아뵙지 못한다 하여 어찌나 송구스럽게 생각하시는지 제가 다 민망할 정도였습니다."

"그런 식의 인사치레는 거두고 본론만 말하시오."

때론 상대에 대한 지나친 예의가 핵심의 선명함을 흐릴 때가 있다. 지금과 같은 경우다. 상대에 대한 배려를 기대하게 만들고 싶지 않다. 그러기엔 내 자신이 너무나 지쳐 있다.

나의 의중을 더욱 분명하게 확인한 주복은 단도직입적으로 본론에 성큼 들어서는 대담함을 보였다.

"이홍장께선 요즈음 큰 근심을 안고 계십니다."

"그게 무엇이오."

"귀국의 정정이 날로 탁해지고 앞길을 예측할 수 없는 방향으로 흘러가는 것을 몹시 근심하고 계십니다."

"그렇소?"

"정녕 모르신단 말입니까."

"알 턱이 없지 않소. 내 고국의 정정에 대해 말이오."

"더욱 형편없이 악화되는 것으로 알고 있습니다."

"구체적으로 무엇이 어떻게?"

"왕비 일파의 설침이 도를 넘어섰다고 합니다."

"어제오늘 일이 아니지 않소."

"그 정도가 국권 전체의 붕괴로 이어질까 두렵다고 하셨습니다."

주복은 두려움의 본질을 은폐하고 있다. 때문에 그는 이홍장의 뜻을 절반만 전하거나 반쯤 숨긴 채 전달하고 있다.

불쾌할 수도 있는 문제였지만 반대로 아무 감흥도 솟구치지 않는다. 나 역시 그가 보여 준 반쪽만큼의 반응만 보이면 그뿐이다. 태연할 수밖에 없는 나의 태도에 나란 존재조차 낯설어지고 말았다.

주복이 계속 말을 이었다.

"지금 귀국의 조정은 왕비 민씨의 막후 권력 행사로 인해 인아배청(引我背淸)의 정책으로 전환되는 형국입니다."

"인아배청이라."

"그렇습니다. 이번엔 아라사를 끌어들여 대청제국을 배신하려는 움직임이 확고해졌다 이 말입니다."

이 말은 너의 뜻이냐. 아님 이홍장의 뜻이냐.

동일한 질문이다. 너희들은 모두 청의 노예이기 때문이다.

대국의 오만함. 하지만 그 오만함의 세도가 너희 스스로를 기만의 함정 속에 밀어 넣고 있음을 어찌 깨우치지 못한단 말인가. 도리어 씁쓸한 기분이 들었다. 그 씁쓸함은 나의 정신을 파괴의 정서로까지 고양시켰다. 원치 않는 욕구의 상승이다.

중전을 앞세운 민씨 일가들의 정책에도 실망스러운 기분이 들었다. 결국 일본도 모자라 아라사까지 끌어들이려 하고 있다. 모든 것을 임시, 혹은 과도기의 전략으로 이해하고 있다. 그런 식의 접근은 겉으로 보기엔 일시적인 책략으로 비쳐질 수도 있다. 단기의 효과를 거둘지도 모른다. 그러나 궁극적으로 그것이 오백여 년을 이끌어 온 조선 왕조의 사직을 지키는 데 어느 정도의 도움을 줄 수 있다고 믿는가.

사직의 힘은 둔중한 것이다. 한갓 미봉책에 불과한 근시안적인 접근을 도모하려 한다면 그것이야말로 재앙의 지름길임을 왜 모르는가. 내 스스로 저지른 과보와 닮지 않았는가.

"이제 태공께서 움직이실 때가 온 것입니다."

그렇게 말하는 사내의 눈빛이 빛났다. 그런 그를 바라보는 나의 무표정은 극에 달했다. 차가운 반응에 그는 당황했다. 그렇지만 작심했던 말들을 허망하게 거두진 않았다.

"우리 이홍장께선 하루속히 태공이 귀국하셔서 갈수록 쇠약해지는 조선의 비극을 바로잡으시는 길밖엔 다른 도리가 없음을 절감하고 계십니다."

*

나의 입에 물려져 있는 객초의 끝에서 검은 연기가 피어올랐다.

후련함과 막막함이 동시에 밀려들어 나를 당혹스럽게 했다. 나는 이제 내가 아니었다. 분노와 터무니없는 부당함, 납득할 수 없을 정도로 짓밟힌 현실의 진창으로부터 오열하던 나는 죽어 버린 것이다. 이것은 정녕 비극인가 희극인가. 지금 나는 '나 자신'을 또 하나의 객체로 대하고 있다. 그 심정으로 주복에게, 그의 뒤에 서 있는 청국의 사람들에게 쏟아내고 있다. 유령이 되거나 유령이길 원하는 '나'란 존재의 의지를.

"그건 안 될 말이오."

"무슨 말씀이신지요. 안 되다니오."

"내 이곳에 온 지 이미 삼 년이오. 난 늙었소. 생각하는 것도 싫고 생각이란 걸 할 수 있는 세월도 이미 나를 저버린 지 오래요. 강토가 짓밟히는 것도 어제오늘 일이 아니며, 나의 업을 가슴 치며 원망하는 시간조차 깡그리 불타 없어지고 말았소. 남은 건 잿더미뿐이오. 이미 난 죽은 사람이란 말이오."

"태공, 어찌 그리 약한 모습을."

"다만 바라는 것이 하나 있다면 내 구차한 숨이 끊어진다면 유해만은 고국에 보내 달라는 것. 그 정도가 고작이오."

"그래선 안 됩니다. 태공은 태공이십니다. 반드시 환국하셔서 파탄 직전의 고국을 구하셔야 되는 것 아닙니까."

"천진으로 돌아가거든 북양대신께 이런 내 뜻이나 전하도록 하시오."

*

　모여든 이들의 표정을 살핀다. 김응원도 있고 주복의 일행도 눈에 띈다. 자그마치 3년이다. 3년 동안 이곳에서 아무것도 하지 않았다. 수족이 완전히 잘린 불구의 몸으로 3년을 견뎌온 것이다.

　그러므로 이제 나는 불구의 몸으로 싸워야 한다. 소멸된 분노의 정신을 끌어안고 일어서야만 한다. 다시 외세의 놀음에 좌우되지 않도록. 나의 선언대로 이대로 숨통이 끊어져도, 이곳 보정부에서 뼈를 묻어도 저들의 농간에 의해 움직여선 안 되는 것이다.

　죽은 자의 권리를 되찾고 싶다. 죽은 자로서, 정신의 유골이 되어 조선으로 돌아가고 싶다.

이홍장과의 대화

우려했던 염려, 저들의 은밀한 속내는 끝내 현실이 되었다. 모르진 않았지만 애써 외면하고 싶었는지도 모른다. 혹시라도 저들이 순수한 마음으로 이웃 국가의 왕의 아버지를 대한다는 극진함으로 되돌아섰을지도 모른다는 일말의 기대를 품고 싶었는지도 모르는 것이다.

그러나 그런 회심 역시 일말의 가능성도 갖지 못한다는 사실을 발견하는 것 또한 소득이라면 소득일까. 주복이 다녀간 후 며칠의 말미를 가진 후 천진에 도착한 나를 맞이한 이홍장과 그가 거느린 막료들의 융숭한 대접이 갖는 불순한 의미를 도무지 외면할 수 없었다.

그것은 마치 모래알을 한가득 입에 물고 성찬을 받는 것과 다르지 않았다.

자리와 위치는 복권을 목전에 두고 있다. 하지만 나의 정신은 이미 너무나 먼 곳을 지나쳐 버렸다. 기쁘지도, 새롭지도 않다. 강렬한 복수의 신념도, 척결의 의지가 솟구치는 것도 아니다. 오직 무표정할 뿐이다. 그리고 불편하다. 내 앞에 있는 이홍장의 권고의 말들이 내겐 또 다른 비수가 되어 파고들 뿐이다.

"그동안 고생 많으셨을 것으로 압니다."

"……."

"모든 것이 한바탕 오해에서 비롯된 일이니 너그럽게 이해해 주시길 바랍니다."

내 손을 잡은 이홍장의 입가에서 내내 웃음이 지워지지 않았다.

오해. 그렇지. 오해라고 말하는 게 편할 것이다. 저들의 오해로 인해 '나'는 주검이 되었다. 육체의 감각만 살아남은 무덤이 되었다. 이미 무덤이 되어 그 속으로 걸어 들어갈 일만이 선택할 수 있는 유일한 길인 내게 여전히 남아 있는 것이 있다. 저항이다.

"이제 모든 오해는 풀린 겁니다."

"그렇습니까."

"이제 귀국에 돌아가시거든 어지러운 정정을 바로잡으시고 대세를 모르고 경거망동 날뛰는 척족의 무리들을 결연히 심판하시는 일을 도모하실 것을 기대하겠습니다."

"오해랄 게 뭐가 있겠소."

"역시 태공의 마음은 바다와 같소."

"이제 내 나이 칠순이 다 되어가오. 세상사 공수래공수거임을 처절히 깨우쳐야 할 나이, 새삼 현실에 관심 갖고 싶은 마음 추호도 없습니다."

정색을 하는 건 오히려 내가 아닌 이홍장이었다. 얼굴 전체에 머금은 메마른 웃음기는 그 비열한 속내를 감추기 위한 전략임을 나는 모르지 않았다.

결국 이홍장은 자신의 조급함에 충실할 수밖에 없었다. 사람들을 물리치고 단독 회담의 자리를 만든 그가 내뱉은 첫말부터가 부정하고 싶던 나의 예상 그대로였다.

*

"고국에 돌아가시면 반드시 하셔야 할 일들이 있습니다."

"이 늙은이가 할 수 있는 일이 무엇이 있단 말이오."

"동서고금을 막론하고 일국의 왕비가 정사에 지나치게 관여하게 되면 국정이 파탄에 가까운 혼란에 빠지는 건 불을 보듯 훤한 이치입니다. 특히 귀국은 그런 폐단이 지나치게 큰 것으로 알고 있습니다. 태공께서 한시라도 빨리 귀국하셔서 그러한 그릇됨을 바로잡으셔야 하지 않겠습니까."

결국 그것인가. 내 입가에선 씁쓸한 미소가 맴돌았다.

"그 점이야 뭐 일찍부터 통탄해 온 문제라서 새삼스러울 것도 없습니다. 이미 그런 실정을 잘 알고 계신 것 같으니 잘 처리해 주시리라 믿는 바이외다."

이홍장은 결코 여기서 물러서지 않았다. 끝내 하지 말아야 할 말을 넌지시 건네며 나의 노기를 자극하려 하고 있다.

"왕비 민씨 말입니다."

"……."

"도를 넘어선 의욕이 화근이라 생각합니다. 해서 말입니다."

"무엇을 말씀하고 싶으신 겁니까."

"우리 청국을 방문해 한동안 산천 유람이나 할 수 있는 요양의 기회를 만드는 것도 좋을 듯싶은데…… 태공의 의중은 어떠신지요."

실로 오랜만이다. 피가 역류하는 이 기분. 의도하지도 않은 사이 안면이 험악하게 일그러지는 이 참혹한 경험. 할 수만 있다면 쓰레기 같은 청국 책동자의 얼굴에 침이라도 뱉어 주고 싶었다.

"왕비와 나를 번갈아 귀국에 유폐시킬 생각인가요."

"허허, 태공."

"정녕 그런 겁니까."

"아니, 그런 뜻은 아닙니다."

"언급하신 대로 도를 넘어선 내정 관여는 양국의 오랜 정의를 파괴할 공산이 다분합니다. 조선과 청의 긴밀한 관계가 파괴되면 과연 누가 함성을 지르겠습니까. 왜와 아라사가 쌍수 들며 환영할 겁니다."

"이런."

"서로 자중해야 하지 않겠습니까."

"그렇군요, 알겠소. 잘 알겠습니다."

"그 말씀은 듣지 않은 걸로 하겠습니다."

"그렇게 하시죠. 술김에 말이 헛나온 것 같습니다. 허허. 그럼 천진에서 휴양이나 실컷 즐기시다가 더위가 한풀 꺾이거든 환국하도록 하시죠."

"고맙습니다."

*

이홍장의 의아해하는 시선이 내내 머릿속에서 지워지지 않는다. 독한 술로 게워내려 해도 도리가 없다. 그의 표정은 충분한 당위를 품고 있다. 지금이야말로 며느리를 아들의 품에서 떼어낼 수 있는 절호의 기회가 아니냐는 물음이 그의 얼굴에 고스란히 담겨 있었다. 그러나 이 비극적 모순을 조선인이 아닌 그가 어찌 공감할 수 있단 말인가. 계집도 조선인, 나도 조선인이다. 서로 물고 뜯는 이 고통의 아귀다툼은 조선 안에서 해야 하지 않겠는가.

광대놀이

비극의 모순이 나의 등장을 맞이하고 있다. 이런 식의 극적인 반응을 어떻게 이해해야 할까. 당혹감을 넘어선 비애의 감흥이 가슴속을 아리게 후비고 지나간다.

*

천 일의 유폐를 마친 난 아무 일 없었다는 듯 조선으로 향했다. 어젯밤 침소에 들었다가 다음 날 일어나 운현궁 뜰 앞을 산책하는 기분이다. 그런 무심함으로 천 일 만에 다시 제물포 땅을 밟았다. 제물포를 거쳐 다시 한성으로 향했다. 일련의 행로에 부족함은 없었다. 혹 부족함에 대한 일말의 혐의조차 풍기지 않았다. 모든 이들은 나를 극진한 예우로 대했다. 객사도, 백성들도 그러했다. 심지어 나의 정적들, 스스로 정적이길 원하는 그들, 민씨 일파조차도 환대를 가장한 침묵으로 나를 대했다.

＊

그들의 침묵은 겉모습뿐이었다. 암흑의 경계는 더욱 치밀해지고 완고해졌다. 잠시 잊고 있던 것뿐이다. 잊고 싶었을지도 모른다. 무덤 속에서, 국상의 엄혹한 비애 따위 단숨에 걷어치우고 치졸하고도 뻔뻔한 권력의 맹주가 되길 원하는 계집과 그 계집의 뒤꽁무니를 좇아다니는 그 어떤 이들의 무리 지음이 품고 있는 가혹한 어둠의 악취를 할 수만 있다면 내 기억 속에서 깡그리 지워버리고 싶었는지도 모른다.

그만큼 내 영혼은 굳어 버렸다. 심장이 고동치질 않는다. 그 어느 것에도 자극받지 않는 무욕의 수도승이 되어, 그냥 이대로 시간이 흘러가길 원하는 것이다.

그러나 저들은 여전히 나를 정적으로 생각하고 있다. 그렇게 믿으려 하고 있다. 나란 존재를 적의의 첨단 위에 올려 세우고 내면 깊은 곳에서 썩어 문드러진 오래된 분노를 복원해 내려 하는 것이다.

＊

저들의 발버둥 흔적이 무교동 군기시(軍器寺, 조선시대에 병기(兵器)의 제조 등을 관장한 관청. 1884년(고종 21)에 폐지되고, 그 소관 사무를 기기국(機器局)으로 옮겼음) 앞에서 참혹한 모습으로 펼쳐졌다. 한판, 쓸쓸하고 부질없는 굿판을 닮은 장면이 초래되었다. 대원위 대감 만세를 외치는, 그 수를 헤아릴 수 없는 백성들의 함성을 단박에 잠재우는 북소리가 들려왔다. 모두의 시선이 군기시 앞 광란의 칼춤에 집중되었다.

두 놈의 망나니가 신명난 칼춤을 추어대고 있다. 고독하게 울리는 북소리에 어울리지 않게 저들은 무언가에 미쳐 있다.

미치광이의 열정으로 무장된 망나니의 칼춤 아래 그들이 있었다. 김장손과 유복만, 홍만복의 땀과 눈물로 번들거리는 검은 눈알의 움직임이 있었다. 두려움과 공포에 사로잡힌 저들의 두 손은 포승줄로 결박된 채, 민비의 계략에 놀아나는 시위의 제물이 되어 있었다.

나를 여전히 주적으로 삼고 싶어 하는 계집의 사특함은 치졸하기까지 했다. 그러나 그보다 더 서글픈 것은 그러한 광분의 제단 위에 이제 저들의 머리가 제물로 바쳐지는 것이었다.

*

칼끝끼리 부딪히는 소리가 한여름 뜨거운 햇살에 비쳐 더욱 날카롭게 울려 퍼진다. 그렇게 몇 번의 칼부림 소리가 이어진 후 뒤따른 장면이 나의 사지를 절로 경련케 만들었다. 결국 성공한 것인가. 내 내면의 분노를 자극하기 위해 몸부림치던 계집의 한풀이 말이다.

그럴 것이다. 나의 심장이 다시 뛰었으므로. 급살(急煞)의 참혹을 유영하던 죽음의 굿판이 다시 시작되었으므로.

제일 먼저 잘려 나간 김장손의 머리가 군기시 한가운데로 굴렀다. 두상과 분리된 김장손의 목에선 도살된 가축의 반응을 그대로 보여 주듯, 폭포를 닮은 검붉은 핏물이 끊임없이 토해졌다.

그 옆에 묶인 다른 사형수의 오열을 지켜보는 건 그야말로 고문이었다. 온몸을 버둥거리며 결박을 풀어내기 위한, 단 한순간만이라도 망나니의 칼로부터 자유롭기 위해 몸부림쳤다.

그들의 필사적인 애원은 처참하고 공허한 결말로 귀결되고 만다.

저들은 미쳤다. 미치지 않고 저들을 저런 식으로 베어낼 순 없다. 저 망나니의 광기를 누가 심어 준 것인가. 망나니의 이유 없는 신명 앞에 나의 오관이 또다시 전율했다. 백성들의 만세 소리가 장송곡으로 들려오기 시작했다. 너무나 뻔뻔한 이 모든 장면들이 외계의 진흙탕으로만 느껴진다.

망나니의 의식은 한 지의 방설임노 용납하지 않았다. 차례대로 베어졌다. 사형수의 목이 잘려 나갈 때마다 고독한 북소리가 더욱 거칠게 울려 퍼졌다. 아무것도 보이지 않았다. 검은 피의 향연만이 눈앞에 펼쳐진 세계의 전부일 뿐이다.

*

누구를 위한 굿판인가. 무엇을 위해 진설된 향연이란 말인가. 역겨웠다. 피비린내로 온몸 구석구석을 더럽힌 치욕이 절정으로 치닫고 있다. 계집이 야속하고, 명복이 원망스러웠다. 멈추고 싶다. 이대로 그저 심장이 멎어 버리길 기원 받고 싶을 뿐이다. 그러나 황망함을 한가득 담은 나의 가마는 행차를 중단하지 않았다.

고독한 항해

고립된 산야에 홀로 버려진 느낌이다. 그야말로 고립무원, 창살 없는 감옥이 되어 버린 셈이다.

예상하지 못했던 일은 아니지만, 민씨 척족들의 나를 향한, 왕부의 노욕에 대한 짐작과 경계는 분명 그 도를 넘어선 것이었다.

태공의 환국에 대한 기쁨을 헤아릴 수 없다는 명분 아래, 잡인들의 운현궁 침입을 불허한다는 황당한 예(禮)의 허울로 저들은 운현궁의 외부인 출입을 금지하는 법령을 발표했던 것이다.

✽

아재당에 누워 하루를 보냈다. 여름, 초가을을 보내고 한겨울을 맞도록 그렇게 하루하루를 고립무원의 상태에서 자리보전의 시간을 보내야 했다.

✽

이상지의 죽음에 대한 소식을 전해 들었다. 급작스런, 그야말로 허망한 죽음이었다. 그러나 나의 심장은 더 이상 뛰지 않았다. 군란의 괴수들을 처형한다는 명분 아래 무교동 군기시 복판을 뒹굴던 김장손 일행의 선혈 가득한 머리가 내내 머릿속을 떠나지 않음에도 나의 심장은 떨리지도, 뛰지도 않았다.

이상지의 죽음은 이제 저들이 암묵적으로 지켜 오던 나의 지지 세력에 대한 인내의 붕괴를 알리는 더할 수 없는 강력한 경고였다.

상지가 누구인가. 나의 수족이 되어 일생 동안 헌신의 길을 걷던 인물 아닌가. 저들도 이상지란 존재가 갖는 비중을 모르지 않을 것이다. 그러나 저들은 이상지를 내 손으로부터, 내 눈으로부터 거두어 버렸다. 저들은 한껏 위악을 부릴 것이다. 한사코 부정할 것이다. 이상지의 죽음은 급사(急死)일 뿐이라고. 그렇게 죽을 수밖에 없는 운명을 타고난 인물은 어떤 형태로든 죽음을 피할 수 없는 거라고. 저들은 아마도 내게 전하고 싶은 말을, 각혈을 쏟아내는 이상지의 잔혹한 고통의 순간으로 대신하고 싶었는지도 모른다.

조반을 먹는 순간, 갑자기 숨이 막히고 사방 질식할 것 같은 고통에 발버둥치다가 그렇게 이상지는 돌연 죽음을 맞이했다. 너무나 허망하고 헛된 죽음이다. 그렇게까지 해야 했던가. 이런 식으로 나의 팔과 다리를 잘라내야 한단 말인가. 분노도, 격동도, 오관을 자극하는 전율도 아니다. 이건 슬픔이다. 끝을 알 수 없는 비애다.

*

비애를 한가득 끌어안은 채 나는 누웠다. 아무것도 하지 않고, 그 어떤 것도 생각지 않고 천장을 올려다보았다. 하루가 문 틈 사이로 스며드는 빛의 농도에 의해 가늠되는 시간의 무위 속에서 소비되었다. 이렇게 나는 죽어가는 것인가.

눈을 감았다. 깨어나고 싶지 않은 순간들의 중첩, 그 무게를 더 이상 견딜 수 없어서다.

그냥 이대로 눈을 감고, 죽지도 살지도 않은 상태로 시간을 견뎌낸다면, 과연 그 끝에 무엇이 있을까. 조선의 희망이 보일까. 이 땅의 민초들이 쏟아낸 탄식과 신음을 어루만져 줄 성군이 탄생할까. 외세의 범람에 의해 항시 좌초의 불안 속을 표류하는 섬약한 조선의 배가 어느 따사로운 내반 속에 깊이 들어가 정박힐 수 있을까. 과연 그럴 수 있을까. 나는 눈을 뜨지 않았다.

나의 죄, 이 땅의 죄

"머리는."

"마리라고 하죠."

"약은?"

"탕제."

"허리는?"

"요부."

"어머니는?"

"어마마마."

손자 준용(조선 왕조의 왕족. 흥선대원군의 손자. 김홍집 내각의 내부협판·통위사에 등용됨)의 답변엔 막힘이 없었다. 남다른 총기가 배어 나오는 눈빛이다. 그 맑은 눈빛을 통해, 그의 입술로 재기가 발출한다. 무리가 없다. 상식에 가까운 총명함이다. 명복도 그러했지 않은가. 이것이 바로 왕족의 걸출함이 아니던가. 필연적인 특별함.

그러나 그 특별함이 이곳 조선에서 어떤 의미를 갖는가.

강산이 두 번 변할 동안 조선 천지를 개벽시키기 위해 몸부림쳤다. 그러나 무엇이 남았는가. 나의 손자 준용에게 왕의 재기를 묻는 일련의 문답조차 허망함으로 다가오는 이 순간, 남은 것은 욕망의 폐허뿐이다. 권력의 허무, 무력한 소국(小國)의 서러움, 그렇지만 지형적 소국으로선 도무지 담아내기 어려운 조선 민족에 대한 극심한 자긍심. 원대한 역사의 줄기. 그것들을 담아내기에 이 땅은 처음부터 안 어울렸던 것일까. 혹은 그것을 담아내는 그릇을 청명하게 만들기 위해 쉼 없이 달려온 나의 행보는 어떤 의미를 갖고 있는 걸까.

한 줌의 의미, 그 의미에 대한 믿음을 갖고 있었다면, 만약 그랬다면 지금 나의 손자, 왕손의 후예를 이토록 서글픈 눈빛으로 바라보진 않을 것이다. 기개를 담아낼 틀에 대한 최소한의 믿음만 있었어도 이렇지는 않았을 거란 말이다.

청이 부러운 것은 오직 그것 하나다. 하찮은 욕망의 기상조차 그럴듯한 중화의 명분 아래 포섭할 수 있는 대륙의 힘을 동경할 뿐이다. 그것은 며칠 전 길고 긴 운현궁의 적막을 깨고 찾아온 흰 청국의 젊은 사신 원세개의 치기 없음을 발견하는 순간 절정에 이르고 말았다.

*

원세개. 청의 사신. 갓 스물여섯의 나이로 후안무치를 사내의 미덕쯤으로 생각하는 이 방장한 젊은이를 보며 문득 서글퍼지는 이유가 무엇인지 처음엔 확신하지 못했다.

'주찰조선총리교섭통상사'라는 터무니없을 만큼 무례한 내정 간섭의 의지로 점철된 직함 앞에서도 나는 격노하지 않았다. 다만 서글플 뿐이었다. 조선의 젊음은, 스물여섯의 기백은 어떠한가. 저들의 대륙적 기질로 무장된 오만함을 감히 흉내라도 낼 수 있었던가. 회한을 넘어선 환멸의 기운이 등골을 오싹하게 했다.

*

늙은 혁명가를 견제하기 위한 목적으로 운현궁 출입을 막은 며느리의 서슬을 단박에 끊어 버린 인물이 청의 젊은 사신, 원세개라는 사실도 서글펐지만 그가 뱉은 망언의 수준 또한 내 자신을 비감의 나락으로 떨어뜨리기에 충분했다. 그는 내게 이렇게 말했다. 아니 명령했다.

"대감."

"말씀하시오."

"민비의 간악한 횡포와 간계를 막아야 하지 않습니까."

"그래서요?"

"대감, 나는 우리 황상과 북양대신의 특명을 받고 여기에 온 겁니다. 그냥 나들이나 하러 온 게 아니라 이 말입니다."

"특명이란 게 대체 무엇이오."

"태공을 도와 조선의 국정을 쇄신하라는 것. 그것이 바로 소인이 명받은 특명입니다."

청은 대체 조선을 무엇으로 생각하고 있는가. 속국조차도 과분하다는 건가. 이런 식의 내정 간섭 제안을 스물여섯 청년에게 전해 들어야 하는 나란 존재의 무력함에 치가 떨렸다. 원세개는 이런 나의 오연한 침묵을 흥미로운 수긍의 의사로 받아들인 듯 보였다.

"태공께서 다시금 정권을 장악하셔서 붕괴 위기에 빠진 나라를 구원해 내셔야 할 것입니다. 반드시 그러셔야 합니다."

"대인 말대로 반드시 그럴 것이오. 다만."

"다만 무엇입니까."

"우리 조선의 일은 우리네 사람이 처리하게 놔두시오."

"대감, 제가 돕겠습니다. 북양 해군과 북양 육군 각 1개 대대씩 파견 받아 가지고 올 계획이란 말입니다."

"그걸로 뭘 어쩌겠다는 거요?"

원세개가 의도적으로 목소리를 낮췄다. 은밀하고 신비스런 거래를 제시하기 위한 사전 준비로 보였다.

"귀국의 왕과 왕비, 척신 일파를 일거에 쓸어낼 것입니다."

"뭐요?"

"그후 태공의 장손인 준용공을 세자로 옹립하고, 태공이 다시 섭정공이 되시는 겁니다. 그럼 조선의 국정은 안정될 수 있습니다."

"원대인."

"말씀하시죠."

"한 나라의 왕좌는 오직 하나뿐이오. 왕은 한 명뿐이란 말이오.
그리고 그 왕은 하늘이 내리는 것이오."

하늘이란 말이 떨어지기가 무섭게 원세개의 입술이 가늘게 떨
렸다. 나의 심사가 더 이상 자신의 뜻과 함께할 수 없음을 선포하
는 선언의 맹폭에 기가 눌린 것이다.

그렇게 원세개를 몰아냈음에도 내면의 공허는 고뇌의 파도가
되어 출렁이고 있다. 여기까지 오고야 말았다. 아라사가 활개치고
일본군의 복장을 한 국내의 군사들이 한성을 오가는 이 순간이
오고야 만 것이다.

이 비극 앞에 나는 죄인인가. 정녕 그런 것인가. 그렇다면 말해
다오. 누구라도 좋으니 내게 말해다오. 나의 죄가 무엇인지 이 땅
의 죄가 무엇인지 말해다오. 제발 말해다오.

춤을 멈출 수 없다

믿기 힘들 정도의 강한 오한이 계속되고 있다. 몸 전체에 신열이 가득했다. 안사랑 방구들에서 가혹한 냉기가 올라오고 있다. 분명 등허리는 뜨거웠다. 온돌이 계속되고는 있었다. 하지만 내 몸은 지독한 냉기의 지배를 받고 있다. 오한의 기운이 정맥의 움직임처럼 가혹하게 온몸 구석구석에서 요동치고 있다.

달아 버린 두 눈 위로 그들의 모습이 조각으로 새기듯 명명하게 떠올랐다. 무교동 거리에서 참살당한 이들의 모습, 독극물을 마신 다음 두 손으로 제 목을 필사적으로 움켜쥐던 이상지의 우울한 얼굴이 떠돌았다.

그 다음은 누구 차례인가. 나의 수족은 모두 잘려 나갔다. 보란 듯 잘려 나간 뒤 고통의 시간이 계속되고 있다.

무엇을 어떻게 해야 한단 말인가. 느슨해진 모든 진노의 긴장감이 일시에 복원되는 듯한 욕기에 사로잡혔다. 그것은 그야말로 중 늙은이의 추몽이다. 하지만 이 늙은이의 추몽에 기대야 할 만큼 조선의 미래는 암울한 것이다. 저들, 현재의 세도가들도 알고 있을 것이다. 저들 역시 무교동의 잘려 나간 모가지처럼 영원히 계속될 줄 알았던 권세의 말로가 어떤 종류의 참혹한 결말로 나타날 것인지 모르지 않을 것이다. 더구나 이 땅의 권력은 이제 조선의 것이 아니다. 왜놈이, 아라사가, 청이 주무르고 있다. 윤간당한 조선의 폐허 위에 무엇이 남았는가. 명분인가. 찬란한 역사의 잔해인가. 그렇지 않음 이처럼 자리보전하고 누운 중늙은이의 신음뿐인가.

*

까닭 모를 순간, 예기치 않은 순간에 그녀가 들어왔다. 가슴에 반짝이는 관음입상을 끌어안은 채로 들어선 것이다. 그녀. 추선이다.

안사랑의 문이 열렸고, 상심의 기운으로 가득한 추선의 시선이 혹한의 냉기를 순식간에 용해시켜 버렸다. 나는 그 온기를 견디지 못하고 감은 눈을 열어 버렸다. 문소리를 듣자마자 나는 그녀가 추선일 것으로 확신했다. 망측하고 근거 없는 확신이지만 이것은 사실이었다. 그녀가 운현궁에 온 것이다. 한갓 기생이길 원했던, 나로부터 단 한 줌의 부귀의 찌꺼기조차 탐하지 않던 참으로 기이한 계집. 그녀가 지금 내 앞에 서 있는 것이다.

"어떻게 들어왔느냐"

"대방 마님이."

"부인이 자넬 불렀단 말인가."

추선이 말없이 고개를 끄덕였다. 안사랑 문지방 너머로 부인의 쓸쓸한 정이 느껴졌다. 불쌍한 여자. 하지만 지금 이 순간 나란 존재는 이기적이 될 수밖에 없다. 오랫동안 내 안에서 불이 되어 타오르던 추선의 존재가 내 마지막 성정의 전체를 휘감아 버렸기 때문이다.

마지막이라는 생각이 불현듯 들었다. 모든 것이 종말을 향해 치닫고 있다는 서슬 퍼런 느낌이다. 추선의 핏기 잃은 입술에서 새어나오는 소리들로 인해 종말의 필연이 비로소 뚜렷해진 기분이다. 이것이 과연 현실인가. 꿈인가. 또 다르게 묻고 싶다. 과연 내가 한 번이라도 현실의 땅에 발을 딛고는 있었던가.

"대감마님."

그녀의 격렬한 숨결이 오관을 마비케 한다.

추선을 안고 싶다. 미치도록 안고 싶다.

그녀의 허리를 으스러뜨릴 듯 끌어안고 안사랑 온돌 바닥에 드러눕혔다. 그러나 그녀는 내게 이 말만큼은 반드시 하고 싶었다고 했다. 내 귀엔 그녀의 말들이 들려오지 않았다. 들을 수 없었다.

"부탁이 있어요."

"무슨 부탁?"

"제발 국정에서 한 걸음 물러나세요."

"건방지구나. 감히 나한테 훈계냐."

*

마지막. 마지막이다. 내 몸의 격렬함이 그렇게 채근하고 있다. 마지막이라는 생각에 절로 조바심이 일었다. 한껏 초췌해진 육신의 노기가 발아되는 순간, 나는 추선을 짐승처럼 취급하기로 작심하고 만다. 찢고, 핥고, 유린하고, 유린당하고 그렇게 남아 있는 마지막 육정을 쏟아 붓기로 작심한 것이다.

고통의 감각 속에서 추선의 떨리는 말들이 이어졌다. 흐느끼듯 애절하게. 그것은 난파의 운명 앞에 아연실색한 병든 왕족의 최후를 위로하는 장송곡이었다.

"대감마님은 이제…… 시운이 다하셨어요."

"닥쳐라."

"대감 한 분의 뜻만으로 이 나라가 바로 서진 않아요. 아시잖아요."

"닥치라고 했다."

"흐르는 거예요. 사심과 사욕을 스스로 버릴 수 있도록. 모든 것이 흐르도록 내버려두는 거예요."

"부처 같은 소리나 지껄이고 있구나."

"대감에겐 적이 너무나 많으세요. 넘칠 정도로요."

"제발…… 그 입…… 다물어."

"대감……."

"다물어."

"……."

"다물어."

조선을 위한 행진곡

다시 운현궁의 아침 해가 밝았다.

신열이 가라앉았다. 모든 것이 투명해졌다. 유난히 짙은 새벽안개에도 불구하고 정신의 시야는 너무나 맑고 투명했다.

나는 나왔다. 버선조차 신지 않고 앞마당으로 걸어 나왔다.

추선은 떠나갔다. 마지막 유언과도 같은 말을 남기고 사라졌다.

그녀가 떠나간 자리에 검은 수묵의 흔적들이 가득 채워졌다. 파지가 되어 뒹구는 화선지들 위에 그녀의 곡선이 춤을 추고 있다. 더 이상 난을 그리시 않았다. 그녀의 살아 있는 생명을, 흐느끼는 곡선의 춤을 그대로 옮겨 담았다.

나의 두 눈에서 어느새 뜨거운 눈물이 왈칵 쏟아지기 시작했다. 추선은 어디 있는가. 온통 식은땀으로 젖은 나의 초라한 육신 위에 그녀가 쏟아 부은 헌신의 체취는 어디에 있단 말인가. 이것은 몽상인가. 현실인가. 그 어느 것도 확실하지 않다.

*

분명한 것은…… 눈물을 흘리고 있다는 사실이다. 아버지가 운명했을 때에도 울지 않았다. 시정잡배가 되어 종로 일대를 떠돌아다니던 그악한 서러움에도 울지 않았다. 아들에게 버림받았을 때에도 울지 않았다. 며느리의 포악에 의해 창살 없는 감옥에 갇혀버린 뒤에도 난 결코 울지 않았다.

그러나 지금 나는 울고 있다. 슬픔인가 기쁨인가. 그 어떤 것도 아니다. 무의 향기가 내 눈시울을 함부로 자극한 것이다. 단지 그뿐이다.

차갑게 가라앉은 기운을 품고서 나는 다시 일어났다. 또다시 운현궁의 중심에 서 있는 것이다. 과거에도 그랬고 지금도, 그리고 앞으로도 이렇게 서 있을 것이다.

난생처음 흘렸던 뜨거운 눈물을 닦을 것이다. 그리고 나아갈 것이다. 조선의 새로운 역사를 다시 쓰기 위한 첫걸음을 내딛을 것이다. 처음부터 그랬던 것처럼, 모든 것을 비워 버린 무욕(無慾)의 경지에서 다시 시작할 것이다. 욕망의 정치 너머로 왕족의 명분 너머로, 정신의 감옥 너머에 있는 그 세계. 조선의 피와 뿌리인 민초들의 세계로 다가갈 것이다. 그렇게 나아갈 것이다.

도움 받은 책들

김동인, 《운현궁의 봄》 (문학사상사, 1993)

강준만, 《한국 근대사 산책》 (인물과사상사, 2007)

김정숙, 《흥선대원군 이하응의 예술세계》 (일지사, 2004)

김제방, 《흥선대원군 명성왕후》 (지문사, 2003)

박영수, 《세상을 바꾼 그것 100가지》 (숨비소리, 2007)

박은식, 《한국통사》 (범우사, 1997)

신복룡, 《대원군과 개혁정치》 (도서출판 풀빛, 2001)

석파학술연구원, 《흥선대원군 사료휘편(전4권)》 (현음사, 2005)

이이화, 《한국사 이야기 17:조선의 문을 두드리는 세계 열강》 (한길사, 2006)

이이화, 《한국사 이야기 18:민중의 함성 동학농민전쟁》 (한길사, 2006)

오영섭, 《화서학파의 사상과 민족운동(한국사연구총서 28)》 (국학자료원, 2006)

오영섭, 《한국 근현대사를 수놓은 인물들(1)》 (경인문화사, 2007)

이순형, 《한국의 명문종가》 (서울대학교출판부, 2007)

이선근, 《대원군의 시대》 (세종대왕기념사업회, 2000)

임용한, 《난세에 길을 찾다》 (시공사, 2009)

유주현, 《대원군》 (소담출판사, 2000)

연갑수, 《대원군 집권기 부국 강병 정책 연구》 (서울대학교출판부, 2001)

이현희, 《이야기 인물한국사(2005)》 (청아출판사, 2005)

윤효정, 《한말비사》 (교문사, 1995)

정용화, 《문명의 정치사상:유길준과 근대 한국》 (문학과지성사, 2004)

최용범, 《하룻밤에 읽는 한국사》 (페이퍼로드, 2007)

한영우, 《명성왕후와 대한제국》 (효형출판, 2001)

황현, 《매천야록》 (교문사, 1994)